Barbara Meyer, Jahrgang 1948, ist in und um Paderborn herum aufgewachsen, studierte dort Mediävistik und Allgemeine Literaturwissenschaften und lebt seit Jahrzehnten in der Nähe des Doms. Sie arbeitet als Autorin für Regional- und Familiengeschichte. Im Emons-Verlag erschienen ihre historischen Kriminalromane »Im Schatten des Doms« (2008) und »Mord im Hochstift« (2010) sowie aus der Gegenwart der Kriminalroman »Fastenzeit« (2009).

Dieses Buch ist ein Roman. Handlungen und Personen sind frei erfunden. Ähnlichkeiten mit lebenden oder toten Personen sind nicht gewollt und rein zufällig.

BARBARA MEYER

Mord auf Libori

OSTWESTFALEN KRIMI

emons:

FSC
www.fsc.org
MIX
Papier aus verantwortungsvollen Quellen
FSC® C083411

Umschlagzeichnung: Heribert Stragholz
Umschlaggestaltung: Tobias Doetsch, Berlin
Druck und Bindung: CPI – Clausen & Bosse, Leck
Printed in Germany 2010
ISBN 978-3-89705-767-8
Ostwestfalen Krimi
Originalausgabe

Unser Newsletter informiert Sie
regelmäßig über Neues von emons:
Kostenlos bestellen unter
www.emons-verlag.de

Sey gegrüsset, o Libori!
Dessen Namen, Ehr und Glori,
Gott auf Erden groß gemacht,
Seyd gegrüsst, o ihr reine
Und beglückte Leibs-Gebeine,
Die aus Franckreich hergebracht.

Gib, daß mich und meine Nieren
Keine Pein des Steins berühren,
Und was sonsten schmertzlich fällt:
Dann diß alles kanst du heilen,
Und darwider Hülf ertheilen,
Als ein Artzt von Gott gestellt.

Quaal und Kranckheit an den Lenden,
An den Füssen, an den Händen,
An dem Aug und gantzen Leib;
Wie auch alle Fieberschmertzen,
Alle Noth und Angst des Hertzen,
Als ein Helffer von mir treib.

Doch vor allen, meiner Seelen
Helff, und laß sie nicht verfehlen
Von dem Weg der Seligkeit!
Wil der Satan mich bestreiten,
Und von meinem Gott verleiten,
Kehr ihn ab von meiner Seit.

Paderborner Liboriuslied aus dem 18. Jahrhundert.
Heute wird eine modernisierte Fassung gesungen.

EINS

Ein blaues Licht stahl sich durch die Weihrauchwolken. Die Julisonne erleuchtete die bunten Fenster des Hohen Doms, doch weit kamen ihre Strahlen nicht. Nur der blaue Schimmer erkämpfte sich seinen Weg, bis er zwei Reihen vor Lioba Keller auf einen polierten Glatzkopf fiel. Sofort verwandelte sich der Mann in einen fahlen Außerirdischen.

Oder in einen Dämonen.

Dass Sankt Liborius solche Monster vertrieb, war wohl nicht zu erhoffen. Er war nur der Steinheilige. Nieren- und Gallensteine hatte Lioba nicht, aber auf ihrem Weg lagen Stolpersteine genug. Wenigstens die sollte er wegräumen.

Dicht an dicht standen die Gläubigen. Der Weihrauch hatte keine Chance, zu Boden zu sinken. Und immer noch wurde am Altar geräuchert, zu Ehren des Heiligen, der in seinem gold glänzenden Schrein nichts davon merkte. Lioba dagegen stieg der harzige Qualm in die Nase. Aber wenn ihr schlecht würde – umfallen konnte sie nicht. Eng an sie gedrückt stand neben ihr Carsten Stieglitz, Ratsherr der christlichen Union und ihr Chef, der in gefühlvollem Ton mitsang, als die Orgel das Liborilied anstimmte. Das dicke Muttermal neben seiner Nase zuckte im Takt.

»Sei gegrüßet, o Libori, dessen Namen, Ehr und Glorie …«

»Glori«, sangen die Leute, damit es sich reimte.

Stieglitz legte seine Hand auf ihre Schulter. Mit der anderen reichte er ihr das Gesangbuch. Mitsingen sollte sie. Lioba zuckte mit den Schultern, lächelte ein wenig, obwohl ihr nicht danach zumute war, und schüttelte den Kopf. Er schaffte es, weiterzusingen und dabei zurückzulächeln.

Die Eltern würden sie kreuzigen, wenn sie Lioba hier sähen. Nicht einmal den Besuch im Dom würden sie ihr verzeihen, geschweige denn, dass sie später mit den Kollegen noch die Kirmes besuchen wollte. Sündhafter Pomp und Versuchungen des Satans, würde ihre Mutter sagen. Lioba konnte es nicht mehr hören.

Vom Gerede von der »heiligen Lioba«, das über sie im Büro

umging, hatte sie auch genug. Weil sie es widerlegen wollte, war sie mitgekommen. Auch, um Spaß zu haben. Verbotenen Spaß. Aber ihren eigenen.

Zu Hause hatte sie lügen müssen. Wieder fühlte sie im Rücken ein Frösteln, als stünde ein Dämon hinter ihr. Der Vater würde sie nicht nur zur Rede stellen, wenn herauskam, dass sie sich lasterhaften Vergnügungen hingegeben hatte.

Verstohlen sah Lioba sich um. Nirgends tat sich eine Lücke auf. Sie stand eingekeilt zwischen ihren Kollegen, die sich in der Menge ebenfalls kaum rühren konnten. Tobias Neudeck auf ihrer anderen Seite bedachte den Chef mit finsteren Blicken. Lioba drehte die Schultern ein wenig, und Stieglitz nahm die Hand weg. Tobias war einer der Bauleiter in ihrer Firma, der jüngste und bestaussehende von allen.

Bisher hatte Tobias Lioba kaum bemerkt, wenn er im Büro zu tun hatte. War er etwa eifersüchtig auf den Chef? Schon vor dem Dom hatte sich Tobias an ihre Seite gedrängt.

»Und im Tod verlass uns nicht«, sangen die Leute, übertönt von Stieglitz' inbrünstiger Stimme neben ihrem Ohr. Sie hatte in der Zeitung gelesen, dass der Erzbischof die Liedzeile zum Motto des diesjährigen Liborifests erhoben hatte. Der Bischof selbst vorne am Altar sah nicht so aus, als dächte er beim Feiern dauernd an sein Lebensende.

Stieglitz reckte den runden Kopf noch ein wenig höher und sang: *»... immerdar mit Gott vereint.«* Es war der Schluss des Liedes. Lioba atmete auf.

Von der Seite her schaute Stieglitz sie an, ein Lächeln im geröteten Gesicht, wodurch sich mit dem Mundwinkel auch das Muttermal in die Höhe schob. Das dunkle Mal störte den sympathischen Eindruck keineswegs, den Stieglitz' Schokoladenseite erweckte. Sein Gesicht zerfiel in zwei völlig unterschiedliche Hälften, und Lioba hatte beide kennengelernt. In seinem schwarz umrandeten Brillenglas spiegelte sich das Licht der Kerzen, die auf dem Altar den goldenen Schrein beleuchteten.

Vorn zogen unter jubilierenden Orgeltönen die Bischöfe zur feierlichen Vesper ein. Die zweispitzigen, rot gefütterten Mitren auf ihren Köpfen reckten sich zu dem Heiligen empor wie ein Nest voll Spatzenkinder mit hungrig aufgesperrten Hälsen.

Der blaue Lichtstrahl war weitergewandert und färbte die blonden Locken des Mädchens vor Lioba grün. Der Glatzkopf sah dafür wieder ganz irdisch aus. Weit und breit war kein Dämon zu sehen.

***

Heute begann das Liborifest zu Ehren des Stadtheiligen, und wie die Stadt hatte sich auch der Himmel herausgeputzt. Auf Sankt Liborius konnten sich die Paderborner verlassen. Gestern noch waren bei Dortmund Sturm und Hagel niedergegangen, doch Paderborn war von dem Unwetter verschont geblieben. Jetzt strahlte die Sonne von einem tiefblauen Himmel. Diese Stadt war heilig.

»Puh, stinkt das hier«, rief eine ältere Frau im farbenfrohen Kostüm mit einem Rucksack darüber. Therese Urban warf ihr einen verständnisvollen Blick zu. Dicke Weihrauchschwaden zogen über den Domplatz hinauf zum Markt. Die Katholiken übertrieben es mal wieder.

Bald hatte Therese die Quelle der frommen Dünste ausgemacht. Vor einer der Kapellen, die wie Keksschachteln an der Südseite des Doms klebten, dampfte ein grob aus Blechen zusammengenietetes Ungetüm munter vor sich hin. Fröhliche Jugendliche umstanden es, schlugen sich gegenseitig auf die Schultern und freuten sich über den üppigen Qualm, der wohl ihr Werk war.

Therese drückte sich an dem Räuchertopf vorbei, auf dessen Spitze ein blechernes Kreuz thronte. Ein aufgeklebter Zettel verkündete, dass es sich um »das weltgrößte Weihrauchfass« handelte. Solch bizarre Einfälle hatte man nur hier in Paderborn. Im Vorbeigehen machte sie ein paar Fotos.

Ringsum sah sie nur glückselige Gesichter. Schweißtropfen hingen im grauen Bart eines Alten mit rosigen Wangen, doch seine Äuglein strahlten. Nach der feierlichen Aussetzung des Reliquienschreins drängten viele Leute schon jetzt den Bierständen zu, während im Dom aufbrausende Orgelmusik die abschließende Vesper einleitete.

An den Verkaufsbuden des Pottmarkts wurden die ersten Geschäfte getätigt – oder auch nicht. »Und dann haste das da rumstehen …«, sagte gerade ein Mann mit Hut, während seine Frau einen Stand mit Porzellanfiguren musterte. Überall waren Engel zu sehen – himmlisches Geflügel hatte in Paderborn zu jeder Jahreszeit Konjunktur.

Den Pottmarkt liebte Therese am meisten an Libori. »Auf den Berg«, wie die Paderborner die eigentliche Festmeile südlich der Innenstadt nannten, ging sie in der neuntägigen Liboriwoche nur selten. Sie kaufte gebrannte Mandeln, fuhr ein paarmal mit dem Riesenrad und knipste alles Interessante, das ihr vor die Kamera kam. Dann floh sie vor der schrillen Musik der Fahrgeschäfte und dem Geschrei der Losbudenverkäufer in die ruhigeren Gefilde rund um den Dom.

Als Erstes steuerte Therese eine Dinnede-Bude an, wo sie einen der dünnen Käsefladen erstand. Rüschenverzierte Blusen und Trachtenjacken baumelten unter den Markisen und lockten die Landfrauen an. Am Nachbarstand wühlten ein paar schwarz-weiß gekleidete Nonnen in überdimensionierten Miedern. Sie zu fotografieren verbot sich wohl – Frauen beim Unterwäschekauf knipste man nicht. Es juckte Therese allerdings in den Fingern, als eine der Nonnen einen BH aus festem hellbraunem Gewebe über dem Habit anprobierte.

Über den Verkaufsbuden erhob sich die grandiose Kulisse der Dom-Südseite im vollen Sonnenschein, die starre Wucht des romanischen Turms wurde durch verspielt flatternde Fähnchen aufgelockert – und davor wie die Faust aufs Auge ein Stand mit Autopoliermitteln. Das war *ihr* Fotomotiv. Ein paar Schritte weiter verrenkten sich zwei fotografierende ältere Damen, um den Verkaufsstand aus dem Bild zu bekommen. Thereses Vorliebe für Gegensätze war ihnen offenbar fremd.

Der Poliermittelanpreiser hatte die Kameras bemerkt und stellte sich in Positur. Therese zoomte ihn heran. Spilleriger blonder Kerl, langhaarig, Basecap. Im Gesicht Pickel. Ein zweiter, größerer Mann mit kurzem schwarzem Haar polierte das ausgestellte Auto, verschwand dann aber im Schatten des Zelts. Seine breiten Schultern waren unter dem gelben T-Shirt nur zu erahnen.

Der Spillerige glaubte wohl, die älteren Frauen hätten es auf ihn abgesehen. »Und schalten Sie bei Ihren Kameras auch den Ton an, damit Sie meine Werbung mitkriegen«, rief er ins Mikro. Dann kam er mit einem Satz unter der Markise hervor und riss die Arme hoch, spreizte beim nächsten Sprung die Beine, dann wieder die Arme und spielte ein paarmal den Hampelmann, als zöge jemand am Fädchen. Im Hintergrund erhob sich der mächtige Turm des Doms, und Therese drückte schnell ein paarmal auf den Auslöser. Doch die Show war schon wieder zu Ende, bevor sie den Knopf für die Videofunktion gefunden hatte. Mit einem Kichern wandten sich die Frauen ab und zogen weiter.

Am Stand gegenüber führte ein rotblonder Typ seinen »Turboschäler« vor. »Schält, hobelt, garniert«, versprach er. Vor ihm standen Platten mit Radieschenrosen auf Apfelsinenhälften, Sternen aus Kiwischeiben, einer Palme mit Möhrenstiel und Wedeln aus Gurkenschalen. Therese fragte sich, wer wohl so etwas brauchte, doch der Stand war dicht umlagert.

Nebenan gab's Schuhe. Weiße Sneakers bedeckten die eine Hälfte des Tisches, auf der anderen wurden absatzlose Treter in Braun, Rosa und Weiß präsentiert. Mit Rüschen und Perlen verzierte Prinzessinnenkleider warteten auf kleine Mädchen. Im Hintergrund hingen spitzenbesetzte Nylonunterröcke auf einer Stange, unter der Markise schaukelten hauchzarte Bodys mit braven rosa Schleifchen verrucht im leichten Wind.

Der nächste Stand war Therese vertraut, wenn auch nicht an dieser Stelle. Uwe mit seinen heilkräftigen Steinen und Büchern über die Mondphasen war dem Dom um zwei Reihen näher gerückt. Was zusammengehörte, wuchs eben endlich zusammen.

Tätowiert und glatzköpfig war Uwe das genaue Gegenteil des christlichen Devotionalienhändlers, der hier früher seinen Platz gehabt hatte. Der stand bestimmt am anderen Ende des Markts, weit weg vom Dom. Bei der Standplanung musste ein Auswärtiger am Werk gewesen sein. Ein Paderborner hätte dem Hohen Dom nie eine so heidnische Nachbarschaft zugemutet.

»Hi.« Therese trat an den Verkaufstisch.

»Hi«, sagte Uwe. Mehr Begrüßung brauchten Paderborner nicht, auch wenn sie sich ein Jahr nicht gesehen hatten.

»Willste 'n Kaffee?«

Aus einem Korb holte Uwe eine Henkeltasse und füllte sie aus der Thermoskanne. Milch und Süßstoff gab es aus versilberten Behältern. Den vollen Aschenbecher leerte er in einen Deckeleimer. Schwule Männer waren eben doch die besseren Hausfrauen. Passend zum Liborijob trug Uwe ein gelbes Flatterhemd mit weißen Batikringen.

»Schick.« Therese schnippte gegen den Stoff. »Lass dir Locken wachsen und nimm die Sonnenbrille ab, dann kannst du im Dom als Engel auftreten.«

Uwe strich ein Zigarettenblättchen glatt und häufte Tabak darauf. »Die haben mich längst als verkappten Teufel entlarvt. Musst mal seh'n, wie die Nonnen auf meine Bücher gucken.«

»Dafür kaufen die Lehrerinnen ...«

»... und die Sozialarbeiterinnen, die Krankenschwestern, die Bankfrauen und die aus den Verwaltungen.« Mit geübten Fingern drehte er das Papier samt Inhalt zusammen.

»Du kannst die Berufe deiner Kunden erkennen?«

»Menschenkenntnis ...« Uwe zwinkerte und leckte am Blättchen.

»Aber vom Geschäft verstehst du nichts.« Therese zeigte vage zum Weihrauchfass hinüber. »Sonst hättest du längst ein Schild neben deine Steine gestellt: 'Jetzt noch wirksamer durch himmlische Mächte.'«

»Gute Idee. Muss ich mich wenigstens nicht ganz nutzlos vergiften lassen. Weißt du, wie der Weihrauch stinkt?«

»Nee. Woher?« Wie sie verzog er keine Miene.

Therese setzte sich auf einen Klappstuhl, den er für sie aufgestellt hatte, und genoss den Luftzug, der ihre nackten Beine umfächelte. Uwe hatte hinter ihr die Zeltplane ein Stück hochgerollt. Seine Zigarette qualmte gegen den Weihrauch an. Am Autopoliermittelstand schräg gegenüber verkaufte der spillerige Hampelmann seine gelben Flaschen.

Uwe ließ ihn nicht aus dem Blick. »Ist er nicht süß?« Mit dem verzückten Lächeln im Gesicht sah er aus wie ein glatzköpfiger Cherub.

»Er hat Pickel«, sagte Therese.

Der Engelchenblick verschwand. »Der doch nicht. Aber da ist noch ein Zweiter.« Wie aufs Stichwort erschien der Große wieder und machte sich an dem schwarzen Mini zu schaffen.

Ein wonniger Ausdruck trat in Uwes braune Augen, als er zu den beiden Männern hinübersah. »Wenn du brav bist, verrate ich dir noch etwas.«

»Du hast ihn schon angebaggert.«

»Er war hier am Sta-hand«, flötete Uwe.

Jetzt lachte Therese doch.

»Ein Russe mit einem ganz süßen Akzent, und er heißt Viktor. Das bringt mich auf Ideen ...« Uwe machte wieder das Cherubimgesicht.

»Russe sagt man schon lange nicht mehr.« Das war etwas unvermittelt herausgekommen.

Aber Uwe grinste nur und zog an seiner Zigarette. »Das ist mir so was von egal. Ein Russe ist ein Russe, und die Bayern sind bekloppt. Nix mit *political correctness*.«

Er sprach den Begriff absichtlich falsch aus, spitzmündig, mit hellen Os und zum Ü mutierten Is. Sein Englisch war eigentlich besser als Thereses, auch geübter, weil er oft mit englischen Soldaten Geschäfte machte. Bei ihm waren das die »Briten« oder sogar die »Inselaffen«. Was für Geschäfte das waren, wollte Therese gar nicht erst wissen. Seine Zaubersteine verkaufte Uwe nur zu Libori, und Drogen waren es jedenfalls nicht. Nach einem heftigen Absturz vor Jahren wollte Uwe nichts mehr mit Drogen zu tun haben. Er trank seinen schwarzen Kaffee und qualmte pausenlos filterlose Zigaretten. Unter dem Markisenhimmel kämpften Weihrauch und Wolken aus schwarzem Drum um die Vorherrschaft.

»Sag ich ja auch oft. Geht einfach schneller ...«

»Eben.«

Uwe füllte ihre Kaffeetassen wieder auf und zauberte aus seinem Hausfrauenkorb Kekse hervor. »Frische Pfarrerskäppchen, von Honervogts.« Der Bogen-Bäcker hatte kleine Birette geformt, sie aber zum Glück nicht so schwarz brennen lassen wie die Vorbilder. Den Puschel hatte er mit einem roten Marmeladenklecks simuliert, süße Erdbeermarmelade, wie Therese beim ersten Biss feststellte.

Sie saßen nebeneinander und schauten ins Volk, sortierten die Liboribesucher nach ihrer oft exotischen Herkunft und bewunderten die vielfarbigen Landestrachten.

Als ihre Kaffeetasse leer war, nahm Therese noch ein Pfarrerskäppchen und stand auf. »Ich will zum Riesenrad, bevor da wieder Schlangen stehen.« Sie hob die Kamera. »Ein paar Fotos machen, solange das Wetter hält.« Schnell schoss sie auch eins von Uwe im gebatikten Engelchenhemd.

Zum Abschied drückte er ihr einen tiefschwarzen Stein in die Hand.

»Polierst du jetzt schon deine Kohlen?«, fragte Therese.

Uwe grinste und schüttelte den Kopf. »Schwarzer Opal. Einer meiner teuersten. Hilft gegen den bösen Blick.«

Na dann. Sie steckte den Stein in die Hosentasche.

»Ignorantin.« Uwe verdrehte die Augen. »Doch nicht da. Umhängen musst du ihn, guck.«

Er vergewisserte sich, dass er vom Stand der Autopolierer aus gesehen werden konnte, dann knöpfte er das Hemd auf und präsentierte seine muskulöse Brust. Sie war ebenso glatt rasiert wie der Kopf. Auf der linken Seite streckte Mick Jagger die Zunge heraus. An einem Lederband hing der schwarze Stein.

»Man muss nur dran glauben«, sagte Therese.

»Gib wieder her.«

»Nee. Schaden kann's nicht ...«

»Also doch abergläubisch. Deshalb läuft mein Geschäft.«

Therese klopfte auf Holz. »Viel Erfolg noch.«

Uwe warf ihr Kusshändchen nach. Sie winkte zurück. Als sie sich noch einmal umsah, hatte er schon wieder die Autopolierer im Blick. Sein Hemd stand immer noch offen. Mit beschwörender Geste strich er über den schwarzen Stein auf der braunen Brust, als könnte der ihm neben dem Schutz vor dem bösen Blick auch einen neuen Lover bescheren. Während Libori, Paderborns »fünfter Jahreszeit« mit der Zugabe warmer Sommernächte, war Uwe nicht der Einzige, der sie auf seine Art genoss.

Drei Kanonenschüsse brachten die Luft zum Vibrieren. Schimpfende Vogelschwärme flatterten aus den Bäumen hoch. Vor Schreck fiel Therese die Kamera aus der Hand. Nur der Riemen um ihren Hals rettete den Apparat vor dem Fall in die Tiefe. Die Riesenradgondel war gerade ganz oben angekommen, und Therese, die sich auf die Bank der Gondel gekniet hatte, um eine Aufnahme zu machen, ließ sich mit wackligen Beinen wieder auf dem Sitz nieder.

Jedes Jahr eröffnete der Bürgermeister die Kirmes mit lautem Knallen. Anschließend wanderte er, die schwere goldene Amtskette um den Hals, mitsamt den Ehrengästen und allen, die in der Stadt Rang und Namen hatten, auf den Berg. Dann wurde es voll. Schon jetzt wirkten die Gänge unter Therese, als wären sie mit Köpfen und Schultern gepflastert.

Vor der »Almhütte«, dem offiziellen Festzelt mitten auf dem Berg, stauten sich die Menschen. Nichts ging mehr. Von drinnen war Marschmusik zu hören. Wenn schon, denn schon – das Bad in der Menge blieb Therese sowieso nicht erspart, dann konnte sie gleich mal ins Zelt hineinschauen. Stadt- und Kirchenobere beim gemeinsamen Zechen – da würde wohl das ein oder andere interessante Foto abfallen.

Als Therese sich durch die Menge bis zur Almhütte vorgekämpft hatte, erfüllte Blitzlichtgewitter das riesige Zelt. Sämtliche Journalisten der Stadt, dazu viele Besucher mit Fotohandys, standen um die Tische herum und warteten darauf, dass sich einer der vierhundert geladenen Gäste danebenbenahm.

Der offizielle Teil war vorüber, das erste Bier war getrunken, Schnäpse machten die Runde. Gut in der Menge verteilt schien hier und da ein violettes Bischofskäppchen auf. Der Bürgermeister hatte es noch nicht bis zu seinem Tisch geschafft. Sein grauer Kopf war über eine schwatzende Männerrunde hinweg zu sehen.

Etwas abseits stehend erkannte Therese Carsten Stieglitz, der als nächster Kandidat für das Bürgermeisteramt gehandelt wurde. Im Gesicht ein freundliches Lächeln, redete er auf einen jungen Mann mit Schlips ein. Der wiegte bedächtig den Kopf. Vermutlich CDU-Gemauschel, sogar hier. Vielleicht ging es aber auch nur um eine Verabredung für Auffenbergs Biergarten, wo die Party am Abend weiterging. Jedenfalls waren die beiden Therese ein Foto wert.

Sie ließ den Blick durch das Objektiv über die Köpfe schweifen und stutzte. Tatsächlich – das war Lioba Keller. Therese nahm die Kamera herunter und sah genauer hin. Es war unverkennbar ihre fleißige Nachhilfeschülerin – die glatten blonden Haare um das schmale Gesicht, die großen Augen. Was machte Lioba denn hier? Sie trug ein weißes Kleid, das viel Haut sehen ließ. Wenn das herauskam, würde es bestimmt Ärger mit ihrer Familie geben. Lioba kam aus einer streng religiösen Aussiedlerfamilie. So lasterhafte Vergnügungen wie die Liborikirmes schloss deren Erziehung kategorisch aus.

Stieglitz näherte sich dem Tisch, an dem Lioba saß. Klar – er war Liobas Chef. Anscheinend hatte er sein ganzes Büro auf den Berg geschleift. Er quetschte sich zwischen Lioba und eine kräftige junge Frau mit punkigen schwarzen Stachelhaaren, die Therese auch irgendwie bekannt vorkam. Der junge Mann mit Schlips setzte sich an Liobas rechte Seite. Therese machte ein paar Fotos von der Gruppe. Vielleicht wollte Lioba ein paar Erinnerungsfotos.

Doch Lioba schaute vor sich auf den Tisch und nicht auf Stieglitz, wie es die Stachelhaarige zu seiner Rechten tat. Die lachte nach jedem seiner Sätze. Therese holte mit dem Zoom Stieglitz' Gesicht heran. Das dunkle Muttermal in seiner rechten Nasenfalte hüpfte bei jedem Wort auf und ab.

Lioba machte nicht gerade einen glücklichen Eindruck. Das mochte am Arm des Chefs liegen, den er über ihre halb nackten Schultern gelegt hatte. Es war wohl väterlich gemeint, doch Lioba machte sich noch kleiner, als sie schon war. Therese konnte sich vorstellen, was in ihrem Kopf vorging: *Wenn das jemand sieht …*

Stieglitz reichte Lioba ein Schnapsglas und prostete ihr zu. Sie nickte und stellte das Glas ab, ohne zu trinken. Vor ihr standen schon zwei randvolle Gläser. Ein Chef, der seine Angestellten erst abfüllte und dann vernaschte. Davon hatte Lioba Therese nie etwas erzählt.

Der junge Mann an Liobas anderer Seite starrte durch seine randlose Brille auf drei leere Gläser. Sein gewelltes blondes Haar war gerade so lang, dass es attraktiv und nicht ungepflegt wirkte. Eine Locke fiel ihm in die Stirn.

Therese richtete ihre Kamera auf die übrigen Tische. Wo es hoch herging, hielt sie drauf, ganz im Stil eines Sensationsreporters. Sie erwischte den Münchner Erzbischof Marx, wie er sich mit einem kardinalsroten Fächer Luft zufächelte. Der frühere Paderborner

Weihbischof war ein lebenslustiger Mann und ein beliebtes Motiv. Er verhielt sich, als merkte er nicht, dass sämtliche Objektive auf ihn gerichtet waren.

Von Lioba sah Therese nur noch ihren weißen Rücken. Ein oranger Ledergürtel mit Lochmuster hielt ihr tunikaartiges Kleid zusammen. Stieglitz redete auf sie ein, sie schüttelte mehrfach den Kopf. Nach einigen Minuten stand sie auf und drängte sich durch die eng stehenden Bänke zum Ausgang. Stieglitz sah ihr nach. Dann forderte er mit einem Kopfnicken den jungen Mann auf, dem Mädchen zu folgen. Machte er sich Sorgen um Lioba? Oder sollte der Kollege sie dazu bringen, länger zu bleiben?

Kurz nach Liobas Abgang verließ auch Therese die Almhütte. Sie umkreiste mehrere Losverkäufer, die sich mit Bauchläden dreist in ihren Weg stellten. Vor den großen Fahrgeschäften ballten sich die Zuschauer, die sich selbst nicht in die rasenden Gefährte hineintrauten, aber von unten den Kitzel genossen. Winkende Arme und begeisterte Rufe flogen, wenn Bekannte und Verwandte in riskanter Schnelligkeit vorüberrasten. Therese wurde es schon vom Zusehen schwindelig.

Im Kettenkarussell entdeckte sie Lioba wieder. Sie hatte den Kopf weit zurückgeworfen und ließ sich – himmelhoch oben – von dem jungen Kollegen um die eigene Achse drehen. Unter dem weißen Rock, den der Fahrtwind bauschte, schwangen ihre gebräunten Beine durch die Luft. Eine ganz normale junge Frau war sie jetzt, die mit einem gut aussehenden Mann Spaß hatte. Dessen Schlips war verschwunden, das weiße Hemd stand offen. Bestimmt war er einer vom Bau. Er war braun gebrannt und schlank, hatte aber kräftige Schultern und lange, muskelbepackte Beine. Ein Ingenieur wahrscheinlich, der sich nicht scheute, selbst zuzupacken.

An einem Saftstand holte sich Therese einen Pampelmusensaft. Manchmal entdeckte sie Bekannte in der Masse, aber nicht allzu oft – der Liborisamstag war der Tag der Touristen und des Kirchenvolks.

Letzteres schien besonders den Autoskooter zu lieben, an dessen Rand weiß gekleidete Ordensfrauen und ein paar dunkelhäutige Priester die Fahrenden anfeuerten. Bunte afrikanische Gewänder leuchteten auf. Wahrscheinlich Gäste eines Missionsordens.

Therese drängelte sich durch bis zum Rand des Fahrgeschäfts und baute sich neben der Warteschlange bei der Kasse auf. Von schreienden und johlenden Menschen gesteuert rumsten die kompakten Minifahrzeuge immer wieder gegeneinander.

Sie knipste ein paar rot angelaufene Gesichter, und unter den Zuschauern erwischte sie ein paar schwarze Frauen, die den mutigen Rennfahrern zujubelten. Die Nonnen lachten ebenfalls, doch verhaltener. Zwischen ihnen stand ein weißhaariger Priester mit jovialer Miene, aber einem wachsamen Blick auf seine Schäfchen, die zu zweit und eng aneinandergepresst auf der Fahrbahn herumtobten.

Ganz hinten, wo weniger Crashwütige ihre Runden drehten, entdeckte Therese in einem Autoskooter auch wieder Lioba. Neben ihr saß der Kollege von vorhin. Er hatte ihr das Steuer überlassen, an dem sie aufgeregt drehte, konnte es aber nicht lassen, ihr ab und zu ins Lenkrad zu greifen. Lioba hätte zu gern den Führerschein gemacht, doch das hatte ihr Vater verboten. Anscheinend genoss sie ihre erste Fahrstunde.

Therese machte schnell ein paar Aufnahmen, bevor Lioba in die andere Richtung abdrehte. Dann suchte sie wieder den Rand ab. Gegenüber, in zweiter Reihe, kam ihr ein Glatzkopf bekannt vor. Uwe. Neben ihm stand der Autopolierer im gelben T-Shirt, ein gegeltes schwarzes Hörnchen auf dem Kopf. Viel Zeit hatte Uwe sich nicht gelassen, er ging – wie er immer sagte – ran wie »Schmidts Katze«.

Als die Runde zu Ende war, suchte sich Therese einen Weg über die Bahn zur anderen Seite. Lioba und ihr Kollege waren verschwunden. Uwe und sein Begleiter waren ebenfalls nirgendwo mehr zu sehen. Sie fand ein freies Plätzchen an einem der Eckpfeiler des Autoskooters, erhöht über der Menge, und schoss noch ein paar Fotos in alle Richtungen.

Es war schon etwas merkwürdig, dass Lioba Therese heute so oft über den Weg gelaufen war. Sie hatten Anfang der Woche zusammen Kaffee getrunken, aber oft sahen sie sich wochenlang nicht.

Sie knipste noch einen kleinen Jungen, über dessen Kopf ein heliumgefülltes schwarzes Piratenschiff flog. Der grinsende Totenkopf auf dem prallen Segel trug ein rotes Tuch wie der Junge selbst.

Lioba sollte ruhig das Liborifest genießen. Ihr Gesicht hatte gestrahlt, als sie den jungen Mann mit den blonden Locken angesehen hatte. Für die zwei bahnten sich aphrodisische Kirmestage an. Therese hoffte von Herzen, dass der heilige Liborius beide Augen zudrückte.

***

Lioba lief die Grube hinab auf den Dom zu. Von dessen Turm her erschallte schon das Angelusläuten. Sechs Uhr. Viel zu spät würde sie kommen. Dass der Vater noch im Garten war, wagte sie nicht zu hoffen. Zum Abendbrot saß er immer rechtzeitig am Tisch.

Aber der Bus fuhr erst in einer Viertelstunde. Zu Fuß wäre sie auch nicht schneller zu Hause, deshalb beschloss sie, noch kurz bei Viktor vorbeizugehen. Ihr Herz pochte. Sie musste jemandem von ihrem Glück erzählen. Endlich hatte Tobias sie wahrgenommen. Und nicht nur das. Er hatte den Arm um sie gelegt und sie geküsst in der Menge, wo es nicht auffiel. Alle taten das, und niemand schaute hin. Ihre Eltern würden nie etwas davon erfahren.

Am Abend – um neun am Neptunbrunnen vor dem Dom – wollten sie sich wieder treffen. Liobas Herz klopfte schneller. Wenn sie es geschickt anstellte, würden die Eltern sie vielleicht am Abend noch einmal vor die Tür lassen …

Schon oft hatte sie dem jungen Bauleiter ihres Chefs nachgesehen, wenn er direkt von der Baustelle ins Büro kam. Tobias sah sogar im verdreckten Overall gut aus. Aber in der schwarzen Leinenjeans und im weißen Hemd über der braunen Haut wirkte er wie Johnny Depp als Pirat. Auch ohne dass er den Schlips abnahm und die obersten Hemdknöpfe öffnete. Sie hatte sich in seinen Armen so wohlgefühlt, als hätte sie schon immer nach diesem Plätzchen gesucht.

Manuela hatte nur Augen für Stieglitz gehabt, mit ihr hatte Lioba nicht reden können. Viktor konnte sie es erzählen. Beide waren ihre Freunde noch aus der Zeit, als sie Pater Anselms Bibelstunden besucht hatten.

Viktor war früher in Lioba verliebt gewesen, doch das war längst vorbei. Nur ihre Eltern glaubten immer noch, dass aus ihnen beiden ein Paar werden würde. Tobias war nicht viel größer als Viktor, aber ein richtiger Mann. Wenn er an ihrer Seite stand, würde Vater nie wieder wagen, sie anzurühren.

In seinem gelben T-Shirt entdeckte sie Viktor sofort. Seine Nase berührte fast das Blech des schwarzen Mini, den er voller Hingabe polierte. Viktor war ein Autonarr, deshalb hatte er sich den Aushilfsjob am Autopoliermittelstand gesucht. Das war sein Sommerurlaub. Dass Viktor arbeitsam war, hatten ihre Eltern immer an ihm gelobt. Und arbeiten musste er hier. Sein Chef schmierte klebrigen Schmutz auf das Blech, das Viktor mit viel Liebe und dem angepriesenen Poliermittel immer wieder zum Funkeln brachte. Abends durfte er das schwarze Kraftpaket zur Garage fahren, was ihm fast mehr bedeutete als sein magerer Lohn.

»Hi, Viktor«, sagte Lioba, als sie den Stand erreichte.

Viktor richtete sich auf. Vom Gel glänzten seine Haare wie das polierte Blech. »Lioba? Was machst du denn auf Libori?« Er wies auf das Lebkuchenherz, das Tobias ihr gekauft hatte. »Goldschatz« stand in gelben Zuckergussbuchstaben darauf, umgeben von roten Herzchen. Sie musste es unter dem Kleid ins Haus schmuggeln, denn aufessen würde sie das kostbare Geschenk bestimmt nicht.

»Hast du dir das gekauft?«, fragte Viktor. »Oder hat dir das einer geschenkt?« *Geschänkt* sagte er, dabei versuchte Lioba schon jahrelang, ihm die richtige Aussprache anzutrainieren. Er schaute vom Herz in ihr Gesicht und zurück.

Lioba lachte. »Erzähl das bloß nicht deinen Eltern, dann wissen es meine sofort.«

»Sag schon – von wem hast du das Herz?« Mit starrem Blick sah er sie an. Seine Augen waren grau wie ihre, bloß die Wimpern waren kürzer. Und nicht getuscht. Das musste sie noch mit Spucke wegwischen, bevor sie ins Haus ging.

Viktor war wohl doch eifersüchtig, denn er lächelte kein bisschen. »Ganz harmlos«, sagte sie deshalb nur. »Ein Kollege. Der Chef hat uns alle in die Almhütte beordert, und danach waren wir bummeln.«

»Du lügst«, sagte Viktor. »Ich hab dich gesehen, im Autoskooter.«

Das hätte er auch gleich sagen können. Sie spürte, dass ihr Gesicht glühte.

»Bist du in den Kerl verliebt?«, fragte er.

Lioba lachte, obwohl er Tobias *Kerl* nannte und dann noch mit Ä aussprach. »Na und? Bin ich nicht alt genug?«

Mit dem Lappen polierte Viktor am Auto herum. Den Kopf schräg gelegt, suchte er das Blech nach blinden Stellen ab. »Ich hab mich auch in eine verschossen«, sagte er, ohne sie anzusehen. »Wir gehen morgen Abend, wenn ich hier fertig bin, zusammen auf den Berg.«

»Echt?« Lioba beschloss, es zu glauben. »Wer ist es denn? Kenne ich sie?«

»Mmh«, machte Viktor. »Du kennst sie. Schon lange.« Wieder zwei Ä.

Manuela hatte ihr nichts davon erzählt. Doch sie war seit Langem in Viktor verliebt. Er hatte nie etwas von einer Beziehung wissen wollen. »Es ist Manuela, oder?«, fragte sie.

Viktor nickte das Blech an.

»Nun komm schon, Viki«, sagte Lioba. »Mir kannst du es doch erzählen. Wie kam denn das so plötzlich?«

»Sag nicht immer Viki zu mir!«

»Okay. Aber wie kam es denn nun?«

Er sah sie von unten herauf an. Sein Gesicht spiegelte sich im Blech. »Sie hat mich gefragt, ganz einfach. Und eigentlich ist sie ja ganz nett. Sie will jetzt auch abnehmen, deshalb geht sie morgens wieder schwimmen.« Er sah an Lioba vorbei auf den Stand gegenüber. Seine Finger spielten mit dem goldenen Kreuz an seinem Hals.

Deshalb also. Sie hatte sich schon über den Eifer der Freundin gewundert. Früher war sie regelmäßig geschwommen, im letzten Jahr aber faul geworden.

»Und du hast ja sowieso ‘nen andern«, sagte er und sah wieder auf das Herz. »Deinen Goldschatz«, fügte er in sarkastischem Ton hinzu. Er grapschte nach dem Herz und zog daran. Das schmale Plastikband schnitt in ihren Nacken ein, doch viel mehr schmerzte sie, dass er seine harten Finger in den weichen Lebkuchen bohrte.

Sie riss ihm das Herz aus der Hand. »Lass das, du Grobian!«

»Tut mir leid, Lioba«, sagte er sofort. Streit mit ihr hatte er noch nie ertragen können. »Sei nicht böse. Aber manchmal …«

Er brach ab, doch Lioba wusste, was er sagen wollte. Sein Blick ging wieder über ihre Schulter hinweg. Er dachte eben immer noch an ihre Jugendliebe. Ihr schien sie so weit entrückt wie eine Sandkastenliebe …

Sie nickte. »Schon gut, Viki. Lass uns ein andermal reden, ich muss zum Bus.«

Viktor legte ihr die Hand auf den Arm. »Soll ich heute Abend vorbeikommen?«

Lioba schüttelte den Kopf. »Ich bin verabredet. Wir wollen noch mal auf den Berg.«

»So, so«, sagte Viktor. »Und wie kommst du nach Hause?«

»Zu Fuß. Ein Kollege begleitet mich.«

Mehr als auf den Liboriabend freute sie sich auf den langen Heimweg mit Tobias im Dunkeln. Aber das brauchte Viktor nicht zu wissen.

»Jesus kam, uns zu erlösen!«

Wieder ein Schlag. Heiß ratschte die Schnalle über ihren nackten Arm.

»Sag es!« Vater hob den Arm mit dem Gürtel über seinen Kopf. Er stand vor Lioba, die auf ihrem Bett saß, und wollte ihr wieder die Dämonen austreiben. Die braunen Augen funkelten in seinem hochroten Gesicht.

Lioba biss die Zähne zusammen.

»Sag es«, schrie Vater und schwang den Gürtel wie eine Peitsche.

Sie trotzte dem Schmerz in der Seite, wo das Metall sich tief in ihr Fleisch bohrte. Kein Wort würde er aus ihr herausbekommen.

»Jesus kam …« Er hob den Gürtel. Der nächste Schlag traf ihr Gesicht. Mit aller Kraft versuchte sie, die Tränen zurückzuhalten.

»Jesus kam …!«

Sie schlug die Hände vor die Augen, er riss sie herunter.

»Jesus kam … sag es!«

Er hielt ihr Kinn fest, Daumen und Zeigefinger der Linken wie ein Schraubstock, während die Rechte ihr Ohrfeigen versetzte.

»Sag es, sag es, sag es!«

Trotz des Schraubstocks flog ihr Kopf von einer Seite zur anderen. Auf der rechten Wange klatschte es, links dröhnte es knöchern, wenn er mit dem Handrücken zuschlug.

Plötzlich hörte Vater auf. Ihr Kinn weiterhin im Griff, suchte er ihren Blick. Das Brausen in ihrem Kopf übertönte ein Schluchzen. Vor der geschlossenen Zimmertür stand wie immer ihre Mutter. Nachher würde sie versuchen, Lioba in den Arm zu nehmen, aber kein Wort sagen.

»Guck mich an«, befahl Vater und riss an ihrem Kinn.

Sie kniff die Augenlider fest zusammen.

Abgehacktes Flüstern war zu vernehmen. Ihre Brüder, Schadenfreude im Ton. Mutters Zischen brachte sie zur Ruhe.

Mit einer letzten Ohrfeige, die sie unvermutet traf und ihr weitere Tränen in die Augen trieb, beendete Vater die Tortur. Für jetzt. Was später kam ...

Sie öffnete die Augen und sah in sein rotes Gesicht.

Er schaute beiseite. »Immer dein Trotz«, murmelte er. »Meinst du, ich mach das gern?«

Lioba wappnete sich für den zweiten Teil. Von draußen war kein Laut zu hören.

Er riss die Tür auf, schrie: »Haut ab«, und warf sie wieder ins Schloss. Lioba streckte ihren Rücken, als er zurückkam. Sie wollte aufstehen, doch ihre Beine zitterten zu sehr.

Vater setzte sich zu ihr aufs Bett. Manuela hatte in ihrem Zimmer einen Schminktisch mit einem Stuhl davor, doch in Liobas Familie galt ein Spiegel im Schlafzimmer als sündhaft. Hier hatte man zu schlafen und sonst nichts. Nicht einmal eine Heizung hatte der Raum. Aber das warme Zimmer schützte Manuela auch nicht vor den Schlägen *ihres* Vaters ...

Lioba rieb über ihren Arm, wo die Gürtelschnalle eine brennende Schramme hinterlassen hatte. Vater sah ihr zu. Er atmete schwer und sagte nichts. Die Hände hatte er zwischen die Knie gepresst, als müsste er sich von weiterer Gewalt abhalten.

Manuelas und ihre Eltern – auch die Viktors – waren zusammen aus Sibirien ausgewandert und lebten jetzt in der gleichen Christengemeinde. Alles sollte sein wie zu Hause in Russland. Sie hatten Lioba gezwungen, nach Deutschland zu kommen – warum durfte sie dann nicht leben wie die anderen Deutschen?

Für ihre Eltern war alles, was Spaß machte, Teufelszeug. *Ihre* Freuden hießen Arbeit und Gebet. Doch wenn sie so leben wollten, hätten sie in Sibirien bleiben sollen. Lioba erinnerte sich genau, wie sie ihr versprochen hatten, dass sie in Deutschland viel mehr Spaß haben würde …

Als sie ins Haus gekommen war, hatte Vater schon auf sie gewartet. Sofort hatte er gemerkt, dass sie etwas unter dem Kleid verbarg. Sie hatte das Lebkuchenherz hergeben müssen, und Mutter hatte es zerbrochen und in den Mülleimer gestopft.

Sie hatten schon von ihrem Liboribummel gewusst. Pater Anselm von der Christengemeinde hatte sie im Autoskooter gesehen und gepetzt. Es folgten die üblichen Schimpftiraden. Valentin und Richard, beide jünger als sie, standen hinter dem Vater und feixten, und Elisabeth, die kleine Schwester, hielt Liobas Hand und drückte sich eng an ihren Rock. Lioba war froh, als der Vater sie ohne Abendessen in ihr Zimmer schickte. Wenn das alles war …

Es war nicht alles gewesen. Er hatte sich ihre Bestrafung für nach dem Essen aufgehoben. Sie roch seine Wodkafahne – Mut angetrunken hatte er sich auch.

Er zog seine Hände zwischen den Beinen hervor und legte sie auf die Oberschenkel. Die Adern traten hervor, unter den Fingernägeln saß noch der Gartendreck. Er legte eine Hand um ihre Taille. Mit der anderen fasste er an ihr Kinn, das noch von eben schmerzte, und drehte ihr Gesicht zu sich. Schweißperlen standen ihm auf der Stirn. Lioba schloss die Augen.

Vater seufzte und ließ ihr Kinn los. »Was soll ich denn tun?«, fragte er. »Deine Mutter liegt mir in den Ohren, dass ich dir die Sündhaftigkeit austreiben soll, aber du machst es mir nur schwer. Warum musst du immer so widerspenstig sein?«

Sie hatte sich längst abgewöhnt, solche Fragen zu beantworten. Er würde doch wieder nur schreien und zuschlagen.

Er ließ den Arm höher rutschen, legte ihn um ihre Schultern und zog sie an sich. Sie machte sich steif und lehnte sich weg von ihm.

»Du warst schon immer mein kleines trotziges Mädchen«, sagte er. »Aber Mädchen müssen fügsam sein, das weißt du doch.« Wieder zog er sie zu sich. Sie duckte sich unter seinem Arm weg, stand auf und trat zum Fenster. Im Kirschbaum hüpften Drosseln umher und pickten in die Früchte.

Wie fügsam sie sein sollte, das hatte sie als Kind oft genug erlebt. Nach dem Prügeln hatte Vater sie immer in den Arm genommen, wie heute. Doch früher hatte er sie gestreichelt und befummelt und ihr dabei erklärt, Eltern müssten ihre Kinder überall anfassen, damit die fleischlichen Dämonen vertrieben würden. Sie hatte sich angewöhnt, laut zu kreischen, wenn er die Hand unter ihren Rock schob, sodass die Nachbarn es hören konnten. Schon lange hatte er das nicht mehr riskiert.

Lioba hatte versucht, Mutter zu erklären, was Vater mit ihr machte. Doch Mutter glaubte an Dämonen. »Das ist der Satan in dir, Kind«, hatte sie gesagt. »Der spiegelt dir das vor. Man hört es an seinem Kreischen, wenn er aus dir herausfährt.«

Erst später war ihr der Gedanke gekommen, dass der Vater nur vorgab, ihr den Teufel auszutreiben, wenn er sie attackierte. In Wirklichkeit wollte er nur ihren Trotz brechen, sie sollte sein fügsames kleines Mädchen bleiben.

»Deine Brüder sind doch auch nicht so«, sagte der Vater vom Bett her. »Sie gehorchen ihren Eltern und hören auf Pater Anselm.«

Das glaubte nur er. Valentin und Richard taten heilig, wenn sie beobachtet wurden. Aber wenn die Erwachsenen nicht hinsahen, wurden sie fies. Sie schauten durchs Schlüsselloch ins Badezimmer und rissen die Tür auf, wenn die Mädchen nackt waren. Bei jeder Gelegenheit kniffen sie Elisabeth und zogen an ihren Haaren. Sie hielt sich deshalb möglichst oft in Mutters Nähe auf, was ihr den Ruf einer braven Tochter eingebracht hatte.

Das Bett quietschte. Vater stand auf. Er stellte sich neben sie, doch als er die Vögel sah, riss er das Fenster auf und vertrieb sie mit lautem Händeklatschen. Die Drosseln flogen auf und ließen sich im Erdbeerbeet des Nachbarn nieder. Mit einem Lächeln schloss der Vater das Fenster. Seine Laune konnte von einem Moment zum anderen wechseln.

»Komm, Lioba«, er wollte sie wieder in den Arm nehmen, »sei ein liebes Mädchen …«

Sie drehte sich weg von ihm, und seine Hand rutschte ab.

»Dann muss Pater Anselm mit dir reden«, sagte er. »Die Dämonen in dir sind völlig verstockt. Für solche Fälle gibt es in der Kirche Spezialisten. Bestimmt können sie dir helfen.«

Keinesfalls würde Lioba mit Pater Anselm reden. Er würde doch wieder nur von seiner Maria anfangen und wie fügsam die sich in ihr Schicksal ergeben hätte. Doch die Gottesmutter war auch nicht geschlagen worden …

Vater ging zur Tür, drehte sich aber noch einmal um. »Die Furcht des Herrn ist der Anfang der Weisheit, und die Erkenntnis des Heiligen ist Einsicht«, zitierte er. »Du hast viel Zeit, darüber nachzudenken.« Damit verließ er ihr Zimmer. Von außen drehte er den Schlüssel zweimal um und zog ihn ab.

Hausarrest, wieder einmal, und als einzige Unterhaltung ein Bibelspruch. Tobias würde vergebens am Neptunbrunnen auf sie warten.

Lioba warf sich bäuchlings auf ihr Bett und schlug mit den Fäusten auf ihr Kissen ein. Dann ließ sie ihren Tränen freien Lauf.

ZWEI

Judith Rakers hatte Tränen in den Augen. Nie zuvor hatte die kühle Blonde – so nannte BILD die Nachrichtensprecherin der ARD – zugelassen, dass auf dem Bildschirm ihre Emotionen sichtbar wurden. »Das Paderborner Liborifest ist von einem tragischen Todesfall überschattet worden«, sagte sie mit leicht brüchiger Stimme.

Ein Unfall auf der Kirmes? Judith Rakers stammte selbst aus Paderborn – vielleicht kannte sie das Opfer. Therese stellte den Fernseher lauter.

Die Sprecherin guckte auf ihren Zettel und blinzelte ein paarmal. Als sie aufsah, war ihr Gesicht so unbewegt und ernst wie immer bei schlechten Nachrichten. In der ersten Liborinacht war eine junge Frau gewaltsam zu Tode gekommen. »Die Polizei spricht von Mord«, sagte Judith Rakers.

Therese setzte sich auf, als der Fundort der Leiche eingeblendet wurde. Es war das Weihrauchfass vor dem Dom.

Die Tote war am frühen Sonntagmorgen entdeckt worden, als man den Weihrauch wieder in Brand setzen wollte. »Aufgrund gewisser Indizien konnte die Polizei davon ausgehen, dass die junge Frau einer Kirchengemeinde angehört hatte.« Judith Rakers' Stimme kam aus dem Off. Im Bild war der Domturm mit seinen munter flatternden Liborifähnchen. »Unter Mithilfe des Erzbischöflichen Generalvikariats ist sie inzwischen identifiziert worden. Es handelt sich um die fünfundzwanzigjährige Lioba Keller ...«

Therese beugte sich abrupt vor. Sie musste sich verhört haben.

Ein unscharfes Foto war zu sehen. War das Weihbischof König? Mit zum Himmel erhobenen Augen legte er die Hände auf den Kopf eines blonden Mädchens, das an ihm vorbeisah. Eine Firmung; bestimmt hatte die Kirchengemeinde die Aufnahme zur Verfügung gestellt.

Das Mädchen war im Profil abgebildet. Es hatte ein schmales Gesicht und volle Lippen.

Judith Rakers sprach weiter. »Das Mordopfer stammte aus einer Aussiedlerfamilie, die vor dreizehn Jahren aus Sibirien nach Paderborn übergesiedelt war. Sie gehörte einer streng katholischen Gemeinschaft an. Sogar einen Exorzismushintergrund schließt die Polizei nicht aus. Hauptkommissar Schlüter, der in unserem Bielefelder Studio zu Gast war, hat bereits einen Tatverdächtigen verhaftet.«

Vor Thereses Augen stand immer noch das Bild des blonden Mädchens. Alles traf auf Lioba zu …

Schlüter trug einen roten Schlips und lächelte in die Kamera. »Es gibt zahlreiche Indizien, die darauf hindeuten, dass an dem Mordopfer ein Exorzismusritual vollzogen wurde. Denken Sie nur an den Leichenfundort mit seiner sakralen Symbolik.« Er streckte den Kopf vor und riss die Augen auf. Die eckige Brille war Therese neu. »Außerdem hat sich der Tatverdächtige im Verhör selbst schwer belastet.«

Der Redakteur kam ins Bild. »Sie haben Wladimir Keller, den Vater des Mordopfers, verhaftet …«

Therese schlug beide Hände vor den Mund. Das konnte nicht sein.

»… liegt denn ein Geständnis vor?« Die Stimme aus dem Fernseher erschien ihr weit entfernt.

»Das nicht. Aber angesichts der Beweislage ist eine Verurteilung unumgänglich.« Schlüters Miene drückte aus, was Therese schon einmal von ihm gehört hatte: *Der Fall ist gelöst, die Kiste ist zu.* Damals hatte er den Falschen eingesperrt.

Schlüter wurde ausgeblendet. Der Moderator kündigte als nächsten Gast Ägidius Engel an, den Pressesprecher des Erzbistums. Er nahm auf dem roten Sofa Platz und stellte die Beine eng nebeneinander. Seine wortreiche Stellungnahme enthielt im Wesentlichen das, was er schon gesagt hatte, als sich die Medien das letzte Mal auf die Paderborner Exorzismusfälle gestürzt hatten: Es gab nur wenige exorzistische Rituale, und sie wurden vom Bischof streng kontrolliert. Zu dem aktuellen Mordfall wollte er nichts sagen, schloss jedoch aus, dass es sich um ein vom Bischof genehmigtes Verfahren gehandelt habe.

Therese konnte immer noch nicht glauben, dass von Lioba die Rede sein sollte.

Das Bild wechselte zu Judith Rakers. In die Unterzeile war ein

Passfoto mit dem Namen »Lioba Keller« montiert. »Paderborner Mordfall aufgeklärt« war daneben zu lesen.

Therese starrte auf das kleine Foto. Es war Lioba. Sie lächelte Therese an.

Judith Rakers redete vom Weihrauchfass, das man erstmals in diesem Jahr vor dem Dom aufgebaut hatte. Das Liborifest wurde trotz des Todesfalls nicht abgebrochen.

Lioba sollte tot sein?

Das Foto machte jeden Zweifel daran zunichte.

In Thereses Brust bildete sich ein Stein, der sie an Uwes Opal erinnerte. Tiefschwarz musste er sein. Ein Stein aus Trauer, der immer weiter wuchs ...

Gestern noch hatte sie Liobas Lachen mit der Kamera eingefangen.

Therese fuhr den PC hoch. Lioba war ermordet worden, und ihr eigener Vater sollte der Mörder sein. Ein Exorzismusfall war in Paderborn nicht undenkbar. Was mochte Lioba seit gestern erlitten haben?

Therese klickte sich durch ihre Fotoausbeute vom Liborisamstag. Den Hampelmann vor dem Domturm hatte sie gut getroffen, aber lachen konnte sie nicht mehr über ihn. Gleich neben seinem Stand war Lioba gefunden worden.

Beim Anblick der Fotoserie mit Lioba wurden Thereses Augen feucht. Sie vergrößerte eine der Aufnahmen aus der Almhütte, wo Stieglitz den Arm um Lioba gelegt hatte. Sie schaute nicht auf, aber man konnte die langen Wimpern erkennen, die sonst wie ein Strahlenkranz ihre großen Augen umgaben. Die Lippen waren fest aufeinandergepresst. Dennoch war zu sehen, wie voll und schön geschwungen sie waren. Lioba selbst hatte immer gesagt, sie seien breit wie Russenlippen. Ihr Gesicht dagegen war schmal und hatte gar nichts Russisches.

Wenn Kommissar Schlüter recht und Herr Keller seine Tochter getötet hatte, war der Liboribesuch wahrscheinlich der Auslöser gewesen. Wieder fiel Therese auf, wie bedrückt Lioba auf den Aufnahmen wirkte. So hatte sie immer ausgesehen, wenn sie von ihrer Familie erzählte. Therese konnte ihren Blick nicht von Lioba lösen.

Viel gelacht hatte Lioba ohnehin nie, jedenfalls nicht in den ersten Jahren ihrer Bekanntschaft. Als ernstes vierzehnjähriges Mädchen hatte Therese sie kennengelernt, das kaum ein Wort sprach, weil es sich für seine Aussprache schämte. Therese, die sich als arbeitslose Germanistin mit allem Möglichen über Wasser hielt, hatte Lioba geholfen, ihr Deutsch zu verbessern. Lioba hatte sich mit verbissenem Eifer durch die fremde Grammatik gekämpft und stundenlang die Aussprache deutscher Wörter geübt. Sie las viel, ihr Wortschatz hatte Therese beeindruckt. Ohne Probleme hatte sie die Höhere Handelsschule geschafft und war nach der Ausbildung bei Stieglitz in dessen Buchhaltung übernommen worden.

Über die Jahre hin waren Therese und Lioba richtige Freundinnen geworden und hatten sich noch oft getroffen, als Lioba die Nachhilfestunden längst nicht mehr nötig hatte. Nur ein leicht fremder Zungenschlag war geblieben, den Therese sympathisch fand.

»Achte auf meinen Akzent«, hatte Lioba immer gesagt, »und verbessere mich sofort, wenn er sich russisch anhört.« Zu den Russen wollte sie nicht gezählt werden.

Therese hatte sie korrigiert und einzelne Sätze mit ihr geübt. Dafür hatte Lioba schon während ihrer Lehrzeit darauf bestanden, Therese bei ihren Steuern zu helfen. Lioba hatte sich immer über das Chaos in Thereses Papieren lustig gemacht, aber keine Probleme gehabt, Ordnung hineinzubringen. Therese selbst würde das nie gelingen.

Lioba hatte es so schwer gehabt und sich trotzdem so viel Mühe gegeben. Das war jetzt alles umsonst gewesen. Nicht einmal ihre erste Liebe hatte sie genießen dürfen …

Therese klickte das nächste Bild an. Hier waren Liobas Augen geöffnet. Sie schaute in die Ferne, als suchte sie nach einem Ausweg. Wieder fühlte sich Therese an die Lioba von früher erinnert, an ihre kühlen grauen Augen, in die nur selten ein Lächeln getreten war.

Therese hatte Liobas Geschichte erst nach und nach erfahren. »Meine Eltern haben mich verschleppt«, hatte sie vor Jahren mit damals noch deutlich hörbarem Akzent gesagt. Er hatte die Empörung nicht mindern können, die in ihrem Tonfall lag.

Lioba war zwölf gewesen, als die Familie nach Deutschland übergesiedelt war. Therese hatte sie nach ihren russischen Freundinnen gefragt, doch da waren sofort Tränen in ihre Augen getreten. Von ihrer früheren Heimat erzählte sie nie.

Die Familie war erzkatholisch, nur deshalb war sie nach Paderborn gekommen. Von Lioba wusste Therese immerhin, dass ihre Großeltern als Wolgadeutsche nach Sibirien deportiert worden waren. »Wenn du meinst, meine Eltern wären strenggläubig, hättest du meine Oma erleben müssen.« Lioba hatte tatsächlich darüber lachen können. »Und die Nachbarn, alles Mennoniten und Baptisten, waren noch schlimmer. Oma hat denen alles nachgemacht.«

Mit den Großeltern und der Familie Keller waren noch andere Verwandte nach Paderborn gezogen. Kurz bevor Therese und Lioba sich kennenlernten, hatten die Kellers die Mietwohnung am Kaukenberg gegen ein eigenes Häuschen in der Stadtheide getauscht. Lioba hatte dann die Realschule am Niesenteich besucht.

Die ganze Familie hatte in der Christengemeinde die neue Heimat gefunden, die sie sonst in Deutschland nirgends fand. Ihr »gelobtes Land« wollte die Russlanddeutschen eigentlich gar nicht haben. In der Gemeinde ging es so streng zu wie sonst nur bei den evangelikalen Baptisten. Lioba hatte versucht, sich daraus zu lösen, aber das war nicht so einfach gewesen. Sie hatte zu Hause einiges auszustehen gehabt, denn noch schlimmer als der religiöse Drill war Liobas Vater, der wie ein Despot über die Familie herrschte.

Sogar geschlagen hatte er Lioba, was Therese nur bemerkt hatte, weil Lioba einmal eine kurzärmlige Bluse getragen hatte. Auf dem Foto von gestern Abend hatte Lioba ebenfalls nackte Arme. Damals in den Paderwiesen hatte sie eine dünne graue Strickjacke getragen. Therese erinnerte sich gut, als wäre es erst gestern gewesen.

Sie saßen im Gras und übten deutsche Wörter mit E.

»E-le-fant«, sagte Lioba und dehnte die Vokale. Sie zeigte auf einen verfetteten Hund, lachte und zog ihr Jäckchen aus.

Vor Schreck vergaß Therese, die Länge der letzten Silbe zu korrigieren. Liobas Arme waren mit blauen Flecken übersät.

»Da hat dich wohl ein Elefant getreten?«, fragte sie.

Lioba verschränkte die Arme und verdeckte die Flecken mit

den Händen. »Ach, das ...« In ihren Augen las Therese Schuldbewusstsein. »Mein Vater hat herausbekommen, dass ich im Freibad war.«

»Und dann schlägt er dich?«

»Ja.«

»Hilft dir deine Mutter nicht?«

»Ach was, die redet ihm noch zu, dass er mich bestrafen soll. Nacktes Fleisch zeigen ist Sünde.« Ihr Lachen geriet ziemlich schief. Sie betastete die blutunterlaufenen Male. »An den Beinen hab ich auch welche.« Sie trug eine lange schwarze Baumwollhose. »Aber was soll's – den Badeanzug haben sie mir sowieso weggenommen.«

Therese schüttelte den Kopf. »Hast du mal daran gedacht, zu Hause auszuziehen? Du bist alt genug, und leisten kannst du dir das auch. Ich helfe dir gern bei der Wohnungssuche und beim Umzug.«

Lioba zupfte einen Grashalm aus der Wiese und drehte ihn zwischen ihren Fingern. »Meine Eltern können doch nicht anders, und eigentlich meinen sie es gut mit mir. Sie haben eben Angst, dass ich in die Hölle komme.« Wieder das schiefe Lachen. »Ich war ja schon froh, dass ich so lange zur Schule gehen und die Lehre machen durfte. Gottgefällig ist das nicht, sagt Mutter immer. Ich soll heiraten und dem lieben Gott Kinder schenken.« Sie warf den Grashalm weg. »Dann darf ich auch ausziehen.«

»Wahrscheinlich haben sie auch schon einen Mann für dich?«

»Genau. Viktor, meine Jugendliebe.« Lioba riss den nächsten Grashalm aus. »Aber das ist längst vorbei, wir sind nur noch gute Freunde.« Sie schaute zur Pader hinüber, wo ein paar Kinder planschten. »Wir waren schon in Russland zusammen ...«

Es war das erste Mal, dass Therese von dieser Freundschaft hörte.

Damals waren Liobas Wangen runder gewesen als auf dem Foto auf Thereses Computerbildschirm. Lioba war älter geworden, ein bisschen schlanker, hatte sich sonst aber wenig verändert. Therese seufzte. Bei aller Aufsässigkeit war Lioba doch die brave Tochter geblieben.

Therese bezweifelte allerdings, dass sich Lioba widerspruchslos einem Ritual zur Teufelsaustreibung unterzogen hätte. Sie würde sich dagegen gesträubt haben, es war zu Gewalt gekommen ...

Schnell klickte Therese weiter. Auf dem nächsten Bild hatte Stieglitz seinen Arm von Liobas Schultern genommen. Vor ihr standen die Schnapsgläschen, die sie nicht leer getrunken hatte. Stieglitz schielte darauf. Man sah nur seine rechte Gesichtshälfte, die ohne Muttermal. Hier hatte er gar nichts von dem Strahlemann, als der er sonst in der Zeitung auftauchte. Wahrscheinlich zeigte er den Fotografen immer seine Schokoladenseite; es schien, als lächelte der linke Mundwinkel durch den Knubbel darüber von ganz allein.

Rechts presste Stieglitz die Lippen zusammen und zog den Mundwinkel herab. Eine tiefe Falte verlief bis zum Kinn. Therese vergrößerte die Aufnahme. Stieglitz' Augenpartie schien ihr ebenfalls angespannt zu sein, Ober- und Unterlid waren zusammengepresst, die Braue war gerunzelt. Er stierte auf die Schnapsgläser, als enthielten sie widerwärtig stinkenden Schleim. Therese war sicher, dass er den hasserfüllten Blick nicht den harmlosen Gläschen, sondern Lioba zugedacht hatte, die sich geweigert hatte, mit ihm zu trinken.

Lioba war zur Seite gelehnt, ihre Schulter vorgeschoben, trotzdem konnte sie dem Körperkontakt mit Stieglitz nicht entgehen. Er war ihr unangenehm, das war deutlich zu sehen. Therese wünschte sich, Liobas Gedanken lesen zu können.

Der Bildschirm flimmerte vor Thereses Augen, und sie lehnte sich in ihrem Stuhl zurück. Lioba hatte zu Beginn ihrer Beschäftigung in Stieglitz' Architektur- und Baugeschäft nur Gutes über ihren Chef berichtet. Wie großzügig er sei, wie freundlich, und wie vielen Menschen, die andere Firmen nicht haben wollten, er eine Chance gebe. Aussiedlern wie ihr, Arbeitslosen, und von einer ehemals Drogenabhängigen hatte Lioba gesprochen, mit der sie zusammenarbeitete. War das vielleicht die Schwarzhaarige neben Stieglitz?

Vor ein paar Wochen jedoch hatte sie ganz andere Töne angeschlagen. Therese war auf dem Markt gewesen, und unterhalb des Doms hatte sie Lioba getroffen, die ihre Mittagspause auf einer Bank an der Pader verbrachte.

»Kannst du dir vorstellen, dass Stieglitz etwas Ungesetzliches tut?«, hatte sie gefragt. Ihr Gesicht war angespannt gewesen.

Thereses Überraschung hielt sich in Grenzen. »Durchaus.« Stieglitz war als knallharter Unternehmer bekannt, und in der Politik ging er auch nicht gerade zimperlich vor. »Wovon redest du? Steuerhinterziehung?«

»Viel schlimmer.« Als Buchhalterin hatte Lioba guten Einblick in seine Geschäfte. »Er sagt ja immer, wie wichtig ihm seine weiße Weste ist, aber so langsam glaube ich, dass sie dringend in die Wäsche gehört.« Sie sah zum Domturm hinauf, als hinge das Wäschestück dort zum Trocknen.

»Was hast du denn herausbekommen?«

Lioba zögerte. Die Pader glitzerte in der Sonne, ein paar Enten schwammen ihre Runden. Im großen Quellbecken spiegelte sich der Domturm. »Sei mir nicht böse, Therese«, sagte sie dann, »aber bis jetzt habe ich nur einen Verdacht. Ich muss erst mehr herausfinden. Vielleicht erzähle ich es dir dann.«

»Schon klar. Und wenn sich dein Verdacht bestätigt? Was willst du dann tun?«

»Keine Ahnung.« Lioba hob die Hände in einer hilflosen Geste. »Vielleicht erst mal mit Stieglitz reden? Du glaubst nicht, wie wütend ich auf den bin …«

Stieglitz musste etwas wirklich Schlimmes verbrochen haben. »Überleg dir«, sagte Therese, »ob du nicht lieber zur Polizei gehen willst. Für Ungesetzliches sind die zuständig.« Dass Stieglitz auf so eine Anschuldigung hin ungemütlich werden könnte, behielt Therese lieber für sich. Sie wollte Lioba nicht ängstigen.

»Jedenfalls sitzt er auf einem Pulverfass. Wenn ich recht habe, ist es zu Ende mit Stieglitz.« Sie packte ihr Butterbrot ein. »Ich muss zurück ins Büro. Hoffentlich läuft er mir da nicht über den Weg.«

Damals auf der Bank unterhalb des Doms hatte Therese ein mulmiges Gefühl gehabt. Sie hätte es ernster nehmen sollen. Stieglitz konnte sicher mehr als nur ungemütlich werden, wenn er seine Existenz in Gefahr sah. Angenommen, Schlüter irrte sich und Lioba war keiner Teufelsaustreibung zum Opfer gefallen. Dann konnte auch Stieglitz für ihren Tod verantwortlich sein.

Je länger Therese auf das Foto starrte, umso hasserfüllter kam ihr Stieglitz' Miene vor. Lioba dagegen erschien ihr von Ablehnung erfüllt. Jeden Moment schienen die Schnapsgläschen unter den Blicken der beiden explodieren zu wollen. Hatte es diese Spannung zwischen Lioba und Stieglitz wirklich gegeben? Oder bildete Therese sich das alles nur ein? Sie hatte den Verdacht, dass ihre Phantasie ihr mal wieder einen Streich spielte. Oder auch ihr Vorurteil: Sie hatte Stieglitz noch nie leiden können.

Sie nahm ihre Brille ab und rieb sich die Augen, verschränkte die Hände im Nacken und atmete tief durch. Immer noch sah sie Liobas Gesicht vor sich.

Therese wollte den Fotoordner schließen, da fiel ihr unter den Zuschauern am Rand des Autoskooters Uwe auf und neben ihm sein Standnachbar vom Pottmarkt. Viktor hieß er, hatte Uwe gesagt. Erst jetzt fiel Therese die Namensgleichheit zu Liobas Viktor auf. Wenn er der russische Adonis vom Autopoliermittelstand war, hatte Uwe schlechte Karten. Schwul war er dann bestimmt nicht.

Der Viktor auf den Fotos trug ein goldenes Kreuz am Hals. Und er schaute mitnichten Uwe an, sondern hielt den Blick starr auf die Arena gerichtet, wo Lioba ihre Runden drehte. Die Anwesenheit ihres Jugendfreundes hatte sie wohl gar nicht bemerkt.

So fröhlich war sie gewesen, als Therese sie im Autoskooter fotografiert hatte. Was auch immer geschehen war zwischen Lioba und Stieglitz – ihr selbst hatte es die Stimmung nicht verdorben. Therese zoomte eine der Aufnahmen hoch. Das glatte blonde Haar flog um Liobas Kopf, sie drehte sich gerade zu dem Kollegen um. So hatte sie früher nur gestrahlt, wenn sie eine wichtige Prüfung bestanden hatte. Diese vor Glück leuchtende Lioba wollte Therese in der Erinnerung behalten.

Das Wasser der Dielenpader war grau trotz des blauen Himmels. Die Sonne stand tief über den Paderwiesen und schickte nur noch wenige Strahlen durch die Baumkronen. Der Dunst im Westen versprach einen farbigen Sonnenuntergang. Heiß war es noch immer. Der Weg zur Inselspitze, wo alle fünf Paderarme zusammenflossen, war voller Menschen. Eltern zogen müde Kinder hinter sich her. Ein kleines Mädchen im rosa Kleid wurde getragen und sah mit leuchtenden Augen zu dem bunt schillernden Luftballon auf, den eine fürsorgliche Hand an seinem Arm befestigt hatte. Nach den Spuren in dem kleinen Gesicht hatte es Schokoladeneis gegeben. Das blaue Einhorn mit Glitzersternchen auf Schwanz und Flügeln wippte mit den Schritten des Vaters auf und ab.

Therese musste schlucken. Lioba hatte so viel Kinderglück nie genießen dürfen.

Michael drückte ihre Hand. »Lass uns zur alten Mühle gehen, da ist es ruhiger.«

Das liebte Therese an ihrem Freund: Er konnte ein fürchterlicher Macho sein, war aber sensibel wie sonst kaum ein Mann.

Michael hatte ebenfalls in den Nachrichten vom Tod Liobas erfahren und sich sofort aufgemacht, um Therese zu trösten. Seine Umarmung hatte ihr gutgetan. »Du musst auf andere Gedanken kommen«, hatte er gesagt und den Spaziergang zur Pader vorgeschlagen. »Und nachher gehen wir bei Paolo einen Wein trinken.«

Es war nicht so einfach, auf andere Gedanken zu kommen, wenn sie immer noch Liobas Gesicht vor sich hatte und ihr fröhliches Lachen im Ohr. Therese hätte es so gern öfter gehört …

Sie legte die Arme auf das Brückengeländer und stützte sich darauf. Dicke Eichenstämme, die hielten was aus. Die Wassermassen der Dammpader hatten früher die Mühlräder angetrieben. Schon oft hatte Therese hier gestanden, wenn Chaos ihren Kopf beherrschte. Michael lehnte sich mit dem Rücken gegen das Geländer.

Eilig flossen die Wellen vorbei, ungreifbar wie Thereses Gedanken, die in ihrem Kopf umherwirbelten. Da waren die Dämonenjäger, da war das merkwürdige Verhalten Stieglitz', da war die Frage, warum der Pottmarkt-Viktor am Autoskooter stand. Immer wieder tauchte dazwischen der junge Mann an Liobas Seite auf. Wie der Brückenpfeiler bremste Schlüters Gewissheit den Gedankenfluss. Die Polizei hatte Herrn Keller als Liobas Mörder verhaftet.

»Was hältst du denn von Schlüters Exorzismusverdacht?« Michael drehte sich zu Therese um. In seinem Gesicht las sie Zweifel.

»Tja.« Die Teufelsaustreiber im Paderborner Generalvikariat waren erst im Mai durch alle Medien gegangen. »Wenn es nicht ausgerechnet Schlüter wäre, der den Fall so schnell gelöst hat, könnte man es glauben.« Mit dem Kommissar der Paderborner Polizei hatten Michael, Therese und ihre Freundin Renate Quickstern vor drei Jahren zu tun gehabt, als sie – nicht Schlüter – einen Mord im Arbeitsamt aufgeklärt hatten. Schlüter hatte seine Vorurteile gepflegt und schon damals den Falschen verhaftet.

Michael schob die Augenbrauen hoch. »Der spinnt doch. Die Exorzisten wären schön blöd, eine so auffällige Spur zu legen. Und der Vater genauso.«

Therese nickte. »Ich würde zu gerne wissen, welche Indizien Schlüter für seinen Exorzismusverdacht sonst noch hat. Allein der Ort, an dem Lioba gefunden wurde, kann es ja wohl nicht sein.« Es war kaum denkbar, dass irgendein Priester nach dem Wirbel, den die Medien gemacht hatten, noch auf Dämonenjagd ging. Wer im Generalvikariat mit Exorzismusritualen zu tun hatte, würde sich jetzt wohlweislich bedeckt halten. »Eine Leiche ins Weihrauchfass legen kann doch jeder.«

Michael nickte nachdenklich und lehnte sich ebenfalls übers Geländer. Die Luft war immer noch warm, nur vom Wasser her stieg etwas Kühle auf.

Ein Lichtfleck zwischen den Bäumen erhellte die Pader bis auf den steinigen Grund. Es waren wohl Ziegelbrocken, die zwischen den Kieseln rot schimmerten. Grünfedrige Algen wehten darüber hin. Klarer wurde das Bild nicht, die Wellen verzerrten es immer wieder.

Therese hob den Kopf. »Du kennst doch Carsten Stieglitz, Liobas Chef.« Michael war in der Gewerkschaft und kannte sich in Baufirmen ganz gut aus.

»Klar. Du doch auch. Er steht ja dauernd in der Zeitung.«

»Ja, als Politiker. Aber wie ist er denn als Unternehmer?« Therese gab kurz Liobas Andeutungen über Stieglitz' fleckige Weste wieder. »Angeblich sitzt er auf einem Pulverfass.«

»Sag bloß?« Michael richtete sich auf. »Gerüchte hab ich über den Piepmatz ja schon gehört, aber erwischt hat ihn wohl noch keiner.«

»Gerüchte?« Therese drehte sich um. »Worum ging's denn da?«

»Ach – du weißt doch, wie Gewerkschafter quatschen.« Michael wiegelte ab. »Schwarzarbeit und Schwarzhandel, Bestechung und so weiter. Jeder will mehr wissen als der andere, aber wenn man nachfragt, weiß keiner was Genaues.«

Therese war wie elektrisiert. »Scheint was dran zu sein an dem Gerücht, meinst du nicht? Was ist, wenn Lioba ihm gedroht hat, zur Polizei zu gehen? Dann hätte er ein Motiv, sie zu ermorden.«

»Mag sein«, sagte Michael. »Obwohl ich nicht glaube, dass er das nötig hätte. Stieglitz hat sich bestimmt abgesichert, dem passiert nicht viel. Ein paar Monate Gefängnis ...« Mit einer Handbewegung tat er die imaginäre Bagatelle ab.

»Und der Verlust aller öffentlichen Ämter. Den Bürgermeister kann er sich dann abschminken, das hätte er nicht riskiert.«

»Wegen ein paar Unterschlagungen lassen die ihre Leute nicht fallen. Das wird dann wieder zur Privatsache erklärt, die mit dem Amt nichts zu tun hat.«

Michael hatte recht, so lief das in Paderborn. Dennoch widerstrebte es Therese, den Verdacht gegen Stieglitz so einfach abzutun. Lioba könnte etwas Gravierendes gegen ihn in der Hand gehabt haben, etwas, das seinen Nimbus als aufrechter Christ zerstören würde, ob nun die CDU hinter ihm stand oder nicht.

»Du hättest sehen müssen, wie feindselig Stieglitz auf die Schnapsgläschen gestarrt hat. Den Grund für den Hass kann ihm nur Lioba gegeben haben.«

Michael grinste. »Du und deine Vorurteile, Therese. Auf deinem Foto überlegt Stieglitz wahrscheinlich nur, warum das Mädchen seinen Schnaps nicht getrunken hat. Vielleicht macht er sich Gedanken darüber, wie er sie ohne Alkohol rumkriegen kann. Er mag ein Abschlepper sein und ein skrupelloser Unternehmer, aber ein Mörder ist er deshalb noch lange nicht.«

Das alles klang so logisch. Oder nicht? Reizte es Therese nur, dass Michael mal wieder den Allwissenden herauskehrte?

Das Mühlrad gegenüber drehte sich träge. Wasser tropfte von den Brettern, doch das Rad wurde schon lange elektronisch angetrieben. Eine Touristenattraktion, kein Stadtführer ließ sie aus. Stadtauswärts färbte sich der Himmel rosa. Auch die Kämme der stahlgrauen Wellen schillerten rosa, wo keine Bäume die Pader beschatteten.

Therese umfasste das Geländer mit beiden Händen. »Aber Liobas Vater hältst du auch nicht für den Mörder. Wer soll es aber dann gewesen sein?«

»Ich kann mir schon vorstellen, dass ihr Vater sie umgebracht hat, nur an das Exorzismusritual glaube ich nicht. Schlüter sagt ja, Keller habe sich im Verhör selbst belastet. Aber wenn er es nicht gewesen ist, dann kommen in Liobas Umfeld bestimmt noch andere in Frage. Hast du gestern nicht von einem neuen Freund erzählt?«

»Der war so verliebt, der bringt die doch nicht um!« Aber der gut aussehende Kollege mit Schlips und Brille war Stieglitz' Angestellter, und Stieglitz hatte ihn Lioba nachgeschickt.

»Du weißt ja nicht, was später noch passiert ist. Wenn sie sich gestritten haben …«

»Das glaube ich nicht.« Dann eher noch dieser Viktor, der Lioba so intensiv beobachtet hatte.

»Komm, Therese.« Michael legte den Arm um ihre Schultern. »Zum Glück müssen wir den Fall nicht aufklären. Schlüter wird ja nicht jedes Mal danebengreifen.«

»Und wenn doch?«

»Dann wird Herr Keller hoffentlich einen guten Anwalt haben. Du wirst alles in der Zeitung lesen können.«

Michael hatte recht. Doch die Gedanken in Thereses Kopf kreisten weiter, langsamer jetzt, wie das moosbewachsene Mühlrad. So wenig Zeit war vergangen, seit Therese eine quicklebendige Lioba fotografiert hatte. Bald nach ihrem Liboribesuch musste sie auf ihren Mörder getroffen sein. Hatte sie ihn gekannt? Oder konnte ein Fremder, ein Wahnsinniger, ihr Leben ausgelöscht haben? Therese wandte dem Mühlrad den Rücken zu.

»Lass uns den Wein auf deinem Balkon trinken, da sehen wir den Sonnenuntergang auch«, sagte Michael.

»Okay.« In den grauen Fluten der Pader fand Therese auf ihre Fragen ohnehin keine Antwort.

Die heiße Dusche prasselte auf Thereses Nacken und löste die letzten Verspannungen. Im großen Becken der »Schwimmoper« hatte sich das Wasser wie Beton angefühlt. Dort hatten sie die nächtlichen Alpträume von Liobas Flug im Kettenkarussell und eigene Fluchten durch weihrauchgeschwängerte Irrgänge noch begleitet, doch draußen im warmen Sprudelbecken, in der Morgensonne, waren sie verschwunden. Übrig geblieben waren Liobas Lachen und die grauen Augen, die zum letzten Mal gestrahlt hatten.

Der Stein aus tiefschwarzer Trauer steckte immer noch in Thereses Brust. Uwes schützender Opal hatte versagt.

»Heute war's ja mal ruhig.« Das war die übliche Gesprächseröffnung im Frauenduschraum. Sie kam von einer rosahäutigen Frau, die deutlich mehr Wasser verdrängte als Therese.

»Ja. Gar keine Torpedos unterwegs.« Therese mochte die Schwimmer nicht, die mit voller Kraft voraus die Bahnen durchpflügten. Meist waren es Männer, die mit aggressiv verzogenem Mund gegen das feindliche Element ankämpften.

Die Frau nickte. »Die sind jetzt im Freibad.« Mit dem Waschlappen bearbeitete sie ihren ausladenden Busen. Eine tiefdunkle OP-Narbe teilte ihren Bauch in zwei Erdteile: Ost und West.

Paradiesische Nacktheit umgab Therese. Wogende Brüste, wulstiger Bauchspeck, pralle Hinterteile. Wie im Bild vom Jungbrunnen – seiner linken Seite. Dort hatten Maler wie Lucas Cranach die Menschen dargestellt, wie sie in der Wirklichkeit aussahen: gealtert, verbraucht und auf mancherlei Arten missgestaltet. Vielen war ihr schweres Leben anzusehen, auch Böse waren darunter. Auf der rechten Bildseite – nach dem verjüngenden Bad – waren alle unschuldig, schlank und schön. Hier hätte Lioba ihren Platz gehabt.

Eine grauhaarige Frau trat aus der Duschkabine und schüttelte das Wasser von ihrem Körper. Ihr kraftvoller Schwimmstil hatte Therese schon oft beeindruckt. »Habt ihr das gehört mit dem Weihrauchfass? Das arme Mädchen ...« Sie griff zu ihrem Handtuch. Ihre Oberarme und Schultern waren so muskulös wie bei einem Mann.

»Der eigene Vater soll's gewesen sein.« Die Rosahäutige mit der Narbe hatte mit dem Waschlappen ihre Füße erreicht. Sie balancierte auf einem Bein. »Das muss man sich mal vorstellen ...«

»Habt ihr den Film gesehen?«, fragte eine knochige Blonde. »Ich weiß nicht mehr, wie er hieß, aber es ging um Exorzismus. Da waren es auch die Eltern, die geglaubt haben, dass ihre Tochter von Dämonen besessen war. Und am Ende war das Mädchen tot. Sie hieß Michaela, glaub ich.«

»So etwas passiert öfter, als man meint.« Mit einem Schaudern brachte die Narbige ihre Speckrollen zum Erzittern.

»Die haben doch alle einen Vogel«, rief es aus der anderen Duschkabine. Ein brauner Arm und ein weißes Bein zeigten sich, aber kein Kopf. »Wenn ich die schon sehe mit ihren Transparenten vor dem Kaufhof: Mutter ist die beste Lehrerin! Als ob unsere Schulen nicht gut genug wären für die Aussiedlerkinder.«

Die Frau meinte die Heimschulbewegung der Baptisten. Die hatten mit Lioba nichts zu tun. Allerdings hätte Therese den Täufergemeinden so monströse Rituale wie den katholischen Exorzismus ebenfalls zugetraut.

»Du hast nur Angst, dass deinem Mann die Schüler ausgehen«, rief die Grauhaarige. Sie zwinkerte mit einem Auge. Alles lachte.

Eine große, kräftig gebaute Frau, die Therese gegenüber ihr Haar trocken rubbelte, presste die Lippen zusammen. Der Rest ihres Kopfes war von dem blauen Handtuch verdeckt. Auch ihren muskelbepackten Schultern sah man die Schwimmerin an.

»Das ist doch Blödsinn.« Unter der Dusche in der anderen Ecke stand Thereses Freundin Carola Stratmann und schäumte ihr rotblondes Haar ein. »Der Mann ist wegen Exorzismusverdachts verhaftet worden, und das ist typisch katholisch. Die Baptisten sind evangelisch, das sollte man eigentlich wissen.« Carola blieb auch im Schwimmbad ganz die Lehrerin.

Die Frau mit den weißen Beinen kam ganz aus der Duschkabine und wickelte sich in ein weißes Handtuch. Ihre blond gefärbten Löckchen waren trotz der Nässe nicht aus der Form geraten. »Mag ja sein«, sagte sie. »Aber die machen bestimmt auch so was. Die glauben nämlich auch an magische Kräfte. Nicht einmal Harry Potter dürfen die Kinder lesen, weil sie das zur Zauberei verführt. Das hat mein Mann gesagt.«

Carola schüttelte den Kopf. Die Schwimmerin unter dem blauen Handtuch lächelte in ihre Richtung, was Carola aber nicht wahrnahm. Therese hatte das Gefühl, als habe sie die netten Grübchen in den Hinterbacken der Schwimmerin schon öfter gesehen.

Die Frauen sagten nichts mehr. Eine nach der anderen nahm ihr Badetuch und verschwand in Richtung Umkleideraum.

»Hab ich was Falsches gesagt?«, fragte Carola, als sie allein waren.

Therese lächelte. »Nein, nein, es stimmt ja. Sie werfen alles in einen Topf, was fremd ist. Wenn du nichts gesagt hättest, wären bestimmt noch die Türken drangekommen.«

»Dann wär's ein Ehrenmord gewesen«, sagte Carola. »Was sonst?«

Therese zog das Badetuch eng um sich und wanderte hinter Carola her zum Gruppenumkleideraum. Sie fühlte sich erfrischt und gefeit gegen alles Böse. Mit ihrem morgendlichen Schwimmritual konnten Uwes Zaubersteine nicht mithalten.

Danach konnte Therese sogar über gelegentliche Vorurteile der Mitschwimmer lächeln. Gut gefallen hatte ihr die Grauhaarige, die mit einem Spaß den unüberlegten Spruch der blond gelockten Lehrersfrau entschärft hatte. Trotzdem hatte sich die Frau unter dem blauen Handtuch geärgert. Vielleicht war sie selbst eine Aussiedlerin.

Durch die Glasscheibe leuchtete die fast unbewegte Wasserfläche blau. Nur wenige Schwimmer zogen ihre Bahnen. Es war Ferienzeit, das Becken war so leer wie das kleine Café der Schwimmoper.

Carola rührte in ihrem Milchkaffee und sann vor sich hin. So richtig wach war sie wohl noch nicht.

»Warst du gestern auf Libori?« Therese schob den Milchschaum mitsamt dem Kakaoherzchen zur Seite, um schnell an den heißen Kaffee zu kommen.

»Mmh«, antwortete Carola und sonst nichts. Sie trank einen Schluck und rührte weiter.

Carola war Lehrerin auf dem Kaukenberg, wo nach Meinung der »guten« Paderborner die »bösen Jungs« wohnten. Im kinderreichsten Teil der Stadt mit seinen vielen Aussiedlern hatten Lehrer nicht nur mit den schulischen Defiziten ihrer Schüler, sondern oft auch mit unverständigen Eltern zu kämpfen. Um von ihnen ernst genommen zu werden, besuchte Carola sonntags sogar den Gottesdienst der St.-Hedwigs-Gemeinde. Dabei war sie genauso ungläubig wie Therese. Carola hatte ihr mehrere Nachhilfeschüler vermittelt, darunter auch Lioba.

Carola legte den Löffel auf die Untertasse. »Mich ärgert das«, sagte sie, »wenn die Leute quatschen, ohne die geringste Ahnung zu haben. Alle reden von den Baptisten, aber meinen tun sie nur die evangelikalen baptistischen Brüdergemeinden. Die haben zwar auch ihr Reich der Finsternis, aber Exorzismus verurteilen sie genauso wie alle Eingriffe in die Psyche.«

Therese nickte, um Carola zum Weiterreden zu bewegen. Sie störte es nicht, wenn die Freundin manchmal die Lehrerin ein bisschen zu sehr herauskehrte. Und über die verschiedenen Glaubensrichtungen unter den Aussiedlern wusste Therese viel zu wenig.

»Die dürfen noch nicht mal in die Sauna, weil man da angeblich in Trance geraten kann, genauso wie beim Tanzen oder beim Tai Chi. Und dann wird man von unsichtbaren geistigen Mächten verführt. Manchmal sag ich ja selbst, die spinnen.« Carola wandte den Kopf zum Schwimmerbecken. »Aber Lioba hatte es auch ohne solche Wahnideen schon schwer genug. Die Katholiken sind nämlich auch nicht ohne.« Sie seufzte. »Ich hab's ja erst heute Morgen gehört. Ist es nicht furchtbar?«

Therese nickte. »Glaubst du denn auch, dass Liobas Vater schuld ist an ihrem Tod?«

»Ganz bestimmt. So wie ich ihn kenne ...«

»Ich weiß nicht, Carola. Dieser Exorzismusverdacht überzeugt mich kein bisschen. Gerade weil angeblich alle Spuren darauf hinweisen. Aber sag doch selbst: Wäre es nicht ziemlich dumm, so auffällige Indizien zu verstreuen? Die hätten doch damit rechnen müssen, dass die Polizei sofort zur Familie kommt.«

Carola blickte Therese nachdenklich an. »Allzu helle sind die Eltern nicht.« Sie vergewisserte sich schnell, dass niemand zuhörte und redete dann leiser weiter. »Ich weiß noch, dass ich mich damals gewundert hab, wie sie eine so kluge Tochter zustande gebracht haben. Herr Keller oder vielleicht seine Frau sind womöglich wirklich davon ausgegangen, dass man glaubt, da wären Teufel am Werk gewesen.«

Therese musste lachen. »So abergläubisch ist doch keiner.«

»Doch, doch, Therese. Du musst sie mal reden hören. Für die

existiert der Teufel wirklich, als Person. Wie Gott auch. Für die Kinder ist Gott ein alter Mann mit Rauschebart und einer strafenden Hand, und der Teufel hat Hörner und einen langen Schwanz. Im Kunstunterricht malen sie solche Bilder.« Carola verzog spöttisch den Mund. »Aber wenn sie mal Karnevalsbilder malen sollen, dürfen sie das nicht, weil da böse Geister am Werk sind. Solche Ideen übernehmen sie auch gern mal von den Baptisten. Die Katholiken wollen ja immer die besseren Christen sein und sich in der Bibelauslegung nichts vormachen lassen.«

Über den Tassenrand hinweg verfolgte Carola eine Frau im getigerten Badeanzug. Sie drehte geziert ihre Schultern und Hüften, als sie am Becken flanierte. Die blaue Lagune vor dem Fenster war immer noch halb leer. Das Wasser schimmerte verführerisch wie blaue Seide.

»Lioba hat erzählt, dass die Kellers ihren Schrebergarten neben einer baptistischen Familie haben«, sagte Therese. »Mit der sind sie noch von Sibirien her befreundet. Ihre Oma, aber vermutlich auch die Eltern, haben sich offenbar sehr an dieser Familie orientiert.«

Durch die Fensterscheibe grüßte eine alte Frau mit Rollator, die trotz ihrer Behinderung täglich schwimmen ging. Auch sie stammte aus Russland, ihre Religionszugehörigkeit kannte Therese nicht. »Aber die Baptisten lehnen den Exorzismus ab. Warum haben Liobas Eltern ihnen das nicht abgeguckt?«

Carola wandte ihre blauen Augen wieder Therese zu. »Die Baptisten lehnen auch Heiligenverehrung und Marienkult ab, und trotzdem bleiben die Katholiken dabei. Aber für ihr konsequent christliches Alltagsleben werden die Baptisten von anderen Russlanddeutschen bewundert. Und da wird dann vieles kopiert.«

Von Lioba wusste Therese, dass die Aussiedler, denen die großen Kirchen viel zu weltlich waren, meist in freikirchlichen Gemeinden organisiert waren. *Da können sie nämlich glauben, was sie wollen.* Lioba hatte bei diesen Worten ironisch gelächelt.

Therese hob den Kopf. »Trotzdem kann ich mir Exorzismus als Grund für Liobas Tod nicht vorstellen. Mir scheint eher, da will jemand den Verdacht von sich ablenken.«

»An wen denkst du da?«

»Stieglitz.« Der Name rutschte Therese sofort heraus, obwohl sie keinerlei Beweise hatte. Carola hob die Augenbrauen. »Liobas Chef«, erklärte Therese schnell. »Es ist eigentlich nur ein mulmiges Gefühl, aber Lioba hat da so Andeutungen gemacht …« Sie erzählte Carola von ihren Fotos. »Du kannst mir nicht erzählen, dass der nicht fühlt, was seine Miene ausdrückt. Und das war der reine Hass, glaub mir.«

»Bisschen weit hergeholt, meinste nicht?« Carola trank den Rest ihres Kaffees.

»Hm«, machte Therese. »Ich weiß ja nichts Genaues über den Mann. Aber an Herrn Keller als Mörder kann ich nicht glauben. Er hat Lioba geschlagen, das weiß ich auch. Und wenn sie auf Libori erwischt worden ist, hat er sie bestimmt noch härter bestrafen wollen als sonst. Bis jetzt waren das immer Prügel und Hausarrest. Von exorzistischen Ritualen hat Lioba nie etwas erzählt. So etwas braucht doch eine Vorbereitungszeit, oder was weiß ich.«

»Ja, wenn das offiziell und mit Genehmigung des Bischofs abläuft«, sagte Carola. »Aber diese Heimwerker-Exorzisten schlagen einfach zu. Wenn die Kinder so eingeschüchtert sind, dass sie sich nicht mehr rühren, ist der Teufel besiegt. Das hab ich viel zu oft erlebt, nicht nur bei Lioba. Totgeschlagen hat allerdings noch keiner eins.« Sie starrte in ihre leere Tasse.

»Eben.« Das war der Punkt, der Therese an dem Verdacht gegen Liobas Vater störte. »Es passt eigentlich nicht zu Liobas Eltern. Sie haben ihre Tochter wirklich geliebt. Sie können nicht anders, hat Lioba immer gesagt. Herr Keller wollte ihren Trotz brechen, das hast du selbst gesagt. Deshalb die Prügel. Die Mutter ist diejenige, die an Dämonen glaubt, aber die hätte ihre Tochter nie geschlagen. Lioba hat gesagt, sie sei sehr liebevoll mit den Kindern umgegangen. Das Bestrafen musste immer der Vater übernehmen, aber es hätte ihm selbst wehgetan.« Therese seufzte, und der schwarze Stein in ihrer Brust verlagerte sich auf eine weniger schmerzhafte Stelle.

»Aber Stieglitz kannst du auch vergessen.« Carola stellte die Tassen zusammen. »Was sollte der für einen Grund haben, so ein Mädchen umzubringen? Wenn er krumme Dinger dreht, wird ihm nicht gerade seine jüngste Buchhalterin draufkommen.«

»Und wenn doch? Aus Zufall? Es muss etwas Gravierendes gewesen sein, sonst hätte sich Lioba nicht so aufgeregt.«

»Dann bringt er sie nicht um, sondern regelt das mit Geld. Niemand ist unbestechlich.«

Vielleicht niemand außer Lioba. Carola hatte sie nur als Schülerin gekannt und wusste nicht, wie sie sich entwickelt hatte. »Lioba hat viel von Gerechtigkeit gehalten. Das war ihr wichtig. Es kommt drauf an, wen Stieglitz betrogen hat.«

»Sei zufrieden, dass Keller sitzt«, sagte Carola. »Verdient hat er's sowieso. Wer seine Kinder schlägt, gehört eingesperrt wie jeder andere Gewalttäter. Was der getan hat, ist nicht nur Gewalt – das ist Mord an der Seele.« Sie schaute auf die Trauerweide vor dem Schwimmbad und dachte wohl an ihre Kinder vom Kaukenberg.

Carola hatte natürlich recht. Lioba hatte vom Jugendamt oder gar der Polizei nichts hören wollen. Dort hätte man ihr helfen können, doch sie hatte Angst gehabt, von ihrer Familie getrennt zu werden. Und sonst war ihr niemand beigestanden ...

»Sag mal, Carola, kennst du auch Liobas Jugendfreund, diesen Viktor?«

»Viktor?« Carola überlegte. »Ja – genau, das schwarzhaarige Kraftpaket, so hab ich ihn für mich immer genannt. Ganz am Anfang, da war er immer mit Lioba zusammen, Lioba und Manuela, das waren die beiden Mädchen. Aber Viktor und Manuela mussten dann eine Klasse wiederholen und hatten andere Lehrer. Viktor ist sogar zweimal sitzen geblieben. Der war ein ganz großer Schweiger und hat sich kaum am Unterricht beteiligt.«

»Kennst du auch seine Eltern? Sind sie genauso wie Kellers?«

»Ich hab sie ja kaum kennengelernt, aber ich hatte den Eindruck, dass sie ungeheuer stolz auf den Jungen waren. Er war ihr Einziger, der Goldjunge, kennste ja. Aber Nachhilfestunden für ihn wollten sie nicht bezahlen, sonst hätte ich ihn auch zu dir geschickt. Du bringst ja alle zum Reden.«

Therese konnte sich über das Lob kaum freuen. Lioba zumindest hatte sie nur selten dazu bringen können, mehr von sich zu erzählen, als was sie in der Schule und später im Büro erlebt hatte.

»Aber warum fragst du?« Carola musterte sie. »Suchst du etwa nach weiteren Mordverdächtigen?«

»Quatsch. Ist mir nur so in den Sinn gekommen.« Viktor hatte sicher nur deshalb am Autoskooter gestanden, weil Uwe ihn mitgeschleppt hatte.

»Was das Überall-Gespenster-Sehen anbelangt, stehst du den Baptisten jedenfalls nicht nach.«

Den Eindruck bekam Therese bald auch.

Hauptkommissar Schlüters Vorname war Liborius. Vielleicht hatte er ja Urlaub genommen, weil er den Namenstag zusammen mit seinem Heiligen auf dem Berg feiern wollte. Einen weiteren Grund zum Feiern gab ihm der rauschende Ermittlungserfolg im Mordfall Keller. Oder er hatte keine Zeit für Therese, und sie konnte mit einem Vertreter reden, mit einem vernünftigen Polizisten, von denen es mehr gab, als Schlüters Beispiel vermuten ließ ...

Ein leichter Ostwind wehte durch die Stadt und machte die Hitze erträglich. In der Riemekestraße, an der die Polizeiwache lag, herrschte Alltag. Keine feingemachten Liboribesucher, keine Luftballons. Frauen mit Kopftüchern schleppten dicke Papiertüten aus dem Supermarkt – im alten Riemekeviertel mit seinen niedrigen Mietpreisen lebten viele Türkenfamilien, aber auch zahlreiche Studenten, die jetzt Ferien hatten.

Therese hatte zu Hause noch einmal ihre Fotos angesehen und kurzerhand beschlossen, zur Polizeiwache zu gehen. Sie musste wenigstens versuchen, ihre Bedenken – denn mehr war es eigentlich gar nicht – gegen Herrn Kellers Verhaftung an der zuständigen Stelle anzubringen. Es war sozusagen ihre Staatsbürgerpflicht. Die Polizei konnte von Liobas Streit mit Stieglitz nichts wissen und hatte deshalb die Spur überhaupt nicht verfolgt. Zum Mindesten musste man Stieglitz' Alibi klären, doch auf die Idee würde Schlüter nicht kommen, weil er sich an der Teufelsaustreibung festgebissen hatte. Zwei der Fotos hatte sie auf ihren USB-Stick gepackt.

Am »Marktkauf« befand sie, dass ein Kaffee sie sehr viel mutiger machen könnte. Die Wache lag schräg gegenüber; bestimmt war auch dort jetzt Kaffeepause. Von hier bis zum Bahnhof erstreckten sich über zwei Straßen hinweg die »Beamtenbunker«, wie es im Volksmund hieß. Polizeibehörde, Kreisverwaltung, Finanzamt, Arbeitsagentur, alle in riesigen Gebäudekomplexen, von

»Wolkenkratzern« überragt. Die Wolken über Paderborn konnten durchaus tief genug hängen, um den Begriff zu rechtfertigen.

Junge Leute in Bürokleidung standen vor der Brottheke Schlange – wahrscheinlich Beamtenazubis, die nach belegten Frühstücksbrötchen ausgeschickt worden waren.

Zwei Stehtische weiter las jemand BILD. »Teufelsaustreibung in der Exorzistenstadt Paderborn: die erste Tote.« In riesigen Lettern prangte die Meldung auf dem Titelblatt.

Die Exorzistenstadt. Das würde sich jedem einprägen. Lioba dagegen würde von der Öffentlichkeit schon bald vergessen sein.

Staubige Bäumchen säumten die Riemekestraße vor dem Fenster. Therese war keine glühende Lokalpatriotin, doch wenn ihre Stadt negative Schlagzeilen machte, traf sie das doch. Schon vor ein paar Monaten hatte sich das ganze Land über die Paderborner – über sie – lustig gemacht, die immer noch an Dämonen glaubten.

»Pass bloß auf, dass sie dich nicht kriegen«, hatte eine Freundin aus Berlin sie gewarnt, mit einem Zwinkergesicht als Satzzeichen. Die waren alle froh, nicht mehr hier leben zu müssen.

Im Mai war es nur um zwei, drei exorzistische Rituale gegangen, deren kirchenbehördliche Genehmigung Ägidius Engel, der Sprecher des Bischofs, letztendlich hatte zugeben müssen. Über eine Tote würde sich wohl niemand lustig machen, aber die Nase rümpfen über die vorsintflutlichen Hinterwäldler würden sie doch. Aufgeklärte Eltern würden ihre Kinder zum Studieren bestimmt in keine Stadt schicken wollen, in der blutrünstige Dämonenjäger herumliefen.

Das alles hatte ihnen Kommissar Schlüter mit seinen voreiligen Schlüssen eingebrockt. Wenn sich der Verdacht als falsch erwies, würde man auch darüber lachen, bevor man es vergaß. Aber das Wort Exorzistenstadt blieb in den Köpfen hängen …

Schlüter war da. Er saß hinter einem voluminösen Flachbildschirm und hackte auf die Tastatur ein. Erst fand ein Mittelfinger sein Ziel, dann der andere. Zwischen den grau gesprenkelten braunen Haaren schien eine stattliche Pläte auf. Thereses »Guten Tag« von der Tür her überhörte er. Er hatte offensichtlich überhaupt keine Zeit.

Ein jüngerer Kollege Schlüters saß an einem zweiten Schreibtisch, der bei Thereses letztem Besuch noch nicht dagewesen war. Auf seinem Hemd tummelten sich grellbunte Papageien, und Therese hatte gehört, dass man Bärte wie den seinen »Klobrille« nannte. Doch er lächelte freundlich.

Sie wollte ihn gerade ansprechen, da sah Schlüter auf. Schwarze Brillenvierecke umgaben seine Augen, die so verwaschen blau wie immer waren. Kein Grund, sie einzurahmen. Mit dem Gestell wollte er wohl einen intellektuellen Eindruck erwecken, doch den zerstörten die Haarbüschel, die über den Bügeln vom Kopf abstanden.

»Nein, die Frau Urban!« Seine Stimme war bestimmt bis zum Bahnhof zu hören. »Wir haben uns ja lange nicht gesehen. Hat die böse Polizei etwa wieder den Falschen eingesperrt?« Er zwinkerte dem Kollegen zu, dessen Gesicht unbewegt blieb.

»Hm, ja, nein ...« Therese hasste es, so herumzudrucksen. Schlüters Impertinenz brachte sie völlig aus dem Konzept, falls sie überhaupt ein Konzept gehabt hatte. Total unüberlegt war sie von zu Hause losgestürmt ... Flucht nach vorn war angesagt. »Ich bin wegen Lioba Keller hier.«

Schlüter grinste. »Klar – weshalb sonst?«

Therese ignorierte den Einwurf. »Mal ehrlich, Herr Schlüter, finden Sie den Verdacht gegen Herrn Keller wirklich gerechtfertigt? Ich meine, wegen Exorzismus und so ...« Sonderlich geschickt war das nicht.

Der Bärtige verkniff sich ein Lachen. Viel zu sagen schien er nicht zu haben. Schlüter trug einen Schlips, also war er wohl der Chef in diesem Büro.

Jetzt lachte er lauthals auf. »Liebe Frau Urban«, sagte er. »Was wäre unser Job ohne Sie? Jedes Mal, wenn Sie hier auftauchen, haben wir tagelang etwas zu lachen.« Er wandte sich seinem Kollegen zu. »Das ist nämlich Frau Urban, unsere Hobbydetektivin«, erklärte er. »Eine Vorkämpferin der Gerechtigkeit. Immer wenn in Paderborn ein Mord geschieht, kommt sie zu uns und zeigt uns, wie wir unsere Arbeit zu tun haben.«

Genau einmal hatte sie ihm das gezeigt, als Renate und sie ihm vor drei Jahren den sogenannten Arbeitsamtmörder nicht gerade auf dem Silberteller, aber doch mit Tesafilm an einen Bürostuhl gefesselt präsentiert hatten. Die Schmach musste tief sitzen.

Schlüter wies auf den Stuhl an der Schmalseite seines Schreibtisches. »Nehmen Sie doch Platz, liebe Frau Urban. Und dann schießen Sie los. Ich bin gespannt, wen Sie uns diesmal als wahren Tatverdächtigen präsentieren. Nur gut, dass wir noch nicht mit unseren Berichten fertig sind. Vielleicht müssen wir sie ja umschreiben.« Wieder zwinkerte er sein Gegenüber an.

Von dem kam keine Reaktion. Nicht einmal vorgestellt hatte er sich, und Schlüter hielt es offenbar für unnötig, dass Therese den Namen des neuen Kollegen erfuhr. Der Bärtige starrte auf die Tastatur seines Laptops, als hätten sich die Buchstaben zu einer geheimen Botschaft formiert. Am liebsten wäre Therese wieder gegangen. Schlüter würde sie sowieso nicht ernst nehmen. Wenn er lachen wollte, sollte er witze.net anklicken.

Da hob der andere Kriminalbeamte den Kopf vom Bildschirm. In seinen dunkelblauen Augen stand Neugier, aber keine Belustigung. Er lachte gern, das zeigten die strahlenförmigen Fältchen in seinen Augenwinkeln. Aber er lachte nicht über Therese.

Wenn sie wenigstens diesen Kriminalen von ihrem Verdacht überzeugen konnte, fand der bestimmt eine Möglichkeit, gegen Stieglitz zu ermitteln.

»Mir würde nie einfallen, Ihnen in Ihre Arbeit hineinzureden«, sagte Therese. Der Bärtige machte ein erwartungsvolles Gesicht. »Aber beim Zeitunglesen – bei den Berichten über Ihren Fahndungserfolg – sind mir doch gewisse Zweifel gekommen. Ich kenne nämlich die ermordete junge Frau. Kannte sie.« In Zukunft würde sie immer die Vergangenheitsform benutzen müssen, wenn sie von Lioba sprach. Wieder machte sich Uwes vermaledeiter Stein in Thereses Brust bemerkbar – hätte sie ihn am Samstag bloß nicht eingesteckt.

Sie schluckte und erzählte kurz von Liobas Nachhilfeunterricht bei ihr. »Ich weiß, dass Frau Keller aus einem streng religiösen Milieu stammt. Aber wenn jemals von Exorzismus die Rede gewesen wäre, hätte ich das mitbekommen.« Ihre Befürchtung, dass dem nicht so gewesen sein könnte, wischte Therese beiseite. »Und wenn auch – das katholische Exorzismusritual mag schauerlich sein, aber körperliche Gewalt ist darin nicht vorgesehen. Ich glaube eher, da hat jemand eine falsche Fährte gelegt.«

Schlüter lachte wieder. »Und wir sind prompt darauf hereingefallen, meinen Sie?« Er schob die eckige Brille zur Nasenspitze und musterte sie über den Rand hinweg.

»Nein, nein, Herr Schlüter«, sagte Therese schnell. »Der Verdacht ist naheliegend, nachdem das Thema monatelang durch die Medien ging.«

Schlüter hielt die Brille fest. Mit doppelt schwarz unterstrichenen blauen Augen sah er sie starr an.

Therese redete einfach weiter. »Mag durchaus sein, dass sich jemand ermutigt gefühlt hat, so etwas mal selbst auszuprobieren. Manche Leute glauben ja eher an christliche Rituale als an Psychotherapien. Andere wieder glauben an Schläge als Erziehungsmittel, und so einer ist Herr Keller. Er hat Lioba geschlagen, das weiß ich. Aber totgeschlagen hätte er sie nie.« Therese war den Tränen nah, aber sie hatte sich nicht verhaspelt.

Schlüter nahm die Brille ab und ließ sie zwischen Daumen und Zeigefinger baumeln. Er schaute sein polizeiliches Gegenüber an. Hatte er von dort etwa schon ähnliche Argumente zu hören gekriegt? Der Kollege sagte immer noch nichts.

»Wir gehen davon aus, dass die Situation eskaliert ist.« Schlüter hatte sich wohl entschlossen, ernsthaft mit Therese zu diskutieren. Oder besser mit seinem Kollegen, denn dem wandte er sein Gesicht zu. »Wir sind ja alle aufgeklärte Christen«, sagte er. »Und als solcher kann man nicht die Augen davor verschließen, dass Exorzismus ein völlig anachronistisches Verfahren zur Geistheilung ist.« Die Formulierung hatte er hundertprozentig aus irgendwelchen Zeitungsberichten.

Therese nickte.

Schlüter drehte sich zu ihr. »Verirrungen der katholischen Kirche, würden Sie wohl sagen, Frau Urban, und da stimme ich Ihnen durchaus zu. Sie sehen, so dick ist das Brett gar nicht, das wir Ihrer Meinung nach vor dem Kopf haben. Ich glaube mitnichten, dass das arme Mädchen von Teufeln besessen war. Aber die Eltern haben es geglaubt, und das ist ausschlaggebend. Sie haben es beide zugegeben, auch, dass Herr Keller das Mordopfer geschlagen hat.

Die Pathologie hat blaue Flecken und blutige Striemen gefunden, die dem Opfer vor dem Ableben zugefügt wurden.«

Therese schauderte es. Keller musste vom Liboribesuch seiner Tochter erfahren und sie zur Strafe grün und blau geprügelt haben.

Schlüter bewegte seinen Drehstuhl in Richtung des Kollegen. Der schaute wieder auf den Bildschirm und schob die Maus hin und her.

»Sie hätten diese Keller – die Mutter – hören sollen, Frau Urban«, sagte Schlüter. »Obwohl sie ja kaum Deutsch spricht. Ich sage immer, wenn sich die Leute nicht integrieren wollen, sollen sie in ihren sibirischen Dörfern bleiben. Gegen die Religiosität hab ich gar nichts – so unterdrückt, wie sie bei den Kommunisten waren, müssen sie das hier natürlich nachholen. Das war ja früher bei uns ganz ähnlich. Meine Oma hat auch noch an den Teufel geglaubt, damals nach dem Krieg ...« Schlüter grinste. »Aber heute sind wir doch alle moderne Christen, und das müssen die Zugezogenen respektieren. Und sich anpassen.« Er putzte mit dem Schlipsende an den Brillengläsern herum. »Auch für den Exorzismus – wenn er denn sein muss – gibt es Regeln. Die sind in diesem Fall nicht eingehalten worden. Und prompt ging es schief. Sehen Sie ja.«

Therese sah nur Schlüter, der seine Brille hin und her drehte, hindurchsah, wieder putzte und noch einmal prüfte, ob sich blinde Stellen auf den Gläsern fanden. Dann legte er sie auf den Tisch, strich mit den Fingernägeln die Haare über seinen Ohren glatt, griff zur Brille und setzte sie vorsichtig auf. Sofort standen die Haarbüschel wieder in die Höhe.

»Der Exorzismus war ganz klar das Motiv für die Gewalttat«, fuhr er fort. »Ihre Tochter sei von widerspenstigen Dämonen besessen gewesen, hat die Mutter gesagt. Die habe man austreiben müssen. Das ist so gut wie ein Geständnis, meinen Sie nicht? Wenn die Dämonen so renitent waren, konnte sich der Vater nicht mehr anders helfen, als das Gefäß zu zerstören, das der Teufel nicht freigeben wollte. Vielleicht hat sie ja unflätige Sachen gesagt, man weiß ja, wie die jungen Leute heutzutage reden, und er wollte dem Gottseibeiuns die Luft abdrücken. Allerdings haben wir die Mordwaffe nicht gefunden, obwohl wir alle starren Kabel überprüft haben, die im Haus und in der Werkstatt der Kellers zu finden waren.« Er sortierte etwas geistesabwesend die Stifte in der Ablageschale.

Ein Kabel – Lioba war erdrosselt worden!

»Die Mordwaffe ist uns noch ein wenig rätselhaft.« Jetzt spielte er mit einem der Stifte herum. »Ein Kabel wäre zu weich, ein dicker Draht nicht biegsam genug – die Pathologie wusste auch nicht weiter. Von einem halben Zentimeter im Durchmesser war die Rede und von mindestens einem halben Meter Länge. Wer weiß, ob wir die jemals finden.« Zum Schluss murmelte er nur noch, als spreche er mit sich selbst.

Der Bärtige schüttelte den Kopf. Mit der vermissten Mordwaffe hatte Schlüter wohl ein Polizeigeheimnis ausgeplaudert.

»Das kann die Öffentlichkeit ruhig wissen«, sagte Schlüter, der offenbar den wortlosen Vorwurf seines Kollegen mitbekommen hatte. »Wir haben den Mörder ja.«

Therese bemühte sich um einen neutralen Gesichtsausdruck. Wenn die Überzeugung Schlüter dazu brachte, noch mehr Interna zu verraten, sollte er ruhig weiterreden.

»Die Handlungen des Herrn Keller waren – von seinem Weltbild aus gesehen – durchaus folgerichtig. Nachdem das Opfer tot war, hat er alles getan, um seiner Seele den Weg ins Jenseits zu erleichtern. Ich hätte mich gar nicht gewundert, wenn wir die Leiche vor einem Altar gefunden hätten, aber die Kirchen sind nachts zu. Deshalb hat der Mörder sie in ihrem unschuldig weißen Hemd ...« – er musste das weiße Sommerkleid meinen, das Lioba schon am Nachmittag getragen hatte – »... ins Weihrauchfass gelegt, um sie Gott zu weihen, und hat als Schutz gegen böse Mächte ihre Stirn und den Körper mit blutroten Kreuzzeichen bemalt.« Mit dem Finger zeichnete er die Kreuze auf seinem ebenso unschuldig weißen Hemd nach. Er ignorierte die entgeisterte Miene seines Kollegen, der wohl gar nicht damit einverstanden war, wie offenherzig Schlüter vor Therese aus dem Nähkästchen plauderte. »Da war ein roter Edding am Werk, ganz modern, sollte man nicht glauben. Den hat der Mörder natürlich mitsamt dem Kabel verschwinden lassen.«

Einen roten Edding konnte jeder besitzen, und ein starres Kabel auch. Beweise für die Schuld Herrn Kellers waren das noch lange nicht.

»Im Übrigen war die junge Frau stark abgemagert, auch das ist bei Exorzismusopfern üblich.« Das letzte, geradezu triumphierend vorgebrachte Argument sollte Therese wohl endgültig überzeugen.

Lioba war schlank, aber nicht mager. »Ich fürchte«, sagte Therese, »mir fehlt die Phantasie, um mir vorstellen zu können, wie Herr Keller …«

Schlüter unterbrach sie mit einer Handbewegung. »Phantasie, liebe Frau Urban – da sagen Sie was. Denn genau die braucht man, um polizeiliche Ermittlungen erfolgreich durchzuführen.« Therese hätte eher auf einen funktionierenden Polizeiapparat getippt, doch Schlüter sah das wohl anders. »Gelenkte Phantasie«, er strich seinen Schlips glatt, »nicht wilde Einfälle, wie wir sie von Ihnen kennen. Wenn wir Polizeibeamten keine Phantasie hätten und uns Mordszenarien nicht vorstellen könnten, bevor sie aufgeklärt sind, dann kämen wir nicht weit. Mit Hilfe der Phantasie bilden wir Hypothesen, und dann entwickelt sich daraus eine Theorie, und wenn sie so gut mit den Indizien zusammenpasst wie in diesem Fall, wird die Sache rund. Der Richter hat keinen Moment gezögert und den Haftbefehl ausgestellt.«

»Aber die Indizien, das ganze Szenario könnte von jemandem arrangiert worden sein, der Ihre Phantasie genau in diese Richtung lenken wollte«, sagte Therese. »Jeder, der die Familie kennt und in der Zeitung gelesen hat, dass in Paderborn Exorzismusrituale durchgeführt werden, kann auf die Idee kommen.«

»Und wer soll das gewesen sein, liebe Frau Urban? Und vor allem – wie soll er an das Mordopfer herangekommen sein? Denn eins wissen Sie nicht: Die junge Frau war zum Zeitpunkt ihres Todes zwischen elf und zwölf Uhr zu Hause. Sie hat den ganzen Samstagabend das Haus nicht verlassen. Das hat die Familie bestätigt, auch Herr Keller, obwohl es ihn noch verdächtiger macht. Sie hatte Hausarrest und war eingeschlossen. Nur der Vater hatte den Schlüssel. Wer sonst sollte sie ermordet haben, liebe Frau Urban?« Er hob sein Kinn an. Therese fiel erst jetzt auf, dass wie schon vor drei Jahren die Wand hinter ihm mit uralten RAF-Fahndungsplakaten dekoriert war.

Ihre Theorie von Stieglitz' Täterschaft basierte darauf, dass Lioba abends noch einmal auf Libori war. Sie hatte sich doch bestimmt mit ihrem jungen Kollegen verabredet, einem Angestellten von Stieglitz, der mit seinen Leuten vermutlich bis in die Nacht hinein Libori gefeiert hatte.

»Sie könnte ausgerissen sein, ohne dass es jemand gemerkt hat«, sagte sie. »Junge Leute haben da so ihre Methoden ...«

Schlüters Blick war spöttisch. »Aus dem ersten Stock?«, fragte er.

»Was weiß ich«, sagte Therese. »Unmöglich ist es nicht. Und dann gibt es gleich weit mehr Verdächtige als nur die Familie, Herr Schlüter. Sie sollten Ihrer Phantasie nicht verbieten, auch in andere Richtungen zu schweifen.«

Wieder ertönte sein Lachen. Er wedelte mit der Hand zu seinem Kollegen hinüber, dessen Mund wie ein Strich den runden Bart in zwei Hälften teilte. Er wirkte, als hätte er Schlüters Lachsalven schon zu oft gehört. Therese konnte es ihm nachfühlen.

Schlüter kümmerte die sparsame Reaktion nicht. »Ist sie nicht köstlich, unsere Frau Urban?«, rief er. »Ich hab doch gewusst, dass sie unseren Fall wieder aufrollt.« Abrupt wurde er wieder ernst. »Und wen, bitte schön, werden Sie uns nun als wahren Tatverdächtigen präsentieren?« Mit einer Geste wies er den Kollegen an, ruhig zu sein, obwohl der immer noch die Lippen zusammenpresste. Er hatte bisher nichts gesagt und machte nicht den Eindruck, als wollte er jetzt damit anfangen.

»Ich werde mich nicht in die Nesseln setzen«, sagte Therese, »und von einem Tatverdacht reden. Den müssen Sie selbst nachweisen. Ich möchte Sie nur auf ein paar Dinge aufmerksam machen, die vielleicht ein anderes Licht auf den Fall werfen.«

Schlüter hob die Hand. »Dann schießen Sie mal los.«

Therese wandte sich an den Laptopmann. »Ich hab einen USB-Stick mitgebracht.« Sie kramte ihn aus der Hosentasche und schob ihn über den Tisch. »Vielleicht könnten Sie mal die beiden Fotos hochladen?«

Der Kommissar nickte und drehte den Laptop um, damit Schlüter die Bilder ebenfalls betrachten konnte. Er klickte langsam von einer Aufnahme zur anderen und wieder zurück. Therese berichtete dabei von Liobas Andeutungen, wobei sie bewusst Stieglitz'

Namen nicht erwähnte, damit sich Schlüter nicht vorzeitig zum Protest herausgefordert fühlte.

Sie deutete mit dem Finger auf den Bildschirm. »Sehen Sie sich Frau Kellers Gesicht an – hier«, Lioba starrte auf die Schnapsgläschen, »und hier«, Lioba mit dem Kollegen im Autoskooter. »Etwas hat Frau Keller – nur ein paar Stunden vor ihrem Tod – solche Sorgen gemacht, dass sie nicht mit den anderen feiern konnte. Erst hab ich ja gedacht, sie hätte Angst, dass ihre Familie von ihrem Liboribesuch erfahren könnte. Aber es muss an ihrem Chef liegen, denn hier im Autoskooter – sehen Sie nur – ist sie ganz sorglos.« Therese blickte von einem zum anderen. »Es ist doch offensichtlich: Der Anlass für Frau Kellers Furcht war ihr Chef. Vor ihrem Vater hätte sie auch beim Karussellfahren Angst gehabt. Irgendetwas muss an dem Tag zwischen ihr und ihrem Chef vorgefallen sein.«

Schlüter machte große Augen und sagte nichts. Sein Kollege klickte immer noch von einem Foto zum nächsten.

»Und dann schauen Sie sich mal das Gesicht von Herrn Stieglitz an, Herr Schlüter«, sagte Therese. »Hier. Ich meine, der Hass darin ist offensichtlich. Man sollte zumindest recherchieren, was der Grund dafür ist.«

Schlüter starrte auf die Fotos. »Das ist doch …« Er runzelte die Stirn und schaute Therese an, dann wieder auf den Monitor. Mit dem Finger zeigte er auf Stieglitz' Kopf. »Sie haben …«

Er ließ sich in seinen Stuhl zurückfallen. Sein Gesicht rötete sich. »Sie haben Herrn Stieglitz im Verdacht? Carsten Stieglitz? Wissen Sie eigentlich, was Sie da tun, Frau Urban?« Seine Stimme wurde schneidend. Therese hatte ihn enttäuscht: Zu lachen gab es nichts mehr.

»Ich hab Ihnen erklärt …«

»Was Sie erklärt haben, interessiert mich nicht, Frau Urban. Es *hat* mich nicht zu interessieren. Denn was Sie da treiben, ist üble Nachrede. Ohne irgendeine handfeste Begründung – Liborifotos, dass ich nicht lache! – ziehen Sie einen der honorigsten Bürger unserer Stadt in den Schmutz.«

Therese wandte sich dem Kollegen zu, doch der zuckte nur fast unmerklich mit einer Schulter.

»Wie damals«, rief Schlüter, »als Sie unseren Vereinspräsidenten verdächtigt haben.« Sein Gesicht war jetzt puterrot. »Das hat meinem Vorgesetzten nicht besonders gefallen, als ich ihm das erzählt hab, das können Sie mir glauben. Und jetzt, wo es um einen Parteifreund geht, wird er mir wohl den Kopf abreißen, wenn ich ihm ernsthaft mit so einem unhaltbaren Verdacht kommen würde. Frau Urban, Frau Urban ...« Er schüttelte den Kopf. »Ihre Vorurteile verdienten Unternehmern gegenüber werden Sie noch in Teufels Küche bringen.«

»Es ist genauso ein Vorurteil, wenn Sie Herrn Keller Exorzismus unterstellen.« Therese versuchte, sich nicht anmerken zu lassen, wie sehr sie sich ärgerte. Sie konnte aber nicht verhindern, dass ihr Gesicht heiß wurde.

Schlüter schüttelte immer noch den Kopf. »Das ist kein Vorurteil, sondern durch Indizien und Aussagen belegt«, behauptete er. »Und was Ihren hanebüchenen Verdacht angeht: Ich habe noch nie einen so fürsorglichen Chef gesehen wie Carsten Stieglitz. Er war schon gestern Abend bei uns, gleich nach den Nachrichten über den Mord, und hat uns jede Unterstützung bei der Aufklärung zugesichert. Herr Stieglitz war zwar von der Täterschaft Herrn Kellers überrascht, teilte dann aber durchaus meine Sicht der Dinge.«

Wie auch nicht. Wenn Stieglitz etwas mit dem Mord zu tun hatte, konnte es ihm nur recht sein, wenn der Vater verhaftet wurde. Aber offenbar war der Unternehmer so sakrosankt, dass Schlüter prompt erblindete.

Als habe er ihre Gedanken gelesen, nahm Schlüter schon wieder die Brille ab, drehte sie hin und her und prüfte die Lichtdurchlässigkeit der Gläser. »Herr Stieglitz ist dann sofort zu Liobas Familie gefahren, um ihr in der schweren Zeit beizustehen. Er wird Herrn Keller sogar einen Rechtsanwalt besorgen.«

»Na dann.« Therese stand auf.

»Moment – der Stick«, sagte der Bulle im Hawaiihemd. Er konnte also sprechen. Es dauerte ein Weilchen, bis das System den Datenträger freigab.

Schlüter sah sie nachdenklich an. »Sie sollten sich einmal überlegen, liebe Frau Urban, wie weit Sie selbst an dem Geschehen beteiligt waren, das zum Tod Lioba Kellers geführt hat. Bevor Sie unschuldige Bürger verdächtigen, meine ich.« Er trommelte mit den Fingerspitzen auf den Tisch. »Ich sehe die Entwicklung in unserer Gesellschaft durchaus kritisch. Der Einfluss der Studentenbewegung, die sogenannte Emanzipation der Frauen – das alles unterminiert die Familie, die christlichen Werte. Kein Wunder, dass die jungen Leute orientierungslos sind und nicht mehr wissen, wohin sie gehören.«

Lioba war nicht orientierungslos gewesen, sie hatte genau gewusst, was sie wollte. Und der Konflikt mit den Eltern war eine Folge der erzwungenen Umsiedlung. Aber Schlüter wollte es anders sehen.

Er stützte die Hände auf den Tisch. »Jetzt weiß ich auch, woher der schlechte Einfluss auf die junge Frau kam.« Das war offensichtlich auf Therese gemünzt. »Frau Keller war den Verführungen der modernen Welt erlegen und wollte nicht davon lassen, obwohl es nicht zum Lebensstil der Familie passte. Sie hätte sich besser einfügen sollen, dann würde sie noch leben. Darauf hätten Sie hinwirken müssen, liebe Frau Urban. Das erwartet die Gesellschaft von einer Pädagogin. Aber Sie haben Lioba Keller darin bestärkt, sich von ihrer Familie abzulösen, und wenn auch nur durch Ihr schlechtes Beispiel.« Er starrte auf Thereses Haar, das einigen Freiheitsdrang bewies.

Eben hatte er noch behauptet, dass sich die Aussiedler integrieren sollten. Jetzt schickte er Lioba zurück ins repressive Familienmilieu, das er vorhin noch verurteilt hatte.

»Sie sollten noch einmal Ihre Brille putzen, lieber Herr Schlüter«, sagte Therese nur.

Der andere Polizist presste die Lippen zusammen, sein Oberkörper bebte vor unterdrücktem Lachen. Im Hinausgehen schien es ihr, als setzten die Papageien auf seinem Hemd mit flatternden Flügeln zum Abflug an.

DREI

Der Schwule war schon wieder am Quatschen.

Viktor Omelchenko ging um den Mini One herum und polierte die andere Seite der Motorhaube. Von hier aus konnte er den Besuch am Steinestand beobachten. Das war aber wohl eine Frau. Sonst hingen da ja nur Tunten herum. Der Schwule kam kaum zum Steineverkaufen, so viel Besuch hatte der.

Durch die blöden Klunker hindurch, die an Lederbändern von einem Kleiderbügel herabhingen, konnte Viktor die Frau kaum erkennen. Rote Haare hatte sie jedenfalls. Sie waren so borstig wie der uralte Handfeger seiner Mutter. Die war am Samstag schon mal da gewesen. Uwe hatte ihr Kusshändchen zugeworfen, und Viktor hatte noch gedacht, dass sie Uwes Freundin wäre.

Aber der war andersrum, das hatte er noch am gleichen Tag gemerkt. Viktor stellte die Flaschen mit dem Reinigungsmittel zurück aufs Autodach. »Supershine« stand darauf. Ein Daumenbreit Abstand musste zwischen den Flaschen bleiben. Er sollte Uwes Glatze mit dem Zeug polieren. Oder besser gleich eine Drahtbürste nehmen … Viktor grinste ins spiegelnde Autoblech. Aber die perverse Sau hatte auch so ihre Abfuhr gekriegt. In Russland wäre so einer vom ganzen Dorf verprügelt worden. Da gab's keine Homos …

Als am Samstag nach der Vesper die Leute vom Dom direkt auf den Liboriberg gegangen waren, hatte Viktor Lioba in der Menge entdeckt. Auf dem Pottmarkt war es ruhig gewesen, und er hatte seinen Chef gefragt, ob er mal kurz weg dürfe. Das hatte Uwe mitbekommen und sich gleich angeschlossen. Der Dicke mit dem Gemüsehobel hatte so lange auf seinen Stand aufgepasst.

Lioba hatte so hübsch ausgesehen, und jetzt war sie tot.

Eine Flasche »Supershine« fiel hinunter und zersprang. Glibberiger Schleim floss um das Vorderrad.

Jürgen brach seine Verkaufsshow ab und trat zu ihm. Das Gesicht des Chefs unter der Schirmmütze war knallrot. »Zu doof zum Kacken«, sagte er und schüttelte den Kopf. »Putz das weg.«

Das hätte Viktor sowieso getan. Blöder Giftzwerg. Er holte einen alten Lappen und bückte sich.

Die Frau am Steinestand hatte schwarze Sandalen an den nackten Füßen und knallrot lackierte Zehennägel. So wäre Lioba nie herumgelaufen.

Dieser Uwe hatte Viktor angehimmelt, genau wie Lioba den Kerl im Autoskooter. Im Gedränge, gerade als Viktor Lioba entdeckt hatte, war Uwe ihm nahe gekommen. Viktor war so wütend geworden, fast hätte er Uwe eine gelangt. Der hatte trotzdem weitergebaggert, Viktor hier und Viktor da. Sogar Erdbeerbowle hatte er trinken müssen. Später war Uwe dauernd mit seinen blöden Keksen an ihren Stand gekommen. Der Chef hatte sich gefreut.

Viktor richtete sich auf und schleuderte den glitschigen Lappen in den Eimer. Das Dreckwasser schwappte heraus, aber das war ihm egal. Er holte eine neue Flasche »Supershine« und stellte sie zu den anderen. Der Chef quatschte schon wieder von Langzeitschutz und Systempflege. »Fünffachen Schutz für Ihr bestes Stück«, rief er ins Mikro. Dass der Superscheiß bei der Formel Eins benutzt werde, hatte er erfunden.

Mit den Keksen war es vorbei, seit Uwe ihn erst mit Lioba und später noch mit Manuela zusammen gesehen hatte. Viktor hatte absichtlich mit Manuela geknutscht. Sie hatte gestrahlt. Lioba hätte sich nie von Viktor knutschen lassen.

Er polierte das Heck des Mini, weil er hier im Schatten stand. Der Chef ölte in der vollen Sonne. Die beiden am Steinestand sahen zu ihm herüber. Ob Uwe jetzt den Chef anmachen wollte? Von dem würde er eine geballert kriegen, das war mal klar. Der Chef machte Karate.

Die Rothaarige streckte den Kopf um die Lederbänder. Die guckte nicht auf den Chef, sondern zu ihm. Was wollte die denn von ihm? Viktor trat einen Schritt zurück in den Schatten und sortierte die genoppten Putzlappen – »Korallenhandschuhe« nannte sie der Chef –, die unter der Markise an der Leine hingen.

Am Steinestand ging etwas vor. Die Rothaarige war ganz aufgeregt. Sie hatte die Finger ineinander verschränkt und bewegte sie vor ihrer Brust auf und ab. Abwechselnd schaute sie Uwe an und dann wieder in den Schatten hinter dem Mini, wo Viktor stand. Was erzählte der Scheißhomo da bloß?

Jetzt packte die Frau Uwe am Ärmel seines albernen gelben Flatterhemdes und zog ihn mit sich. Das Weichei wehrte sich nicht, sondern lief ihr einfach hinterher. Sie führte ihn wie einen Tanzbären aus dem Stand heraus. Viktor nahm ein paar Politursets aus der Kiste und hängte sie zwischen die Noppendinger. In ihrem Dorf hatte es immer einen Tanzbären gegeben, wenn die Russen Ostern feierten. In Sibirien gab es viele Bären. Lioba hatte sich vor ihnen gefürchtet. Damals war Viktor noch ihr bester Freund gewesen, ihr »Viki« ...

Die beiden kamen auf den Verkaufsstand zu. Rote Hose, rote Haare – so 'n richtiger Feuermelder war das Weib.

»Oh, welch hoher Besuch«, rief Jürgen ins Mikro. »Der Juwelenking höchstpersönlich.«

Uwe grinste, machte sich los und ging zum Chef. Der starrte an Uwe vorbei auf die Titten der Rothaarigen und, als sie sich umdrehte, auf ihren Arsch. War beides noch sehenswert, das musste Viktor zugeben. Vierzig war die bestimmt, wenn nicht drüber. Sollten sich die beiden Alten doch zusammentun.

Aber die Frau hatte kein Interesse am Chef. Eher schon am Mini, hinter dem Viktor stand. Sie strich über das Blech und ging um das Auto herum. Bestimmt hinterließ sie Schmierflecken, die er gleich wegwischen musste. Weiber! Lioba hatte genauso auf das Blech getatscht.

Er nahm eins der genoppten Putzdinger und wollte gerade zur Kühlerhaube gehen, da sprach die Rothaarige ihn an. »Sie sind Viktor?«

Er nickte. Das Auto stand zwischen ihnen, und sie legte die Hände auf das Dach, das er eben erst poliert hatte.

»Uwe hat mir von Ihnen erzählt«, sagte sie. »Ich bin Therese Urban.« Sie schaute ihn an, als müsste er sie kennen.

Viktor zuckte mit den Schultern. Was wollte die Alte von ihm?

Sie wischte auf dem Autodach herum. Das machte es nur noch schlimmer. »Uwe hat gesagt, dass Sie Lioba Keller gekannt haben. Ich war Liobas Nachhilfelehrerin.«

»Ach so«, sagte er mit viel zu kehligem CH. Die Nachhilfetussi. Lioba war ganz begeistert von der gewesen.

»Ja.« Die Urban nickte und lächelte. »Und auch ein bisschen ihre Freundin, nach all den Jahren …« Das Lächeln verschwand.

Viktor polierte das Autodach auf seiner Seite, wo alles sauber war.

»Ja, und deshalb interessiert es mich natürlich, ob Sie etwas darüber wissen, was Lioba passiert ist«, sagte sie.

Viktor hob den Kopf. »Ist doch klar.« Er wollte noch hinzufügen, *ihr Vater hat sie umgebracht*, aber irgendetwas schnürte ihm den Hals zu. Er rieb weiter auf dem glänzenden Metall herum.

»Kann sein, dass es so war, wie die Polizei vermutet.« Die Urban beobachtete ihn. »Aber gibt es vielleicht noch andere Möglichkeiten?«

»Nicht, dass ich wüsste.« Gleich ärgerte er sich über seine Aussprache. Lioba hatte ihm so oft erklärt, dass ins »nicht« kein njie hineingehörte. Die Lehrerin merkte das bestimmt.

Ob Lioba mit ihrem Chef Streit gehabt habe, wollte die Urban wissen. »Uwe meinte, dass Lioba am Samstagabend noch hier am Stand gewesen sei«, sagte sie. »Vielleicht haben Sie sich ja für später mit ihr verabredet und Sie hat Ihnen erzählt, warum sie mit Stieglitz Streit hatte?«

Viktor schüttelte den Kopf. »Ich war zu Hause und hab ferngesehen.«

»Sie waren nicht auf Libori? Sie sind doch ein junger Mann …« Sie lächelte ihn an.

»Kein Geld.«

»Aha.«

Sie schaute ein paar Passanten nach. Glaubte sie ihm etwa nicht?

Die Rothaarige reckte den Kopf über das Autodach. »Hat Lioba denn nie etwas von Stieglitz gesagt? Sie waren Ihr Jugendfreund, das weiß ich von Lioba. Da erzählt man sich doch, wenn es in der Firma Streit gibt.«

Jugendfreund – für Lioba war alles schon lange vorbei gewesen. Viktor schüttelte den Kopf. Er sprühte die Windschutzscheibe ein und begann, sie abzureiben.

»Oder wenn man sonst mit jemandem Streit hatte«, sagte sie.

»Keine Ahnung«, murmelte Viktor.

Liobas Lehrerin stellte sich neben die Motorhaube. Wo die Scheibe schon geputzt war, spiegelte sie sich im Glas. »Und Sie selbst?«, fragte sie. »Uwe hat mitbekommen, wie Sie beide sich gezankt haben. Sie wollten Lioba das Lebkuchenherz wegnehmen. Weil sie es von ihrem Kollegen geschenkt bekommen hatte? Sie müssen die beiden im Autoskooter ja gesehen haben …«

Viktor fuhr auf. »Ich hätte nie …«

Die Urban hob beide Hände. »Nein, nein«, sagte sie. »Ich will Ihnen bestimmt nicht unterstellen, dass Sie Lioba etwas getan hätten. Mein Gedanke war, dass Sie vielleicht etwas über Liobas Freund wissen. Etwas, das Sie dazu gebracht hat, sie vor ihm zu warnen. Er ist ein Kollege aus Stieglitz' Firma, das weiß ich. Wissen Sie vielleicht, wie er heißt?«

Viktor war beruhigt – ihn hatte sie gar nicht gemeint. Er schüttelte den Kopf und polierte den Rest der Scheibe.

»Hat Lioba Ihnen nichts über ihn erzählt?«

»Nein.« Die Scheibe war sauber. Der Chef schwatzte immer noch mit dem Schwulen. Auf dem Pottmarkt waren heute nur Weiber unterwegs; fürs Autopolieren interessierte sich kein Mensch. Nicht mal Uwes Eso-Kram wollte jemand kaufen. Viktor ging um den Mini herum und begann da zu polieren, wo die Rothaarige hingefasst hatte.

»War Ihnen das denn recht, dass Lioba mit diesem Kollegen zusammen war?«, fragte sie.

»Mir egal.« Sie glaubte wohl, dass er immer noch in Lioba verliebt war. »Ich hab längst 'ne andere Frau.«

»Ja dann …« Die Urban klopfte auf die Motorhaube. »Noch erfolgreiches Wienern.«

Viktor nickte. Dafür wurde er bezahlt. Mit dem Finger verschmierte er ein wenig »Supershine« auf dem Blech und polierte mit dem Noppenhandschuh nach. Die Alte sollte ihm mit ihren aufdringlichen Fragen vom Leib bleiben. Das machte Lioba auch nicht wieder lebendig.

»Ach, noch etwas …« Die Rothaarige drehte sich noch einmal um. »Haben Sie eigentlich der Polizei erzählt, dass Lioba am Samstag hier am Stand war?«

»Na klar«, murmelte er und spürte sofort, wie sein Gesicht heiß wurde. Zum Glück konnte die Urban das nicht sehen, weil er im

Schatten stand. Sie würde sich wohl nicht bei den Bullen erkundigen, ob Viktor die Wahrheit gesagt hatte.

***

»Geschlossen wegen eines Trauerfalls. Wir bitten unsere Kunden um Verständnis«, stand auf einem laminierten DIN A 4-Blatt. Die Sekretärin hatte es direkt unter das »ImmoBau&Architektur Carsten Stieglitz« geklebt, das in verschnörkelten Lettern in glänzendes Messing graviert war.

Stieglitz hatte »Staatstrauer« angeordnet, und Tobias Neudeck musste auf allen Baustellen die Arbeiter nach Hause schicken. Er war Bauleiter, aber sein Chef benutzte ihn als Laufburschen. Der freie Tag verbesserte nicht gerade die Baustellenbilanzen.

Hier im Büro war sicher niemand mehr. Bei seinem Vorhaben konnte Tobias auch keine Zuschauer gebrauchen.

Er dehnte die Schultern und genoss die warme Sonne. Die hübsch verzierte Fachwerkfassade mit den kleinen Sprossenfenstern ließ nicht erahnen, welch Wunderwerk der Technik sich dahinter verbarg. Als die Stadt das Busdorfviertel sanieren wollte, hatte Stieglitz mehrere aneinandergrenzende alte Häuser gekauft und sie mit Glaswänden und Neubautrakten verbunden. Hinter Glas saßen auch die beiden Empfangsdamen, die ohne Weiteres in jeder Modelshow hätten auftreten können.

Für alte Häuser und junge Frauen hatte Carsten Stieglitz ein Händchen. Den Spruch bekam Tobias oft genug zu hören. Nicht nur von Stieglitz selbst. Auch Kunden äußerten ihn gern, wenn sie die Geschäftsräume betraten. »Was fürs Auge«, sagte Stieglitz oft im Vorbeigehen, wenn die Kunden Männer waren. Dann war auch bald der andere Spruch fällig. Allerdings konnte die feine Hand seines Chefs auch ganz schön danebenfassen.

Heute waren Silvana und Anja nicht da, was Tobias nicht weiter störte. Lioba allerdings würde nie mehr an ihrem Platz sitzen. Sie war so vertrauensvoll gewesen, so begierig nach seinen Zärtlichkeiten … Im Büro hatte sie immer so kühl gewirkt, doch auf der Kirmes war sie aufgetaut.

Er suchte in den Taschen seines Leinenanzugs nach dem Schlüsselbund. Die zweiflüglige barocke Tür mit den schmiedeeisernen Fenstergittern hatte Stieglitz bei einem Antiquitätenhändler gefunden. Tobias schloss auf und durchquerte die Empfangshalle. An deren Ende standen wulstige orangene Sessel um einen niedrigen Tisch herum. Der Innenhof mit dem kleinen Seerosenteich lag im vollen Sonnenschein.

Der Teich war das »Mückenbrutloch«. Der Name kam aus der Buchhaltung, deren Fenster zum Hof hinaus lagen. Die Fenster waren mit Milchglas versehen: Was hier verbucht wurde, ging niemanden etwas an.

Direkt an einem von diesen Fenstern hatte Lioba gesessen. Bei dem verschwommenen blauroten Fleck hinter der Scheibe musste es sich um den Wickenstrauß handeln, den Lioba letzte Woche aus ihrem Schrebergarten mitgebracht hatte. Tobias hatte ihn am Freitag noch bewundert. Wicken hielten sich lange. Auf Liobas Schreibtisch hatten immer Blumen gestanden.

Er versuchte, sich an Liobas Gesicht zu erinnern, doch es erschien ihm so verschwommen wie der bunte Fleck hinter der Milchglasscheibe.

Zu seiner Linken lag hinter einer explodierenden Sonne Stieglitz' Büro. Aus blasigem Glas in Rot- und Gelbtönen hatte die Glasmalerei Peters Wand und Tür gestaltet. Die anderen Arbeitsräume hatten nur einfache Glaswände, hier und da mit Plakaten beklebt, wenn jemand nicht dauernd beäugt werden wollte. Die gläsernen Wände waren geschickt in die freiliegenden Fachwerkbalken eingepasst worden.

An der rechten Seite der Empfangshalle befand sich eine kleine Küchenzeile aus Edelstahl. Tobias wollte gerade hinübergehen und die Kaffeemaschine anschalten, als er an der Eingangstür eine Bewegung wahrnahm. Jemand presste Hände und Gesicht an die Fensterscheibe. Eine plattgedrückte Nase zeichnete sich ab mit roten Haaren darüber. Von den Kollegen war das sicher keiner. Ein Kunde?

Tobias ging zur Tür und öffnete sie. Er erkannte die Frau sofort. Die hatte ihn und Stieglitz am Samstag in der Almhütte fotografiert. Die roten Wuschelhaare waren unverkennbar. Später war sie noch am Autoskooter aufgetaucht. War sie eine Journalistin, die

Stieglitz auf dem Kieker hatte? Aber dafür war die Kamera über ihrer Schulter nicht teuer genug.

Doch auch wenn sie keine Journalistin war – lesen sollte sie können. »Wir haben geschlossen«, sagte Tobias und tippte auf den Zettel.

»Ich weiß.« Ein bisschen verlegen schien die Frau zu sein, denn sie legte ihren Kopf schief. »Ich war neugierig, tut mir leid«, sagte sie. »Aber ich war eine Freundin von Ihrer verstorbenen Kollegin. Lioba geht mir einfach nicht aus dem Sinn …«

Die Frau hatte ihn Arm in Arm mit Lioba im Autoskooter gesehen. »Mir auch nicht«, sagte er. »Deshalb bin ich hier, obwohl die Firma geschlossen ist. Ich wollte mich in Ruhe dort an sie erinnern, wo ich sie immer getroffen habe.« Was er wirklich vorhatte, ging sie nichts an.

Die Frau nickte mit bekümmerter Miene. »Es bleiben immer Spuren eines Lebens …«

Wenn Tobias sich nicht irrte, stammte das Zitat aus einer Todesanzeige. Bestimmt war sie so 'ne gefühlsduselige Alternative, die über jede innere Regung quatschen musste. Und anschließend sagte sie: *Gut, dass wir darüber gesprochen haben.*

Aber er war ja gutmütig. Wenn ihr das half … »Kommen Sie doch herein«, sagte er. »Ich wollte mir eben einen Kaffee kochen. Wenn Sie mögen …« Er wies auf die Sitzgruppe am Ende der Empfangshalle. Hoffentlich fing sie nicht gleich an zu heulen.

Sie ging an ihm und den Sesseln vorbei und stellte sich vor die Glaswand. »Das ist ja hübsch«, sagte sie. Mit »alternativ« lag er wohl richtig: An den Füßen trug sie Birkenstocksandalen. Immerhin waren es Lackriemchen.

»Hier heißt es nur das Mückenbrutloch.« Er drückte ein paar Knöpfe der Kaffeemaschine. Dann zeigte er auf den bunten Fleck hinter dem Milchglas. »Das war Liobas Schreibtisch«, sagte er. »Ihre Blumen …« Der Cappuccino lief mit gefährlich anmutendem Zischen in die Tassen.

»Ich kenne Sie übrigens«, sagte er, als er die Tassen zum Tisch trug. »Sie waren auf Libori und haben fotografiert.« Er stellte sich vor, und sie setzten sich einander gegenüber.

»Stimmt«, antwortete sie. »Ich bin Therese Urban.« Ihr leicht ironisches Lächeln gefiel Tobias; es schien, als gelte der Spott mehr ihr selbst als ihm. »Ich hab zufällig Lioba in der Almhütte gesehen, und weil es so selten vorkam, dass sie mal Spaß hatte, hab ich ein paar Erinnerungsfotos für sie geschossen.«

»Aha. Und ich dachte schon, Sie wären Journalistin und wollten unseren Chef groß rausbringen.«

Frau Urban verzog das Gesicht. »Das macht er schon selbst, da muss keiner nachhelfen. So oft, wie der in der Zeitung steht ...« Sie schlug sich die Hand vor den Mund. »Oh, ich wollte Ihren Chef nicht durch den Kakao ziehen.«

»Schon gut. So was hören diese edlen Wände öfter.«

Sie wies zu Stieglitz' Bürowand hinüber. »Edel – genau.« Die Glaswände machten das Gebäude luftig. »Das hat Stieglitz gut hingekriegt. Muss man ihm hoch anrechnen, dass er die alten Häuschen gerettet hat. Sie wären bestimmt abgerissen worden, weil niemand das Geld hatte, sie zu renovieren.«

»Er hat sie aber auch billig gekriegt«, entfuhr es Tobias. Das war firmenintern.

Oder wohl doch nicht, denn die Urban nickte. »Heute ist allein das Gelände das Zehnfache wert. Ich hab Bekannte in der Nachbarschaft, die freuen sich ebenfalls über den Wertzuwachs des Viertels.« Sie lachte leise – Tobias musste wohl ein verblüfftes Gesicht gemacht haben. »Sie sind nicht von hier, Herr Neudeck, das merkt man. In Paderborn bleibt zwar vieles unter der Decke, aber alles lässt sich doch nicht geheim halten. Dazu ist die Stadt wieder zu klein. Jeder kennt jeden ...«

Ob sie noch mehr über Stieglitz wusste? Er verbot es sich zu fragen. Aus Tratsch hatte er sich immer herausgehalten. »Wenn Sie Fotos von Lioba gemacht haben«, sagte er stattdessen, »wäre es dann wohl möglich, dass Sie mir ein paar zumailen?« Er zog eine Visitenkarte aus der Hemdtasche. »Ich hätte gern eine Erinnerung.«

»Sicher«, sagte sie und nahm die Karte. »Die Aufnahmen im Autoskooter sind ganz gut geworden. Da lacht Lioba wenigstens. Vorher in der Almhütte – ich hab mich geradezu erschrocken, wie unglücklich sie da geguckt hat.« Sie schaute auf den Blumenfleck hinter der Milchglasscheibe. »Und Ihr Chef hat ebenfalls ein finsteres Gesicht gemacht.« Sie musterte die Karte kurz und steckte sie in ihre Gesäßtasche. »Sie haben doch neben Lioba gesessen, Herr

Neudeck, auf der anderen Seite. Wissen Sie vielleicht, ob sich Lioba mit Herrn Stieglitz gestritten hat?«

Tobias ermahnte sich, diesmal seine Worte im Zaum zu halten. Frau Urban hatte viel gesehen, aber wohl nicht, wie Stieglitz Lioba vor dem Zelt zur Seite genommen hatte. Um viel Geld war es gegangen, das wusste Tobias, aber was gesprochen wurde, hatte er nicht hören können. Stieglitz hatte auf Lioba eingeredet, aber die hatte immer nur den Kopf geschüttelt.

»Ach das«, sagte er. »Stieglitz ist ein notorischer Aufreißer, und diesmal war Lioba an der Reihe. Er hat wohl nicht damit gerechnet, dass sie sich über seine Anmache so aufregen würde.«

»Und Sie?«, fragte die Urban. »Konnten Sie Lioba nicht beistehen?«

»Ich war grad so weit, Stieglitz die Meinung zu sagen, da ist sie aufgestanden und gegangen. Ich bin ihr gleich nachgelaufen, mir lag schließlich etwas an ihr. Heute könnte ich mich ohrfeigen, dass ich nicht den ganzen Abend mit ihr zusammengeblieben bin. Ich hätte sie überreden sollen, sich über den Willen ihrer Eltern hinwegzusetzen. Dann würde sie vielleicht noch leben.«

Therese Urban spielte mit ihrem Kaffeelöffel. »Irgendwann hätte sie nach Hause gehen müssen, und dann wäre das Strafgericht über sie hereingebrochen.« Ihre Miene war so abwesend, dass Tobias den Eindruck hatte, sie meine etwas ganz anderes.

»Wer hätte auch gedacht, dass man im aufgeklärten einundzwanzigsten Jahrhundert noch einem Exorzismusritual zum Opfer fallen kann«, sagte er.

»Wir sind in Paderborn. Da ticken die Uhren anders.« Sie legte den Löffel ab und verschränkte die Arme vor der Brust.

»Hier hat Lioba oft gesessen«, Tobias klopfte auf die Sessellehne. »Sie hat so gern auf das Wasser geschaut, weil sie es von ihrem Schreibtisch aus nicht sehen konnte. Man hört es nur plätschern, wenn man die Fensterklappen öffnet. Aber dann kommen auch die Mücken herein.«

Frau Urban nickte. »Lioba waren Mücken genauso unangenehm wie mir.« Sie sah sich um, als hörte sie es bereits sirren. »Aber sie hat selten von ihrer Arbeit gesprochen. Hatte sie mit allen Bauvorhaben zu tun, die Ihre Firma betreut?«

»Die Buchhaltung ist bei uns projektweise organisiert«, erklärte Tobias. »Ich bin hier Bauleiter, und Lioba war meist meinen Baustellen zugeordnet, weil wir ungefähr zur gleichen Zeit hier angefangen haben. Da hat sich das so ergeben.« Er rief sich jedes einzelne Projekt ins Gedächtnis und zählte sie auf. Zum Schluss war er selbst überrascht, wie viele Bauten in den paar Jahren zusammengekommen waren. »Lioba hat dann von der Materialabrechnung bis hin zum letzten Stundenzettel alles verbucht. Immer wusste sie ganz genau, wie der Stand der einzelnen Konten war. Fehler hat sie nie gemacht. Lioba war einfach perfekt.« Das hatte Stieglitz ebenfalls gesagt. *Zu* perfekt.

»So war sie auch bei mir im Unterricht«, sagte Frau Urban. »Sie wollte perfekt Deutsch sprechen und hat sich dafür sehr angestrengt. Aber das verlangte sie auch von anderen. Sie hatte wenig Verständnis für die Aussiedler, die schon jahrelang hier sind und noch immer nur Russisch sprechen.«

»Ja, das stimmt. Die anderen Aussiedler in der Firma können ein Lied davon singen. Dauernd hat sie ihre Aussprache korrigiert. Sie wollte ja nur helfen, aber manche haben es ihr übelgenommen.«

Frau Urban seufzte. »Ja, so war sie. Es ist so furchtbar, dass sie sterben musste.« Sie trank ihren Cappuccino aus und stand auf. »Vielen Dank für den Kaffee«, sagte sie, machte aber keine Anstalten, zur Tür zu gehen, sondern stellte sich noch einmal an die Trennwand zum Innenhof. Vielleicht wollte sie symbolisch von Lioba Abschied nehmen. Er selbst würde das verschwommene Bild von Liobas letztem Blumenstrauß so schnell nicht vergessen können.

Nur kurz sah Frau Urban hinaus, dann drehte sie sich um und gab ihm die Hand. »Vielen Dank, Herr Neudeck«, sagte sie. »Es hat mich gefreut, Sie persönlich kennenzulernen. Auf meinen Fotos sah es so aus, als hätte sich Lioba gut mit Ihnen verstanden. Sie trauern sicher auch um sie.«

Tobias nickte und begleitete sie zum Ausgang. »Vielleicht sieht man sich ja mal auf Libori«, sagte er zum Abschied. Dann ging er in sein Büro. Die Stundenzettel mit den verräterischen Namenskürzeln mussten in den Reißwolf. Sie hatten zwar keine Leiche im

Haus, aber die Leichen im Keller brauchte auch niemand zu finden.

***

»Die ganze Stadt ist voller Frauen«, sagte Michael, »'ne Stimmung wie zu Weiberfastnacht, alle angeschickert und mit den albernsten Luftballons am Arm.« Michael kam vom Berg, wo er mit den Kollegen Riesenrad gefahren war. »Ich bin kaum vorwärtsgekommen. Weißt du, was los ist?« Er drückte ihr eine Waffeltüte in die Hand.

Therese lachte, holte einen Teller und packte die schaumgefüllten Kostbarkeiten aus. Michael nahm sich gleich einen Schokokuss und ließ sich neben Therese auf der Bank nieder. Der Sonnenbrand auf seinen Armen würde sich morgen pellen; Michaels helle Haut war empfindlicher als Thereses.

»Der Liborimontag ist der Tag der Frauen.« Sie reckte die schmale Zuckerwaffel in die Höhe. »Jedes Jahr wieder. Das könnte sogar ein Zugezogener wie du inzwischen mitbekommen haben, auch wenn er erst seit einem Vierteljahrhundert hier lebt. Um elf hat der Bischof sein Pontifikalamt mit den Frauen gefeiert, das war der Auftakt.«

»Erstaunlich, dass sich die christlichen Rituale so im Stadtbild niederschlagen … eigentlich ist Libori ja ein durch und durch weltliches Fest.«

»Das scheint dir nur so, weil du keine Zeitung liest.« Therese biss von ihrer Waffel ab. »Aber weltlich wird es dann ja auch. Erst lassen die Frauen es sich auf Libori gutgehen, kaufen auf dem Rückweg den halben Pottmarkt leer, trinken noch ein Weinchen an den Ständen aus der Emilia Romagna und wandern voll der guten Laune zum Maspernplatz, wo ihre Busse stehen. Morgen ist der Tag des Landvolks, da dürfen dann viele Frauen noch mal mit ihren Männern kommen.«

Ihre Ausführungen zur Stadtkultur schienen Michael nicht zu interessieren, denn er hatte die Augen halb geschlossen. Bestimmt hatte er auf Libori ein paar Bier getrunken. »Red ruhig weiter«, murmelte er. »Sagtest du nicht, es gäbe Neuigkeiten?«

Therese kuschelte sich an ihn. Von Mördern und Dämonenjägern hatte sie erst einmal genug. Neben ihr blühte die Honigazalee, deren süßen Duft sie tief einatmete.

Michael legte den Arm um sie. »Nur gut, dass wir nicht katholisch sind«, sagte er. »Unser unordentliches Verhältnis hätten sie bestimmt aus uns herausexorziert.«

Unordentliches Verhältnis. Das hatte ihre Mutter ebenfalls gesagt, als sie von Thereses Beziehung zu Michael Preuß erfahren hatte. Er war seit langen Jahren ihr Liebhaber, wie Therese ihn nannte, weil sie das Wort so treffend fand. Sie selbst fühlte sich als Geliebte wohl.

Der Pferdefuß: Michael war verheiratet und Vater zweier wohlgeratener Kinder. Seine Frau war beziehungsfaul geworden, wie er das nannte, und ließ ihn nur zu gern gehen. Doch mit Lina und Sven verbrachte er noch viel Zeit, was Therese recht war. Sie hatte immer schon ihre Bücher jedem sozialen Kontakt vorgezogen.

Die meisten ihrer Mitbürger hätten ihrer Mutter wohl zugestimmt. Sie war lange tot, aber immer noch kam Therese das Verdikt in den Sinn. Im katholischen Paderborn hatte man »ordentlich« verheiratet zu sein und es zu bleiben, auch wenn sich die Partner nervten bis aufs Blut.

Doch ein Exorzismusritual hätte nicht einmal Thereses gottgläubige Mutter in Erwägung gezogen. Sie hatte Thereses Entscheidung respektiert und Michael als Schwiegersohn ins Herz geschlossen. Für Liobas Eltern wäre das undenkbar gewesen, aber wohl immer noch kein Grund, sie zu töten.

Traurig dachte sie an den Blick über den idyllischen Teich auf den verwaisten Wickenstrauß. Für immer würde ihr das Bild mit Lioba verbunden bleiben. Der bunte Fleck hatte so lebendig ausgesehen, als säße sie noch an ihrem Schreibtisch …

Es klingelte. Renate war mit dem Fahrrad gekommen, ihr weißes Seidentop war am Rücken nassgeschwitzt. Therese goss ihr gleich ein Glas Wasser ein. Doch Renate griff erst mal nach dem Zuckerzeug vom Liboriberg.

Michael holte eine Flasche Prosecco aus dem Kühlschrank und füllte drei Gläser. »Therese steckt schon wieder mitten in einem Fall«, sagte er zu Renate.

»Das hab ich mir gedacht«, antwortete die. »Sie hat wohl Langeweile in den Ferien.«

»Hab ich nicht.« Therese zeigte einen imaginären Bücherstapel an. »Ich hätte genug zu lesen ...« Und das hätte sie auch besser tun sollen, statt sich mit Schlüter herumzuärgern. Aber Liobas schrecklicher und – entgegen Schlüters Überzeugung – geheimnisvoller Tod ließ ihr keine Ruhe.

»Ich bin ganz ohne mein Zutun da heineingeschlittert«, sagte sie. »Nachdem ich bei Schlüter war, wollte ich zu Uwe auf den Pottmarkt, um ihm mein Leid mit der dusseligen Polizei zu klagen. Und da hat Uwe dann erzählt, dass er am Samstag einen Streit zwischen Lioba und ihrem Jugendfreund beobachtet hat. Der arbeitete auch auf dem Pottmarkt. Viktor. Mit dem musste ich natürlich reden. Und auf dem Heimweg bin ich bei Stieglitz' Firma vorbeigekommen ...«

Michael nickte. »Rein zufällig ...«

»Na ja – ein kleiner Umweg, hab ich gedacht, ist ganz schön bei dem Wetter.«

Michael und Renate sahen sich nur an.

Therese musste lachen. »Ich geb ja zu, dass ich neugierig bin ...«

Michael hörte nicht auf sie. »Gleich kommt sie wieder mit der Sesamstraße: Wer nicht fragt, bleibt dumm.« Wieder grinsten sich ihre besten Freunde verständnisinnig an.

»Ich weiß ja«, sagte Therese, »dass zu euren noblen Charakteren profane Neugier nicht passt. Deshalb werde ich euch auch nicht damit belästigen, welch beispiellos interessante Neuigkeiten mir mein Wissensdrang heute eingebracht hat.«

»Nun schieß schon los. Was sagt Schlüter?« Renate setzte sich in ihrem Plastiksessel zurecht. Die schlanken Beine streckte sie weit von sich.

Therese hob ihr Glas Prosecco. »Auf Schlüter und mein gutes Händchen für den richtigen Augenblick.« Sie verzog den Mund. »Er hatte gute Laune und war mitteilsam. Aber obwohl er sich noch in seinem Erfolg gesonnt hat, ist er mir doch verunsichert vorgekommen. Er war richtig scharf drauf, mir seine Sicht der Dinge darzulegen, aber ich hatte die ganze Zeit den Eindruck, dass er eigentlich seinen Kollegen am Tisch gegenüber meint. Bestimmt hatten die sich vorher schon in den Haaren deswegen, der andere hat nämlich kaum aufgeguckt.« Immerhin hatte der jüngere Polizist aufmerksam zugehört. »Den würde ich zu gern mal ohne Schlüter zu fassen kriegen.«

»Gegen Schlüter wird er auch nicht ankommen.« Renate sprach aus, was Therese ebenfalls befürchtete.

»Na, egal«, sagte sie. »Für die Polizei ist der Fall sowieso abgeschlossen. Stieglitz haben sie nicht mal befragt, das hat Schlüter mir klargemacht. Dabei könnte aufgrund der Indizien so gut wie jeder der Mörder sein, der ein Motiv hat, am Tatort gewesen sein könnte und Zugang zu der Tatwaffe hatte.« Sie erzählte von Schlüters Enthüllungen über die noch nicht identifizierte Mordwaffe und die rot aufgemalten Kreuzzeichen auf Liobas Körper. »Ob man an einem Edding wohl Genspuren von Lioba feststellen kann?«

Michael lachte. »Du willst jetzt nicht alle roten Eddings in der Stadt einsammeln, oder?«

In Krimis suchten sie doch auch immer nach Genspuren. »Man könnte mit denen in Stieglitz' Firma anfangen, aber da traut sich die Polizei ja nicht rein. Sowieso hat der Mörder den Stift längst weggeworfen, genauso wie das starre Kabel. Wäre Zufall, wenn man eines fände, das als Mordwaffe in Frage käme.«

Renate besah die Ausdrucke von Thereses Liborifotos. »Dieser Stieglitz war mir immer schon suspekt mit seinem ewig lächelnden Gesicht. Du hast die andere Seite gut eingefangen, Therese. Man erkennt ja mehr als deutlich auf den Fotos, dass die Beziehung zwischen Chef und Angestellter gestört war. Schlüter muss blind sein, wenn er das nicht sieht.«

Therese musste an Schlüters Theater mit der neuen Brille denken.

Renate legte die Aufnahmen beiseite. »Ich weiß da auch was über Stieglitz, aber ihr müsst mir versprechen, dass ihr es für euch behaltet.« Michael und Therese nickten. »Er ist nämlich Kunde bei uns in der Arbeitsagentur, einer der eifrigsten Unternehmer, wenn es darum geht, armen benachteiligten Arbeitslosen eine Chance zu geben. Er weiß bestens über unsere Förderprogramme Bescheid. Dauernd nimmt er neue Leute auf, die er aber sofort entlässt, wenn die Maßnahme ausläuft und von der Agentur kein Geld mehr fließt.

Eine Begründung für den Rausschmiss findet er immer.« Renates abfällige Miene zeigte, dass sie Carsten Stieglitz ebenso wenig leiden konnte wie Therese.

»So machen es alle.« Schon oft hatte sich Michael über die »Absahner« unter den Chefs aufgeregt. »Viele Belegschaften bestehen nur noch aus solch irregulären Arbeitskräften, Leiharbeitern und so weiter. Das hat für den Arbeitgeber noch den Vorteil, dass die Gewerkschaften bei den Leuten keinen Rückhalt mehr haben.«

»Aber das ist alles legal«, sagte Therese. »Sonst würde Stieglitz Ärger mit der Agentur bekommen, Ratsherr hin oder her. Was kann so einer denn sonst anstellen, das ihn mit dem Gesetz in Konflikt bringt? Irgendetwas muss Lioba herausgefunden haben ...«

»Da gibt es vieles.« Michael war aktives Gewerkschaftsmitglied und hatte aus Arbeitskreisen und Sitzungen einen guten Einblick in verschiedene Betriebe. »Erst mal der ganze Komplex Korruption.« Er reckte den Daumen in die Höhe. »Wenn er die Bauleitung für Großprojekte hat, kann er sich von den Handwerksfirmen bestechen lassen, die gern dafür zahlen, dass sie an Aufträge kommen.« Der Zeigefinger folgte. »Dann kann er selbst Auftraggeber und Behördenleiter bestechen, um Aufträge zu kriegen.« Und der Mittelfinger. »Außerdem kann er Bauten schwarz hochziehen, mit Material, das er auf anderen Baustellen abzieht. Die rechnet er dann regulär ab und steckt das Geld ein.«

Michael schaute auf die drei Finger, hob die anderen beiden ebenfalls und gleich noch die Finger der anderen Hand. »Und natürlich kann er noch Material verschieben, Steuern hinterziehen, im Ausland Schwarzgeld horten, illegale Arbeiter beschäftigen und was weiß ich.« Er ballte die Hände zur Faust: seine Gewerkschafterpose. »Die Unternehmer klagen ja oft, dass sie immer mit einem Bein im Gefängnis stehen, aber das liegt bestimmt nicht an unseren ach so rigorosen Gesetzen, sondern daran, dass sie so kreativ damit umgehen.« Er ließ die Faust auf den Tisch fallen. »Man hört ja so manches, auch über Stieglitz. Aber dennoch: Ein Risiko wie Mord geht der nicht ein, meine ich. Es lässt sich doch alles unter der Hand regeln.«

Renate nickte zu seinen Worten.

Therese musste an Liobas Hausarrest denken. Wenn sie wirklich den ganzen Abend zu Hause geblieben war, hätte Stieglitz oder wer auch immer sie nicht ermorden können. Damit fiel Thereses Verdacht in sich zusammen. Nur eines blieb: Sie konnte einfach nicht glauben, dass Herr Keller Liobas Mörder war.

Dann schon eher Stieglitz, der hatte – wenn Thereses Annahme zutraf – ein Motiv, Lioba mundtot zu machen. »Und wenn er jemanden beauftragt hat, die lästige Mitwisserin aus dem Weg zu räumen? Seinen Bauleiter vielleicht? Er scheint zwar nett zu sein, aber zumindest in einem Fall hat der Herr Neudeck mir etwas vorgemacht. Er hat gesagt, in der Almhütte sei er Lioba gleich gefolgt, aber ich hab deutlich gesehen, wie Stieglitz ihm einen Wink gegeben hat. Erst dann ist er aufgestanden.«

Renate machte ein nachdenkliches Gesicht. »Diesen Neudeck kenne ich vom Telefon«, sagte sie. »Er betreut ein paar Leute in unseren Maßnahmen. Vielleicht sollte ich die mal an ihren Arbeitsplätzen besuchen. Das machen wir zwar nicht oft, aber es ist vorgesehen. Wir haben ja eine Fürsorgepflicht.«

Sie hatte offenbar wirklich Langeweile in ihrem Amt. Das sagte Therese aber lieber nicht, weil sie viel zu froh war, dass sie in Renate eine Mitstreiterin gefunden hatte. Denn dass Therese selbst herausfinden wollte, wer etwas mit Liobas Tod zu tun haben könnte, war ihr im Lauf des Tages klar geworden.

»Ich überlege mal, wie ich das hinkriege«, sagte Renate. »Wollen wir uns morgen im Finanzamt zum Essen treffen, Therese? Dann reden wir darüber. Und du kannst mir noch von diesem Viktor erzählen.«

Therese stimmte zu, und bald verabschiedete sich Renate, die immer früh raus musste.

Spät in der Nacht schreckte ein Gewitter Therese auf. Draußen prasselte der Regen aufs Straßenpflaster. Die Ginkgobäumchen bogen sich im Wind. Der heilige Liborius hatte seine vor Unwetter schützende Hand von seiner Stadt abgezogen. Wahrscheinlich passte es ihm ebenso wenig wie Therese, dass der wahre Mörder Liobas ungestraft davonkommen sollte.

***

Schon wieder war da eine Frau bei Viktor. Sie standen im Schatten hinter dem Mini und redeten. Es war die Schwarzhaarige vom Samstag. Von Zeit zu Zeit drehte Viktor den Kopf und sah zu Uwe hinüber. Er wollte sich wohl vergewissern, dass Uwe mitkriegte, welchen Erfolg er bei Frauen hatte. Die Schwarzhaarige schien pausenlos auf Viktor einzureden.

Wenn der Typ das Erfolg nannte … ließ sich vollquatschen und bekam selbst kein Wort heraus. Mit dem Russen sollte ihn Therese bloß in Ruhe lassen. Schwul war der sowieso nicht, und Heteros umzudrehen war nie Uwes Ding gewesen.

Er setzte sich auf den Stuhl hinter seinen Verkaufstisch und drehte sich eine Zigarette. Die Domglocken jubelten – irgendein Bischofszauber musste gerade zu Ende gegangen sein. Nur Bauern waren heute in der Stadt, denen fehlte jeder Sinn für Esoterik. Die Massen schoben sich an seinem Stand vorbei und verteilten sich auf den Gemüsehobler nebenan und den Autopolierer, der am Mikro seine Faxen machte. Einige Frauen warfen begehrliche Blicke auf die glitzernden Schmuckstücke, wurden aber gleich am Ärmel weitergezogen. Bauern …

Nach dem Regen in der Nacht hatte es sich ein wenig abgekühlt, aber es wurde schon wieder heiß. Die Sonne knallte auf die feuchten Markisen, die miefigen Dunst absonderten. Das Weihrauchfass war immer noch außer Betrieb. Die Polizei hatte es mit mannshohen Gittern abgesperrt, vor denen sich die Leute drängelten. Ein Leichenfundort als neue Liboriattraktion. Uwe grinste. So hatten die sich das mit dem sakralen Monstrum bestimmt nicht gedacht.

Die Bullen hatten alle Händler auf dem Pottmarkt befragt, doch die wenigen, die nachts bei ihren Waren schliefen, hatten genauso wenig auf das Weihrauchfass geachtet wie der Wachschutz. Sämtliche Markthändler quatschten über den Mord. Die Leiche war schon abtransportiert gewesen, als Uwe um neun die Markise hochgerollt hatte, aber die Leute von der Spurensicherung hatten jede Kippe aus den Ritzen zwischen den Pflastersteinen gekratzt.

Er hatte das Mädchen im Fernsehen gleich erkannt, mit dem hatte sich Viktor um das Lebkuchenherz gezankt. Er selbst hatte Viktor nicht auf Liobas Tod ansprechen wollen, aber Therese war ein neugieriges Weib. »Komm mit«, hatte sie gleich gesagt, »den gucken wir uns genauer an.« Das hatte Uwe nun wahrlich oft genug getan. Unwillkürlich seufzte er. Viktor drehte ihm die Rückseite zu, aber die war sehenswert genug …

Uwe bediente eine Kundin, die dankbar mit einem hellblauen Mondstein abzog. Ihr half der Stein von jetzt an gegen Probleme mit dem Atemapparat, und ihm hatte er samt Bändchen zweiundvierzig Euro gebracht. Die erste Einnahme des Tages.

Therese hatte sofort gemerkt, dass Viktor log. Er hatte den Bullen nichts vom Besuch dieser Lioba Keller gesagt. Aber dass Uwe Viktor verpfeifen würde, das konnte sich Therese abschminken. »Dann behalt ihn wenigstens im Blick«, hatte sie gesagt. »Und versuch, aus ihm rauszukriegen, was er über Lioba und Stieglitz weiß.« An diesem Stieglitz hatte sie sich festgebissen.

Er wischte sich mit einer Serviette den Schweiß von der Glatze. Es war viel zu heiß, das war schlecht fürs Geschäft. Ein bisschen Regen wäre besser, dann flüchteten die Leute unter die Markisen und ließen sich eher zum Kauf seiner Steine verführen.

Jürgen, Viktors Chef, hatte ebenfalls kein Publikum mehr. Er legte das Mikro auf dem Hocker ab. »Ey, du blöder Russe«, rief er über den Mini hinweg, »hast du Feierabend gemacht oder wie seh ich das?« Viktors Kopf ging ruckartig in die Höhe, und die Schwarzhaarige trat einen Schritt zurück. Jürgen grinste erst zum dicken Gemüsehobler hinüber und dann zu Uwe. Die Frau zeigte dem kleinen Giftzwerg hinter seinem Rücken den gestreckten Mittelfinger. Uwe grinste auch.

Das nahm Jürgen als Einladung, ihn an seinem Stand zu besuchen. Im Gehen zog er hüftwackelnd die Hose hoch, die ihm weit unter das nackte Bäuchlein gerutscht war. Auf dem zu kurzen schwarzen T-Shirt stand »San Remo Formel 1 League«. Ohne die Pickel im Gesicht hätte er ganz niedlich aussehen können. Die blonden Locken hatte er hinter die Ohren geschoben, und auf seiner Stirn ringelten sie sich.

»Der Russe soll malochen«, knurrte Jürgen und ließ sich auf Uwes Besucherstuhl nieder. »Wofür bezahl ich den denn?« Er griff zu Uwes schwarzem Drum. »Ich schnorr mal ne Kippe, ne«, sagte er, als der Tabak schon auf dem Blättchen lag. »Wenn *du* den Kerl nicht von der Arbeit abhältst, dann sind es die Weiber.«

Uwe reichte ihm das Feuerzeug und drehte sich selbst eine. »Ist das seine Freundin?«, fragte er und nickte mit dem Kopf zu der Schwarzhaarigen hinüber, die neben Viktor vor dem Mini stand.

»Hat er sie endlich aus den Fingern gelassen?« Jürgen senkte seine Stimme nur minimal. »Kaum ist sie da, geht hinter der Karre das Gefummel los. Aber das wär nicht seine Freundin, hat er mir gesagt. Die fickt er nur, angeblich. Seine Freundin wär die kleine Blonde gewesen, die sie umgebracht haben. Ich glaub dem ja nix, die Russen sind doch alle Angeber. Hier kriegen sie nix auf die Reihe, aber zu Hause haben sie angeblich alle dicke Autos gefahren.« Er schob sich einen von Uwes Keksen in den Mund. »Am Samstag war das tote Mäuschen bei uns am Stand, haste gesehen? Die war knackig, kann ich dir sagen. Aber du guckst ja nicht auf Weiber.« Jürgen lachte. »Jedenfalls ist er ganz schön down wegen der Alten.«

Uwe goss Jürgen Kaffee ein und packte eine Tüte von Honervogts teuren Pfarrerskäppchen aus. Er sollte von Therese Spesen verlangen. »Die Schwarzhaarige sieht doch auch nicht schlecht aus«, sagte er. Sie verabschiedete sich gerade von Viktor.

»Viel zu groß«, antwortete der kleine Jürgen.

Zu Viktor passte die Frau aber gut. »Du musst sie ja nicht heiraten.«

»Ein Glück aber auch.« Immerhin war sie attraktiv genug, dass Jürgen ihr nachsah, als sie am Stand vorbeiging. »Sie ist ‘ne Kollegin von der Toten. Chefbuchhalterin soll die gewesen sein, in ‘ner Riesenbaufirma. Kannste mal sehn, wie der Russe angibt – die Kleine war doch viel zu jung für so ‘n Posten. Sie hätte ihm was über den Chef erzählt, ‘n krummes Ding, das der gedreht hat, aber was das war, das dürfte er keinem verraten. Nicht mal dieser Schwarzhaarigen.« Er stippte den Keks in den Kaffee. »Ist doch alles Angabe, meinste nicht? Jetzt, wo das Mäuschen tot ist, spinnt der sich einen Roman zusammen.«

»M-hm.« Uwe musste später unbedingt Therese anrufen.

Die Domglocken läuteten zu Mittag. »Ich kann’s nicht mehr hören«, stöhnte Jürgen. »Dieser ewige Katholenkram hier. Das ist ja wie in Bayern. Die brauchen den ganzen Killefitt doch nur als Ausrede fürs Saufen.« Er kam aus Hannover, da ging es prosaischer zu. »Ich feiere, wann ich will«, sagte er, »und bete bestimmt nicht vorher. Mein einziges Stoßgebet ist ›Prost‹ und dann rein damit.«

Uwe nickte.

»Ein Glück nur, dass dieses blöde Fass nicht mehr rumstinkt«, sagte Jürgen und nahm sich das vorletzte Pfarrerskäppchen.

Therese musste noch mal mit Viktor reden. Der süße Russe wusste offensichtlich mehr, als er gestern zugegeben hatte.

»Das wird wohl so schnell nicht mehr qualmen«, sagte Uwe. Anders als ihre Zigaretten – Jürgen drehte sich gerade die zweite, und auch er selbst rauchte munter vor sich hin. Die Sucht hatte ebenfalls etwas Exorzistisches; der kleine Rausch im Kopf bannte die bösen Geister.

Jürgen lachte. »Ist wahrscheinlich entweiht jetzt. Mir war's ja immer ziemlich mulmig unter dem dicken Turm und neben diesem heiligen Stinkefass. Man kommt sich vor wie der Satan persönlich, den sie ausräuchern wollen. Ist doch unheimlich in einer Stadt, wo sie an Teufel und Dämonen glauben, meinste nicht? Das arme Mädchen tut mir richtig leid. Sie war so knackig, und jetzt fressen sie die Würmer.«

Derart grausige Gedanken schienen die Liboribesucher nicht zu plagen, die sich vor dem Weihrauchfass gegenseitig fotografierten. »Wenn Viktor die Tote gekannt hat, dann doch bestimmt auch die Familie. Hat er was über ihren Vater erzählt? Würd mich interessieren, warum der so was tut.«

»Na, weil er blöd ist, ist doch klar.« Jürgen schaute am Domturm hinauf. »Das Mädchen war zu hübsch, das ist für die schon Teufelswerk. Mit den Hexen haben sie es früher genauso gemacht, weißte doch. Die sind hier noch im finstersten Mittelalter. Wenn ich das zu Hause erzähle …« Er brach ab und grinste. »Ich muss unbedingt noch 'n Foto von dem Gerät machen« – er wies mit dem Kopf zum Weihrauchfass hinüber –, »sonst glaubt mir das keiner.«

Uwe grinste ebenfalls und drehte sich eine neue Kippe. Jürgen schloss sich gern an.

»Der Russe meint ja, es wär gar nicht wegen der Teufelsaustreibung gewesen«, sagte Jürgen beim Anzünden. »Da könnte noch ganz was andres hinterstecken, hat er gesagt. Wahrscheinlich meint er ja den Boss von dem Mädchen, wegen dem krummen Ding, das der gedreht hat. Aber vielleicht war es Viktor selbst, was meinste? Aus Eifersucht, oder weil sie ihn nicht rangelassen hat. Haste gesehen, wie er nach diesem Herz gegrapscht hat, das um ihren Hals hing?« Er ahmte Viktors Bewegung übertrieben nach. »Das hatte sie bestimmt von 'nem anderen Macker, und das hat ihm nicht gepasst.«

»Glaub ich auch«, sagte Uwe.

»Na ja – die Russen ... da steigste nicht hinter, was die im Kopp haben.« Mit einem Seufzer stand er auf. »Muss wieder an die Arbeit«, sagte er und ging zu seinem Stand hinüber. Einen niedlichen kleinen Hintern hatte der Kerl, den er übertrieben hin und her schwenkte, weil er genau wusste, dass Uwe ihm nachsah. Sollte er – ein netter Anblick war es doch.

***

Eigentlich liebte Therese den Blick aus den Fenstern der Finanzamtskantine, die im sechsten Stock des nüchternen Gebäudes dem Bahnhof gegenüberlag. Hinter Paderborns Kirchtürmen erstreckte sich die Südstadt, weiter hinaus die blauen Berge der Egge. Auf der anderen Seite konnte man ebenso weit nach Norden schauen. Sie hatte die Aussicht schon oft fotografiert, doch heute war ihr die sonst so gemütliche Stadt unheimlich. Ein Mörder lief darin herum.

Am Tisch vor ihr saß das weißhaarige Pärchen aus dem Riemekeviertel, das jeden Mittag hier aß. Sie hatte trotz der Hitze eine rosawollene Häkeljacke an, und er hatte seinen Karohut auf den Tisch vor sich gelegt. Den trug er das ganze Jahr über. Die beiden hatten Hühnchenbrust mit Currysauce, jungen Erbsen und Reis gewählt. Therese schwankte noch, ob sie lieber den großen Salat mit Putenbruststreifen nehmen sollte.

Der restliche Raum war nur halb gefüllt, eine Oase der Ruhe im Liboritrubel. Nach Finanzbeamten sahen die wenigsten Esser aus. Am ehesten waren es die mit den karierten, kurzärmeligen Hemden, die aber auch aus dem benachbarten Arbeitsamt oder der Kreisverwaltung kommen mochten. An einem Tisch saß die Führungsriege beisammen: ein älterer und mehrere junge Männer, alle in weißem Hemd mit Schlips, zwei braun gebrannte Frauen mittleren Alters in knappen Tops. Die Seidenjäckchen hingen über der Stuhllehne.

Ein dicklicher junger Mann setzte sich mit seinem Salat zu den beiden in den Karohemden. Sein eigenes war bis zum Hals zugeknöpft, das schüttere blonde Haar war brav gescheitelt. Auf seiner Brust hing ein riesiges Madonnenmedaillon, das wohl als Signal an die Frauenwelt gemeint war: Ich bin vergeben. Therese schmunzelte. So wie er aussah, bestand wenig Gefahr für seine heilige Beziehungskiste.

Besonders beliebt war die Kantine bei den Mitarbeitern der benachbarten Behörden. Einige von ihnen konnte Therese anhand der Uniformen zuordnen: Bundesbahnler, Postboten, Polizisten, alle in sommerlichen Halbarmhemden. Ein Schwimmmeister der städtischen Bäder löffelte seinen Schokoladenpudding aus. Er trug sogar weiße Shorts.

Die Eingangstür öffnete sich, doch es war wieder nicht Renate. Die Uhr über der Tür zeigte zwanzig nach eins. Ein Mann in einem quietschbunten Hemd kam herein. Nach Finanzbeamter sah der nicht aus, wohl aber sein Bart. Erst beim zweiten Blick erkannte Therese Schlüters Kollegen aus dem Polizeirevier. Er kam direkt auf sie zu. Anscheinend hatte er sie gleich erkannt, denn er lächelte sie an.

Welcher Heilige hatte da die Hand im Spiel gehabt? Gestern noch war ihr Wunsch, mit dem netten Polizisten zu reden, unerfüllbar erschienen …

»Gut, dass ich Sie treffe«, sagte er, als er Thereses Tisch erreicht hatte. »Ich hab schon überlegt, ob ich Sie anrufen soll.« Er stellte sich als Peter Brinkmöller von der Bielefelder Kripo vor. »Wollen wir zusammen essen?« Mit zufriedenem Lächeln folgte Therese ihm zur Essensausgabe. Wenn Renate noch kam, musste sie eben schneller essen.

Brinkmöller nahm den Salat und einen Heidelbeerquark. Auf seinem fliederfarbenen Hemd prangten heute exotische Blüten in Rot und Blau mit langen gelben Blütenstängeln, die Kolibris umschwirrten. Er war ein gutes Stück größer als Therese und ziemlich dünn, hatte aber kräftige Schultern wie ein Schwimmer.

»Tragen Sie solche Hemden auch in Bielefeld bei der Kripo?«, entfuhr es ihr, kaum dass sie einander gegenüber Platz genommen hatten.

Brinkmöller lachte. »Meinen Sie, ich hab das nur für den Ausflug nach Paderborn rausgekramt? So ferienmäßig ist es hier ja nun auch nicht, trotz Libori. Nein. In Bielefeld ist das mein Markenzeichen. Irgendwie muss man sich ja unterscheiden. Außerdem gefällt's mir. Ihnen nicht?«

»Doch.« Therese lachte ebenfalls. »Bisschen ungewöhnlich für 'n Polizisten, aber schick.« Sie hatte selbst mehrere Hawaiihemden im Schrank. Doch in Paderborn konnte man so was nicht zur Arbeit anziehen.

Brinkmöller schien hungrig zu sein, denn sein Salat verschwand in Windeseile von seinem Teller. Der Salat war frisch, das Putenfleisch zart gebraten, und es gab sogar Oliven und Schafskäse dazu. Therese genoss jeden Bissen.

»Man kann sich hier Nachschlag holen«, sagte sie, als Brinkmöller seinen Teller mit dem Brot blank wischte.

»Echt?« Schon zog er los. Er kam mit einer reichlichen Portion zurück, ließ sie aber erst einmal unberührt stehen. »Ich denke«, sagte er, »ich kann offen mit Ihnen reden.« Er lachte wieder. »Kennen Sie die Wilsberg-Krimis aus Münster?«

»Klar«, machte Therese, die auf einer Olive kaute. »Im ZDF. Meine Lieblingsserie gleich nach dem Münster-Tatort.«

»Genau. Börne und diesen Kommissar mit dem verkifften Vater, die seh ich auch gern. Ist mir ganz egal, wenn die Polizei völlig unrealistisch dargestellt wird, ich will ja schließlich was zu lachen haben. Nee, aber ich meinte Wilsberg, den Antiquar. Fiel mir grad ein, als ich Sie so vor mir sah – irgendwie erinnern Sie mich an den.«

»Hab ich was Antiquarisches?« Therese stippte mit dem Weißbrot ein wenig Salatsauce auf.

Brinkmöller schaute auf Thereses Haar und grinste. »Im Gegenteil. Nur wegen der Rolle, die er spielt, wenn er der Polizei auf die Sprünge hilft. Es war ja gar nicht so uninteressant, was Sie Schlüter erzählt haben, auch wenn der es nicht hören wollte.«

»Schönen Dank. Und Sie sind dann also die rothaarige Kommissarin.«

»So dachte ich mir das«, sagte Brinkmöller. »Wie heißt sie noch? Rita Russek ist die Schauspielerin ...«

»Das ist Frau Springer. Anna Springer.« Therese musste lachen. »Und Herrn Schlüter haben Sie die Rolle von Kommissar Overbeck zugedacht?«

»Na ja, ein bisschen jünger müsste er dann schon sein ...« Brinkmöller grinste. »Aber Overbeck wäre auch sofort auf diese vorgeschobenen Exorzismusindizien hereingefallen. Münster ist ja ein ähnliches Pflaster, da liegt das genauso nahe wie hier.«

»Zum Glück gibt's da aber die taffe Kommissarin Springer und den gut informierten, doch leider ein wenig chaotischen Antiquar Wilsberg«, sagte Therese.

»Genau. Die wissen, dass die Ganoven schlauer sind als Overbeck, und klären das Ganze auf.« Er spießte mehrere Gurkenscheiben auf und schob sie in den Mund.

Thereses Verdacht, so vage er auch war, schien Brinkmöller überzeugt zu haben.

Er zog das einsame Haarbüschel auf seiner Stirn in die Höhe. »Aber zu erwarten war so etwas«, sagte er. »Nachdem die Medien damals so einen Wirbel um das Thema gemacht haben, musste einfach jemand auf die Idee kommen, dass man sich unter dem Deckmäntelchen des Exorzismus leicht missliebiger Personen entledigen kann. In Bielefeld wäre niemand auf den Verdacht hereingefallen, da gibt's so was gar nicht. Doch in Paderborn – in der ›heiligen Stadt‹, sagen wir ja immer – finden wohl alle naselang Teufelsaustreibungen statt. Da kann ein Mörder eher damit rechnen, dass er davonkommt. Und es hat ja auch geklappt.« Brinkmöller machte sich wieder über seinen Salat her. Wenn er beim Mörderfangen genauso viel Eifer an den Tag legte wie beim Essen, war Bielefeld eine sichere Stadt.

Allerdings keine vorurteilsfreie. »Von alle naselang kann keine Rede sein. In den letzten zehn Jahren soll es achtzehn Anfragen gegeben haben, und nur in zwei bis drei Fällen kam es zum ›Großen Exorzismus‹, wie die das nennen.« Wie immer schauderte es Therese unwillkürlich bei dem Wort. »Es ist barbarisch. In dem Ritual geht es tatsächlich darum, Dämonen auszutreiben oder jemanden vom Einfluss der Dämonen zu befreien. Aber es sind doch nur ein paar Fälle im ganzen großen Bistum, und unter dem neuen Erzbischof hat es noch gar keinen gegeben. Das sagt jedenfalls Ägidius Engel, der Pressesprecher des Bischofs.« In seiner heute abgedruckten Stellungnahme zum angeblich neuen Exorzismusfall hatte Engel wiederholt, was er schon im Mai gesagt hatte.

»Na, bei dem Namen glaub ich dem alles«, sagte Brinkmöller. »Da gab's bestimmt ein paar mehr Fälle, als sie zugeben.«

Das allerdings vermutete Therese ebenfalls, zumal in der Zeitung gestanden hatte, dass zwei Paderborner Priester zugegeben hätten, auch nicht genehmigte Teufelsaustreibungen durchgeführt zu haben. Doch wenn der Bielefelder das nicht gelesen hatte, brauchte sie es ihm nicht zu erzählen. »Kann sein«, murmelte sie nur.

»Wenn Sie so gut Bescheid wissen, Frau Urban, können Sie mir bestimmt auch sagen, woran die erkennen, dass jemand vom Teufel besessen ist.«

»Hautausschlag, an Wänden hochgehen oder in fremden Sprachen und Dialekten sprechen können, obwohl die Person es nicht gelernt hat.« Das wusste sie ebenfalls aus der Presse.

»Hautausschlag kann man schnell kriegen, und an den Wänden hoch geh ich selbst oft.« Brinkmöller lachte. »Fremde Sprachen muss man lernen, und wenn nicht, steckt da bestimmt irgendein Humbug dahinter.« Er kreiste mit der Gabel über seinem Teller. »Und wie treiben die den Teufel aus? Ich muss doch wissen, was auf mich zukommt.«

»In einer sehr intensiven Andacht im kleinen Kreis in einer Kapelle oder im Pfarrhaus und nur mit Gebeten, sagt Ägidius Engel. Aber es gibt im Generalvikariat nicht einmal einen eigens bestellten Exorzisten. Der müsste, falls Bedarf besteht, anderswo ausgeliehen werden. Der neue Erzbischof spricht sowieso nur vom Bösen im Allgemeinen. Der glaubt nicht mehr an den Satan höchstpersönlich und wird so schnell keinen Exorzismus genehmigen.« Dass sein oberster Dienstherr, Papst Benedikt, sehr wohl noch den Gottseibeiuns persönlich kannte und im Vatikan dreitausend Teufelsaustreiber ausbilden ließ, damit jedes Bistum seinen eigenen Exorzisten bekam, behielt sie für sich.

Therese war nicht die Einzige, der diese Aktivitäten unheimlich waren. Sie hatte in der Bischofsstadt Paderborn viele einsichtige Christen kennengelernt, die wie sie selbst in jedem Menschen das Gute wie das Böse wahrnahmen, aber deren Personifizierungen als Engel oder Teufel ins Reich der Märchen verbannten. In Bielefeld dagegen schien man alle Paderborner als verbohrte Dämonenjäger zu sehen.

Oder bestenfalls als deren Opfer. Peter Brinkmöller schaute Therese so mitleidig an, als läge sie bereits auf der Streckbank und müsste den »Großen Exorzismus« in seiner allerschärfsten Form erleiden.

Endlich kam Renate durch die Eingangstür. Therese atmete auf. Damit sollte das leidige Exorzistenthema erledigt sein. Brinkmöller war offenherzig und lustig, sein Hawaiihemd war zum Niederknien, aber er war eben doch ein naseweiser Bielefelder.

Sie winkte der Freundin zu, die an der Essensausgabe stand. Renate war im Dienst. Unter einem sandfarbenen Kostümchen leuchtete ein seidenes Top so tiefblau wie ihre Augen, die Füße steckten in hochhackigen Sandalen im gleichen Blau. Renates Lippen waren rot geschminkt, und die braunen Locken hielt die Sonnenbrille zurück. Wenn sie so in einer Firma zur Jobakquise auftauchte, hatte jeder Unternehmer ein offenes Ohr für ihr Anliegen.

Renate stellte ihr Tablett ab und begrüßte Brinkmöller. Therese stellte ihn vor. Das Hawaiihemd des Kripomanns schien ihr zu gefallen, denn sie musterte es immer wieder.

»Du bist ja schon fertig mit Essen«, sagte Renate und spießte mit ihrer Gabel die letzte Olive von Thereses Teller auf. »Dann kannst du mal von diesem Viktor erzählen. Wenn du einen neuen Verdächtigen aufgetan hast, wird Herr Brinkmöller das ebenfalls wissen wollen.«

»Ja, Viktor. Viel weiß ich ja nicht über den. Ihr Jugendfreund, so hat ihn Lioba genannt. Ich kenne eine frühere Lehrerin von den beiden, aber die erinnerte sich nur noch an ein kleines Kraftpaket, das nicht viel gesagt hat. Als ich mit ihm gesprochen habe, hat er auch nicht viel gesagt.«

»Ein Viktor Omelchenko taucht in Schlüters Bericht unter den Marktbeschickern auf«, sagte Brinkmöller. »Ist er das?«

Therese nickte. »Ich hab versucht, Viktor auf den Streit mit Lioba anzusprechen.« Sie schob ein paar Gurkenscheiben auf ihrem Teller hin und her. »Er war zwar schweigsam, aber ich hatte auch den Eindruck, dass er etwas vor mir verbergen wollte. Besonders als ich nach Liobas Verhältnis zu Stieglitz gefragt hab, hat er dichtgemacht. Inzwischen weiß ich von Uwe, dass Lioba Viktor von ihrem Verdacht gegen ihren Chef erzählt hat. Und in einem bin ich mir sicher: dass er mich angelogen hat, Herr Brinkmöller. Oder hat er der Polizei von seiner Bekanntschaft mit Lioba erzählt?«

»Hat er nicht.« Brinkmöller machte große Augen. »Alle Achtung«, sagte er. »Sie haben tatsächlich schon etwas herausgefunden, was wir sonst wohl nie erfahren hätten. Das wirft wieder ein ganz anderes Licht auf die Sache.« Er hielt seinen kleinen Löffel hoch. »Schlüter hat das Umfeld der Toten kaum durchleuchtet, geschweige denn Alibis überprüft. Nur die Familie hat er auseinandergenommen, und schon hatte er seinen Tatverdächtigen. Aber wenn ich ihm jetzt mit einem eifersüchtigen Jugendfreund komme, wird er mich gleich hinauswerfen. Ich hab ihm gegenüber keine Weisungsbefugnis.« Ein ärgerlicher Ton schwang in seiner Stimme.

»Und warum sind Sie dann hier?«, fragte Renate.

»Ich soll mir ein Bild von den Ermittlungen machen.« Brinkmöller grinste schief. »Schlüter hatte den Fall ja schon aufgeklärt, bevor mein Chef überhaupt davon erfahren hat. Es war Sonntag, das wissen Sie ja, und Schlüter hat sich wohl auch nicht sonderlich bemüht, den Zuständigen zu erreichen. Am Montag hätten wir eine Mordkommission gebildet, aber da war es schon zu spät. Schlüter hatte den Richter überzeugt – mit dem ist er wohl im gleichen Schützenverein – und Herrn Keller noch am Sonntag verhaften lassen.« Er tauchte den Löffel in seinen Quark, der so lila war wie sein Hemd. »Wenn alles schiefgeht, können wir natürlich eingreifen, dann wird von Bielefeld aus ermittelt. Aber den Streit darüber vermeidet die Behördenleitung, vorerst …«

»Die will wohl nicht exorziert werden«, sagte Renate.

Brinkmöller lachte. »Genau so ist es.«

»Da ist allerdings noch das Problem mit dem Hausarrest von Lioba«, sagte Therese. »Lioba konnte gar nicht hinaus an dem Abend. Also muss der Täter entweder ins Haus gekommen sein, was auf Viktor oder jeden anderen Freund zutreffen kann, oder Lioba muss einen Weg gefunden haben, heimlich zu entkommen. Auch dabei könnte Viktor ihr geholfen haben.« Therese konnte den Jungen förmlich vor sich sehen, wie er – eifrig bemüht, seiner Freundin beizustehen – mit einer Leiter über dem Arm durch einen dunklen Garten stapfte. »Aber im Grunde macht er einen netten und harmlosen Eindruck. Mag sein, dass er ein wenig jähzornig ist, das zeigt ja schon der Streit um das Herz. Aber die Eifersucht war doch schon so alt, dass sie ihn nicht mehr unbedingt zum Mord treiben musste.«

»Solche Situationen können eskalieren«, meinte Renate. »Wenn Lioba jetzt einen neuen Freund hatte, kann die Eifersucht aufgeflammt sein. Du sagst selbst, dass er noch verliebt war, und wenn er wirklich so an dem Lebkuchenherzen gerissen hat ...«

Brinkmöller hörte auf zu löffeln. »Das Band – genau. Im Obduktionsbericht steht etwas von einer schmalen Druckspur, die nicht von der Tatwaffe herrühren kann. Wieder etwas aufgeklärt, dank Wilsbergs Hilfe.« Er lachte.

»Aha.« Renate blickte von Therese zu Brinkmöller. »Ihr spielt also Wilsberg und Co. Aber ich hätte nie gedacht, dass die biedere Frau Springer jemals in einem so schicken Hemd stecken könnte.«

»In Münster würde man damit genauso exorziert wie hier in Paderborn.« Brinkmöller grinste. Sein Quarkschälchen war leer. »Gibt's beim Dessert auch Nachschlag?«, fragte er.

»Versuchen kann man's«, sagte Therese.

Er kam mit einem Schokopudding zurück. »Ich musste bezahlen.« Sein Gesicht war so vorwurfsvoll, als gäbe es in Bielefeld alles umsonst. »Haben Sie über Stieglitz etwa auch mehr erfahren, als Sie gestern erzählt haben?«

Therese berichtete von ihrem Besuch in Stieglitz' Firma und wandte sich dann an Renate. »Ich hab dir die Bauprojekte aufgeschrieben, die Neudeck aufgezählt hat.« Sie schob den Zettel über den Tisch. »Es ist übrigens auch das Gemeindehaus der Christengemeinde darunter, der Liobas Eltern und Stieglitz angehören. Das ist natürlich nur eine kleine Baustelle, kein Vergleich zum Pader-Karree beispielsweise.«

Renate erzählte Brinkmöller von Stieglitz' bedenkenlosem Abgreifen von Agenturleistungen und ihrem Plan, eine der Baustellen aufzusuchen.

Er nickte. »Sie könnten mir die Liste kopieren und mailen«, sagte er. »Obwohl es vorerst wohl besser ist, wenn Sie als Mitarbeiterin der Arbeitsagentur dort vorbeischauen. Wenn die Polizei die Firma unter die Lupe nimmt, macht das viel zu viel Wirbel.« Er zog zwei Visitenkarten mit Polizeilogo aus der Hemdtasche. »Da steht auch meine Handynummer drauf. Rufen Sie mich jederzeit an, wenn was ist.«

VIER

»Feuermelder« schnappte Therese auf. Galt das ihr?

Gesagt hatte es eine der drei fülligen Frauen, die in Badelaken gewickelt ein warmes Fußbad genossen. Das Flüstern danach konnte Therese nicht verstehen. Die Frau in der Mitte starrte Therese ziemlich unfreundlich an, senkte aber sofort den Kopf. Alle drei trugen identische Turbane aus weißen Frottiertüchern.

Therese ging an den Fußbädern vorbei in den Saunagarten hinaus. Dienstags war Frauensauna. Ihr Körper war nach dem Schwitzbad krebsrot, bestimmt auch ihr Gesicht, und mit dem roten Haar darüber sah sie wahrscheinlich wirklich wie ein Feuermelder aus. Sie stellte sich unter die eiskalte Dusche, um den Schweiß abzuspülen. Vom Dom her läuteten die Glocken. Lustig flatterten die Liborifähnchen am Turm, als hätte es zu seinen Füßen nie eine Tote gegeben.

Eine Aussiedlerin hatte da gesprochen. »Daas ist Feuermelder«, hatte sie gesagt, und die beiden R waren deutlich zu hören gewesen. Ein Akzent, okay, aber immerhin war ihr das deutsche Wort eingefallen. Als Kind war Therese oft so genannt worden, doch gestört hatte sie das nie. Auf ihr rotes Haar war sie immer stolz gewesen. Die Frau hatte bestimmt nur so feindselig geguckt, weil Therese vollkommen nackt in der Sauna herumlief.

Das Wasser war eiskalt im Tauchbecken, das groß genug war für ein paar Schwimmzüge. Therese legte sich auf den Rücken und spielte »toter Mann«. Von unten gekühlt, auf dem Bauch die heiße Sonne: So ließ sich der Sommer aushalten.

Die Glocken schwiegen, und die Domuhr schlug fünf. »Aufguss«, rief die Saunafrau. Das brachte Leben in die Frauen, die auf den Liegen in der Sonne brieten. Mit den Saunatüchern in der Hand liefen sie an Therese vorbei. Kaum eine verbarg ihren nackten Körper darunter.

Der Aufguss war Therese zu heiß, den ersparte sie sich. Sie aalte sich im kalten Wasser, bis sie fröstelte, und legte sich dann auch in die Sonne.

Bald füllten sich ringsum die Liegen. Therese drehte sich um, damit auch ihre Rückseite Sonne abbekam. Wohliges Stöhnen wechselte sich mit dem Knatschen der Gestelle ab. Dann erfüllte einschläferndes Gemurmel den Saunagarten. Therese legte den Kopf auf ihren Unterarmen ab und schloss die Augen.

»Haste die Russenweiber gesehen?«, flüsterte die Frau auf der Liege neben Therese.

»Pst«, kam von der nächsten Liege.

»Ja, ja«, murmelte die Erste, »hört ja keiner.«

Therese stellte sich schlafend.

Die Liege neben ihr quietschte. »Die mit den Turbanen«, flüsterte die Frau. »Die musste doch gesehen haben.«

»M-hm. Und dick in Badetücher gemummelt, damit se bloß keiner was abguckt.«

»Ja, bei der Hitze. Die war'n knallrot – hab schon gedacht, die platzen gleich.« Die beiden Frauen kicherten leise.

»Die sind doch alle bescheuert«, zischelte die Frau auf der hinteren Liege. »Weißte noch, wie sich eine mal partout mit dem Handtuch zudecken wollte, statt sich draufzulegen?«

»Ja, und dann die, die ihre Badeanzüge nicht ausziehen wollen. Die riskieren lieber einen Hitzeschock, als sich nackig zu zeigen.« Wieder das Kichern.

»Bestimmt warn das so 'ne Baptisten.« Das kam von der Hinteren und war deutlich gemurmelt. »Die soll'n in Russland bleiben, wenn se sich hier nicht anpassen wollen.«

»Genau.«

Die Liegen quietschten. Die Frauen legten sich wohl für ein Schläfchen zurecht, denn das Flüstern hörte auf.

Therese hatte sich selbst schon über Leute lustig gemacht, die ohne Kenntnis der Rituale in der Sauna auftauchten und alles falsch machten. Es waren längst nicht immer Migranten. Gerade die Russlanddeutschen waren saunagewohnt und meist erstaunlich unbefangen. Die drei mit den Turbanen meinte Therese schon ein paarmal gesehen zu haben; die verhüllten sich immer in ihren Handtüchern.

Vielleicht gehörten sie einer strenggläubigen Kirchengemeinde an. Aber wohl nicht einer dieser Baptisten-Brüdergemeinden, denn die durften gar nicht in die Sauna.

Vorsichtig drehte Therese den Kopf. Das Gesicht der Nachbarin war unter einer Zeitung verborgen. Die Frau auf der hinteren Liege lag auf dem Bauch. Sie hatte kurzes blondes Haar und war ebenso braun wie die andere. Mallorcabraun vermutlich.

Therese legte sich auf den Rücken. Vor dem grellen Licht musste sie wieder die Augen schließen. Ein leichter Wind strich über ihre erhitzte Haut. Das Wetter war perfekt, um nackt in der Sonne zu liegen.

Um nichts in der Welt hätte sie jetzt auf dem Liboriberg schwitzen wollen. Im Dom feierte der Bischof seine letzte Liborivesper, danach wurde der Reliquienschrein noch einmal unter Glockengeläut durch die überfüllte Stadt getragen, bevor er wieder in seiner Gruft verschwand, wie es sich für einen Sarg gehörte. Das »Triduum«, das dreitägige kirchliche Fest, war damit vorbei, doch die Kirmes ging weiter bis zum nächsten Sonntag.

Für Therese war die Knochenprozession ein schauriges Ritual ohne jede Wirkung. Sie hatte noch nie gehört, dass in der Stadt des Steinheiligen weniger Steinkrankheiten auftraten als anderswo.

Nach Kommissar Schlüters Meinung war Lioba einem ähnlichen Aberglauben zum Opfer gefallen. Ihr Vater selbst hatte sich zum Exorzisten aufgeschwungen. Wenn das so war, konnte auch ein Priester beteiligt gewesen sein, aber das zog Schlüter gar nicht erst in Erwägung. Gegen die Kirche zu Felde zu ziehen war etwas ganz anderes, als einen abergläubischen Herrn Keller zu verhaften.

Und mit Carsten Stieglitz würde Schlüter sich sowieso nie anlegen.

Inzwischen war es allerdings nicht mehr nur Stieglitz, der sich verdächtig gemacht hatte. Wenn Therese an die beiden jungen Männer dachte, die sie gestern kennengelernt hatte, erfasste sie ebensolches Unbehagen wie beim Anblick der finsteren Miene von Liobas Chef. Sie hatten beide gelogen.

Tobias Neudeck schützte seinen Chef, das war offensichtlich. Und Viktor Omelchenko hatte sie und sogar die Polizei angelogen. Möglicherweise hatte er Angst, als Aussiedler automatisch für das Verbrechen verantwortlich gemacht zu werden, aber vielleicht hatte er ebenfalls etwas zu verbergen.

Die beiden Männer waren völlig unterschiedlich: smart und eloquent der eine, unsicher und verschlossen der andere. Doch eines hatten sie gemeinsam: In Bezug auf Lioba hatten beide ein Geheimnis …

Therese überlief eine Gänsehaut. Vor ihren Augen tanzten rote Punkte. Sie blinzelte und suchte nach etwas Dunkelheit. Im Schatten des Saunapavillons saßen die Turbanfrauen nebeneinander auf einer Liege. Ihre drei runden Gesichter waren Therese zugewandt.

Es war Zeit für ihren zweiten Saunagang. Die scharfe trockene Hitze der Erdsauna hinten im Garten war jetzt genau richtig. Dort war es dunkel, und ihre Augen konnten sich erholen.

Als sie die mit dicken Brettern isolierte Tür aufzog, kam ihr die Luft nicht viel heißer vor als die Sonnenglut draußen. Doch die Bodenmatten brannten unter ihren Fußsohlen wie immer. Auf Zehenspitzen stakste Therese vorwärts und verdrängte ihre Angst, sie könnte straucheln und gegen den glutheißen Saunaofen in der Mitte fallen. Ringsherum zogen sich in drei Stufen die Saunabänke, kaum erhellt von den funzeligen Lämpchen in den Ecken. Ganz oben breitete Therese ihr langes Saunatuch aus, drehte die Sanduhr um und legte sich auf den Bauch. Sofort begann der Schweiß zu laufen.

Sie war ganz allein in dem großen achteckigen Raum. Therese genoss die Stille. Die Erdsauna war halb in die Erde eingegraben, nicht einmal das Glockengeläut drang herein. Therese fühlte sich warm geborgen und legte sich auf dem Frottiertuch zurecht. Ohne den Stoff darunter konnte sie nicht einmal die Zehen auf dem Holz ablegen, so heiß war es.

In der Sauna war Therese manchmal Lioba über den Weg gelaufen. Sie kam immer mit ihren Freundinnen, einer Gruppe lustiger junger Frauen, die sich verhielten wie alle anderen. Therese hatte es beeindruckt, wie liebevoll sie miteinander umgingen. Sie saßen Arm in Arm auf den Saunabänken und rubbelten sich nach dem Duschen gegenseitig trocken. In Deutschland sozialisierte Frauen ertrugen so viel Nähe selten.

Die Tür ging auf, ein Lichtstrahl fiel auf Therese. Ein weißer Turban schob sich herein. Dahinter zwei weitere. Wie die jungen traten auch die älteren Aussiedlerinnen gern in Gruppen auf. Das war ein sichereres Kennzeichen als die Prüderie, die den beiden

Frauen vorhin auf den Liegen so viel Anlass zum Lästern geboten hatte.

Diese drei allerdings bestätigten das Vorurteil. Mit identischen Bewegungen knoteten sie ihre Badelaken über dem Busen fester und ließen sich dicht nebeneinander auf der unteren Bank nieder. Ob sie Geschwister waren? Ihre Gesichter waren nicht zu erkennen. Die Frauen tuschelten miteinander. Zischlaute waren zu hören, aber kein verständliches Wort. Dann rutschten zwei von ihnen eine Bank höher, während die andere am heißen Saunaofen vorbei auf die andere Seite ging. Sie wollte wohl ihre Ruhe haben.

Therese drehte sich auf den Rücken. Ein paar Minuten gab ihr die Sanduhr noch, die wollte sie genießen. Die paar Frauen störten sie nicht.

Sie schienen mit ihren Positionen immer noch nicht zufrieden zu sein. Das Holzgestell unter Therese vibrierte jedes Mal, wenn eine der Frauen ihre Lage veränderte.

Als der Sand vollständig durchgerieselt war, setzte Therese sich auf. Ihr Blick fiel auf drei weiße Turbane direkt neben ihrem Körper. Die Erdsauna war groß genug – warum waren die Frauen ihr so nahegerückt? Sie saßen vor ihr auf der mittleren Bank und ließen kaum eine Lücke, wo Therese die Beine hätte abstellen können.

Sie wollte gerade zur Seite rutschen, als eine der Frauen ihr Platz machte. »Biite sähr«, sagte sie.

Therese sagte »Danke«, legte ihr Saunatuch für ihre Füße zurecht und richtete sich vorsichtig auf.

Die Frauen kniffen ihre Lippen zusammen und schauten zu Therese auf. Dunkle Augenbrauen wurden gerunzelt, als ihre Blicke an Thereses nacktem Körper herabwanderten. Wie Eiseskälte fühlte sich ihre Missbilligung an.

Therese hob das linke Bein und wollte es gerade auf die nächstuntere Bankreihe stellen, als ihr das rechte unter dem Körper weggezogen wurde. Nur nicht nach vorn fallen, fuhr ihr durch den Kopf. Dort unten war das Höllenfeuer … Sie warf sich nach hinten. Ihr Rücken schlug schmerzhaft gegen die Bretterwand.

Bevor sie auch nur Luft holen konnte, packten kräftige Finger ihre Arme und Oberschenkel, grobe Hände zerrten an ihr. Sie sollte von der Bank geschoben werden, dem Saunaofen entgegen.

»Sind Sie verrückt geworden?«, schrie Therese. Sie drückte sich gegen das Holz. Der Schweiß auf ihrer Haut ließ die fremden Finger abrutschen, die sich sofort wieder in ihr Fleisch bohrten.

Was war bloß in die Frauen gefahren? Halb benommen von der Hitze versuchte Therese, die Hände abzuschütteln, aber sie ließen nicht locker.

»Was soll das denn?«, rief sie. »Ich hab Ihnen doch nichts getan.« Sie wollte sich schnell wieder aufrichten, doch die Frauen klemmten sie zwischen ihren Körpern fest. Zwei legten gleichzeitig ihre Arme um Thereses Rücken und schoben sie gegen ihren Widerstand nach vorn, die andere stand vor Therese auf der Bank unter ihr. Das Gesicht der Frau lag im Dunkeln.

Therese lachte gezwungen. Das war ihr bewährtes Mittel gegen die Angst. »Was soll das werden?«, fragte sie. »Ein Exorzismus? Gefällt dem lieben Gott meine Nacktheit nicht?«

Die Frauen keuchten, sagten aber nichts.

Therese rammte den beiden neben ihr die Ellbogen in die Seite, was wenig genug bewirkte, weil sie keinen Platz zum Ausholen hatte. Sie wollte der Frau vor ihr gegen die Brust treten, doch die wich aus. Sofort stemmte sie die Arme auf Thereses Oberschenkel. Das Gesicht kam näher. Für einen Moment fielen ein paar Lichtstrahlen auf ihre Wange, etwas blitzte auf, vielleicht ein Ohrring.

Ein zischendes Geräusch vor ihr, ein scharfer Luftzug, und dann traf feuchter Glibber Thereses Gesicht. Spucke. Unwillkürlich schrie sie auf.

»Lass Viktor in Ruhe!«, fauchte die Frau vor Therese, die sie angespuckt hatte. »Und sag das auch dem Homo«, flüsterte es von rechts in ihr Ohr.

Damit ließen die Frauen ihre Arme frei.

Therese wollte sich durchs Gesicht wischen, merkte aber sofort, dass sie sich besser an der Saunabank festgehalten hätte. Ihre Beine wurden angehoben, und ein Stoß im Rücken brachte sie ins Rutschen. Zweimal scheuerten die Kanten der Saunabänke an ihrer Wirbelsäule entlang, bevor Therese unten ankam. Vom Saunaofen schlug ihr brüllende Hitze entgegen. Die Frau, die unten gestanden hatte, gab ihr noch einen Stoß, der Therese dem hitzespeienden Brunnen entgegenrutschen ließ. Ihr Kopf schlug gegen eine Kante.

Trotz der Benommenheit spürte sie, wie ihr Rücken gegen den glühheißen Stein knallte. Sie meinte, es zischen zu hören, dann wurde es vor ihren Augen schwarz.

***

Den ganzen Rotheweg entlang standen Betonmischer mit rotierenden Trommeln. Heute sollte im Pader-Karree, vor dem Renate Quickstern unschlüssig herumstand, ein Teil der Wände des fünften Stockwerks »geschüttet« werden. So hatte es die Empfangsdame der Firma ImmoBau&Architektur ausgedrückt und auf Renates verständnislosen Blick hin erklärt, dass Betonwände nicht gemauert, auch nicht gegossen, sondern *geschüttet* wurden. Unbegreiflich, wie man das nicht wissen konnte, hatte ihr Blick signalisiert.

Mit ihren blauen Sandaletten war Renate hier eindeutig falsch. Der unebene Boden war übersät mit Steinen und Gerümpel, Kabel schlängelten sich, Rohre lagen herum. Wenn sie da hindurchging, waren die Absätze ruiniert. Ganz neu waren die Schuhe. Sie hätte wirklich ihre Wanderstiefel aus dem Auto holen sollen.

Die Stahlbetonbauer von Stieglitz' Betrieb, bei denen Renates Kunde Jonas Mikus ein halbjähriges Praktikum absolvierte, mussten Überstunden machen. Der Bauleiter, dieser Tobias Neudeck, wollte ebenfalls auf der Baustelle sein.

Die grauen Wände und leeren Fensterhöhlen waren von einem Gespinst aus Rohren und Brettern überzogen. Leitern führten von einer Etage zur nächsten. Ganz oben entdeckte Renate ein paar orangefarbene Bauhelme. Als einer der Bauarbeiter sah, wie sie heraufstarrte, ertönte ein Pfiff. Am Rand sammelten sich braun gebrannte, kräftige junge Männer, alle orange behelmt. *So viele Sahneschnittchen*, würde Renates Kollegin Angelika sagen. Bei dem Anblick hätte Renate selbst gern gepfiffen, doch das verhinderte zuverlässig das Wasser, das ihr im Mund zusammenlief. Bei der Hitze spielten offenbar nicht nur Bauarbeiterhormone verrückt.

Ein weißer Helm gesellte sich zu den orangefarbenen. Tobias Neudeck. Er schwang sich die Leitern herab und kam auf sie zu. Unter einem Blaumann trug er ein weißes T-Shirt. Er nahm den

Helm vom Kopf und wischte sich über die Stirn. Die blonden Haare kringelten sich vom Schweiß.

»Die Firma hat Sie schon angekündigt«, rief er im Näherkommen. Dann deutete er auf ihre Schuhe. »Damit wollen Sie da rauf?« Er wies mit dem Kopf nach oben, wo die orangen Helme leuchteten. »Um die müssen Sie sich nicht kümmern, die kriegen gleich zu tun.«

Wie zur Bestätigung schwang ein Kran einen riesigen Rüssel durch die Luft. Auf dem vordersten Betonmischer standen zwei Männer in roten Overalls, die den Ziehharmonikaschlauch an die Trommel anschlossen. Oben auf der Baustelle baumelte am anderen Ende ein dickes Rohr knapp über den Köpfen der Arbeiter, die es packten. Die Helme hatten ihren Sinn, das sah Renate sofort. Der zweite Kran schlenkerte einen weiteren Rüssel über die Baustelle. Am Rand standen die Kranführer und dirigierten die gelben Ungetüme mit ihren Steuergeräten vor dem Bauch.

Neudeck schloss einen Container auf und verschwand darin. Gleich kam er mit einem Paar derber Schuhe in der Hand wieder heraus. »Die werden Ihnen nicht passen, aber es sind die kleinsten«, sagte er. Er hatte hübsche blaue Augen, die in seinem braun gebrannten Gesicht strahlten. »Sicherheitsschuhe mit Stahlkappen sind auf dem Bau vorgeschrieben.«

»Danke.« Renate streifte ihre Sandaletten ab und steckte die Füße in die riesigen Sicherheitsschuhe. Sie waren so schwer, als wären sie mit Beton ausgegossen. Gehen konnte sie darin nicht, nur schlurfen. Wie früher in Vaters Schuhen. »Dann mal los.« Mit den Klumpen an den Füßen würde ihr so schnell niemand nachpfeifen.

»Moment«, rief Neudeck, der den Container abschloss. Er streckte ihr einen weißen Bauhelm entgegen. Über dem Schild prangte in Schwarz Stieglitz' Logo. »Den müssen Sie aufsetzen. Ebenfalls Vorschrift.«

»Warum sind unsere Helme weiß und die da oben orange?«, fragte Renate.

»Weiß ist für Ingenieure und Bauleiter, außerdem für Besucher«, erklärte Neudeck. »Das da oben sind die Stahlbetonbauer und die Eisenflechter, die tragen orange. Ihr Vorarbeiter hat einen roten Helm, sehen Sie, da.« Er zeigte nach oben. Ein rot behelmter Mann hielt das Rüsselende im Arm und winkte mit dem anderen einen Arbeiter heran.

»Ist das auch Vorschrift?«

»Nein.« Neudeck erklomm Renate voraus die steile Leiter. »Aber es gibt gewisse Konventionen auf dem Bau, und viele Firmen halten sich daran. Unser Chef ebenfalls, der ist traditionsbewusst. Man kann das aber auch ganz anders organisieren. Es gibt Betriebe, da haben alle Arbeiter braune Helme, weil die am billigsten sind und nicht so schnell verschmutzen. Oder es gibt Helme für Lehrlinge, für Gesellen, für Leute, die in Kolonnen arbeiten und so weiter. Der Chef trägt aber meistens weiß.« Er grinste. »Angeber legen sich auch gern einen weißen Helm hinten ins Auto. Man muss schließlich sehen, wer wichtig ist.«

Neudeck war schon oben, als Renate noch in der Mitte der Leiter einen Fuß nach dem anderen die Sprossen hinaufzog. Sie keuchte, als sie oben ankam. Neudeck versuchte, sein Grinsen zu verbergen. Der hatte gut lachen. Seine Schuhe waren viel größer als Renates, doch er lief so leichtfüßig darin herum wie sie in ihren Riemchensandaletten. Seine Beine waren lang, und beim Klettern zeichneten sich unter dem blauen Drill kräftige Muskeln ab. Auf ihrer Stirn sammelten sich Schweißperlen.

Sie nahmen die nächste Leiter in Angriff. Neudeck wies mit dem Arm auf die offene Etage, wo ein gelb behelmter Arbeiter undefinierbare Eisenteile zu einem Container schleppte. »Das ist unser Magaziner, der verwaltet die Werkzeuge. Er trägt traditionell einen gelben Helm. Nicht zu verwechseln mit den Maurern, die tragen auch gelb, haben aber weiße Kleidung. Aber viel zu mauern gibt's hier nicht. Wir bauen fast nur noch mit Stahlbeton und Glas. Ja, und dann sind da noch die Zimmerleute mit ihren grünen Helmen, aber die haben schon Feierabend. Vorher haben sie die Verschalungen für die Wände aufgestellt, und jetzt kann geschüttet werden.« Neudeck stand schon wieder oben und wartete auf sie.

Renate tupfte sich mit einem Taschentuch den Schweiß ab. Sie hatte viel über Helmsitten auf dem Bau erfahren, jetzt wurde es Zeit, dass sie Fakten über Stieglitz' Renommierprojekt erfuhr. Unablässig brummte, klackte und zischte es von oben her, die Bauarbeiter schrien sich unverständliche Kommandos zu.

Noch drei Leitern waren zu überwinden. »Wie hoch wird denn das Gebäude?«, rief sie zu Neudeck herauf und zog ihre Füße über das Gerüstbrett hinter sich her.

»Sechs Stockwerke, und dann noch die Penthäuser. Wenn's fertig ist, gibt es auch einen Aufzug.« Neudeck grinste. »Sogar mehrere. Die Disko unter dem Dach hat allein drei davon. Die Schächte haben wir schon geschüttet.«

»Das muss doch ein Riesenareal sein, zwischen den beiden Straßen und der Bahnlinie.«

»Die Bodenplatte hat fast zehntausend Quadratmeter, da sind schon mehr als siebentausend Kubikmeter Beton drin. Wir bauen da unten Parkdecks mit fast fünfhundert Stellplätzen.« Hinter der randlosen Brille leuchteten Neudecks blaue Augen; große Zahlen schien er zu lieben. »Das sind Großstadtdimensionen, glauben Sie mir. Wenn der Rohbau fertig ist, haben wir zwanzigtausend Kubikmeter Beton und fast dreitausend Tonnen Stahl verbaut. Schon allein die logistischen Probleme, die solche Mengen mit sich bringen ...« Er zeigte auf den Rotheweg mit der langen Reihe Betonmischer. »Immer wenn wir Material kriegen, staut sich in der ganzen Stadtheide der Verkehr. Auch deshalb schütten wir Beton gern abends, wenn die Leute zu Hause sind. Aber außerdem müssen wir das gute Wetter nutzen. Schön ist das nicht zu Libori, aber wir haben gestern schon einen Tag verloren. Und der Bau ist im Verzug, seit wir beim Ausschachten dreimal Bomben gefunden haben.« Beim Reden brauchte er kaum Atempausen.

Renate nickte, wobei sie nach Luft rang. »Aus dem Zweiten Weltkrieg. Ich hab's in der Zeitung gelesen.« An ihren Knöcheln und oberhalb ihrer Fersen fing es an zu brennen.

»Ja, und danach mussten wir quasi mit dem kleinen Löffel ausschachten«, erzählte Neudeck weiter. »Soll ja keinem was passieren, hat der Chef gesagt. Die Baggerfahrer waren sowieso total nervös. Es hätte immer noch ein Sprengkörper drin liegen können; die drei anderen hatte der Metalldetektor ja auch nicht angezeigt. Aber da war dann keine Bombe mehr ...« Er wartete wieder auf Renate. Jetzt war sein Gesichtsausdruck missmutig. Wahrscheinlich war er es, der mit den Folgen der Terminverzögerung zu kämpfen hatte.

Sie blieb stehen. »Warum heißt es eigentlich Pader-Karree? Hier fließt doch weit und breit keine Pader.«

Neudeck lachte und kletterte die nächste Leiter hinauf. »Nein, aber der Rothebach. Und wohin fließt der? Das fragt unser Chef jeden, der sich über den Namen wundert. Pader-Karree war sein Einfall. ›Das ist regional, das ist sinnlich …‹, hat er damals geschwärmt. Die Investoren hat es überzeugt.«

Für ein »Rothe-Karree« hätte Stieglitz bestimmt keine Geldgeber gefunden. »Und wer sind diese Investoren?«

»Das darf ich Ihnen leider nicht verraten. Aber Sie kennen die Namen, da bin ich mir sicher. Einiges Geld kommt auch aus Kirchenkassen, die investieren, wo es nur geht. Der Bau wird mehr als fünfzig Millionen Euro kosten, bevor er Geld einbringt. Da braucht man kapitalkräftige Leute mit langem Atem.«

Einen langen Atem hatte die Kirche sicherlich. »Es ist bestimmt nicht so leicht, das Geld wieder hereinzubringen.«

»Och, da hab ich keine Sorge. Stieglitz weiß, was er tut, das können Sie mir glauben. Der größte Teil der Gewerbeflächen ist schon vermietet, der Betreiber für die Disko steht fest, und die Wohnungen werden weggehen wie warme Semmeln: stadtnah und doch im Grünen. Sie werden allerdings nicht billig sein. In der Stadtheide lebt zahlkräftiges Publikum, und das soll auch so bleiben. Darauf legen die Inhaber der Geschäfte im Erdgeschoss großen Wert, und nicht nur die. Ein Aldi kommt hier jedenfalls nicht rein.«

In der Stadtheide lebten auch viele Arbeitslose, Aussiedler und Rentner. Bis zum nächsten Aldi würden sie so weit laufen müssen wie bisher. Sie waren aber sicher besser zu Fuß als Renate, die ihre Sicherheitsschuhe kaum noch anheben konnte. Neudeck war bereits an der letzten Leiter angelangt.

Schien es ihr nur so, oder war es wirklich viel heißer hier oben? Kein Wind wehte im Gerüst, und Renate fühlte sich wie in der Sauna. Wenn sie in die Tiefe blickte, wurde ihr ganz flau im Magen. Todesmutig setzte Renate einen Schuh vor den anderen.

***

Als Erstes nahm Therese graues Licht wahr, dann spürte sie die Hitze. Bei jedem Atemzug brannten ihre Lungen wie Feuer. Noch mehr glühende Qual fühlte sie im Rücken. Das Höllenfeuer. Bestimmt war ihre Haut völlig verbrannt. Sie biss die Zähne zusammen und riss ihren Rücken von den Steinen los. Der wilde, unerträgliche Schmerz, mit dem sie gerechnet hatte, blieb aus.

Ungläubig betastete sie die Hautflächen. Sie waren glühend heiß und schmerzten bei jeder Berührung, aber offene Wunden waren nicht zu spüren. Sie rollte sich auf die Seite, spuckte noch im Liegen auf ihren Zeigefinger und drückte ihn gegen den Ofen. Die Spucke verdampfte, aber ihre Haut blieb heil.

Vor diesem Ding hatte sie nun jahrelang eine Heidenangst gehabt. Therese suchte die Saunabänke ab. Nirgendwo leuchteten weiße Handtücher. Sie war allein.

In ihrem Kopf dröhnte es, und ihr Körper fühlte sich an wie gekocht. Sie musste hier raus. Wie lange sie wohl ohnmächtig auf dem Boden gelegen hatte? Unten war es nicht so heiß, da überlebte man länger.

Auf allen vieren robbte sie um den Ofen herum dem Ausgang zu. Sie wollte sich aufrichten, doch ihre Beine knickten ein, und ihr wurde schwindelig. Unten war es sicherer. Mit dem Kopf drückte sie gegen die Bretter, nahm noch die rechte Hand zur Hilfe, aber die Tür bewegte sich nicht. Sie war von außen blockiert. Die Turbanfrauen hatten sie eingesperrt.

»Hilfe!«, krächzte Therese. »Ich komm hier nicht raus!«

Von draußen war kein Laut zu hören. Therese klopfte gegen die Tür, obwohl sie wusste, wie gut isoliert sie war. Nur unten nicht. Durch einen schmalen Spalt drang unter der Tür Tageslicht herein. Und Luft. Therese legte sich auf die Seite und zog dankbar kühlen Atem in ihre heißen Lungen. Dann presste sie ihren Mund auf den Spalt und rief wieder um Hilfe. Abwechselnd atmete sie und schrie. Niemand hörte sie. Bestimmt war längst wieder Aufgusszeit und die anderen Gäste saßen sicher alle in den normalen Saunen.

Therese fragte sich, wie lange sie ausharren musste, bis sich eine Frau in die abgelegene Erdsauna verirrte. Ihre Angst nahm zu. Auch wenn der Ofen nicht glühte – er spuckte doch genug Hitze aus, die ihren Körper bis auf die Knochen austrocknen würde. Schon jetzt sonderte ihre Haut keine Flüssigkeit mehr ab …

Noch einmal versuchte sie, sich aufzusetzen. Gleich wurde ihr wieder schwarz vor Augen. Sie ließ sich vor den Türspalt fallen und holte tief Atem. Wenn sie ohnmächtig wurde, dann besser hier unten, wo das letzte bisschen Luft hereinwehte, das sie am Leben hielt.

***

Tobias Neudeck hasste es, Besucher auf der Baustelle herumzuführen, doch von dieser Quickstern war er beeindruckt. Die Frau zeigte Einsatz, das war man von Behördenmitarbeitern nicht gewohnt. Wie eine Beamtin sah sie nicht gerade aus. Es hatte ihm leidgetan, als er ihr die schicken Sandalen verbieten musste und ihre hübschen Füße in den ungefügen Sicherheitsstiefeln verschwanden. Die harten Kanten scheuerten bestimmt die zarte Haut auf, doch sie trug es mit Fassung.

Zwei nette kleine Titten präsentierte sie ihm da im weiten Ausschnitt ihrer Bluse, auf die er von oben freien Blick hatte, soweit sie nicht von weißer Spitze verhüllt wurden. Die Quickstern konnte ruhig noch ein wenig langsamer klettern.

Sie wolle den Arbeitsplatz von Jonas Mikus besichtigen, hatte sie angekündigt und sich darüber informieren, ob dessen Fähigkeiten und sein Arbeitseinsatz eine Festanstellung rechtfertigten. Es hatte sie nicht von dem Besuch abgehalten, dass Tobias erst nach Feierabend für sie Zeit hatte.

Natürlich erwarteten alle von Stieglitz, dass er Jonas nach dem Praktikum übernehmen würde, doch der dachte gar nicht daran. Längst standen neue Praktikanten auf der Matte, die den Betrieb viel billiger kamen als reguläre Arbeitskräfte und motivierter waren als diese. Im Abgreifen von Subventionen war Stieglitz Weltmeister, da machte ihm niemand etwas vor.

Die Quickstern hatte ganz schön neugierige Fragen gestellt. Hoffentlich hatte er nicht zu viel erzählt …

Sie kletterte über die Betonkante und stellte sich neben ihn. »Schöne Aussicht hier oben«, sagte sie und hielt ihr von Schweißperlen benetztes Gesicht in den Wind. »Man meint, dass man direkt neben dem Domturm steht.« Unter dem weißen Helm ringelte sich ihr feuchtes dunkelbraunes Haar.

»Ja, mit dem Riesenrad dahinter sieht das richtig gut aus. Wir hatten schon ein paarmal Pressefotografen hier oben, die ihr Liborifoto aus einer anderen Perspektive schießen wollten.«

»Kann ich mir vorstellen«, gab die Quickstern zurück. »Ich hätte auch den Fotoapparat mitbringen sollen.« Sie drehte sich um und musterte die Arbeiter an den Schalwänden.

Tobias zeigte auf das Gerüst. »Da oben steht Ihr Kunde.« Jonas stand mit dem Vorarbeiter am Rüttler. Da konnte die Quickstern gleich sehen, dass sich hier die Vorgesetzten um neue Leute kümmerten. Er stieß einen Pfiff aus und zeigte, als der Vorarbeiter sich umdrehte, erst auf Jonas und danach auf den Boden vor sich. Sofort machte sich der Praktikant auf den Weg.

»Wie macht sich Herr Mikus denn?«, fragte die Quickstern.

»Nun, ja …« Jonas war fleißig und verstand sein Metier. Bei den Kollegen war er beliebt. Tobias überlegte, wie er die zu erwartende Nichtübernahme vorweg rechtfertigen sollte. Was würde Stieglitz antworten? »Er ist ja fleißig und anstellig, auch immer pünktlich, das muss man sagen. Aber man merkt doch, dass er eine Weile aus dem Beruf heraus war. Heute sind die Abläufe und die Maschinen viel komplexer als damals …« Er schaute ihr in die Augen und lächelte. Das wirkte immer: Die Quickstern lächelte zurück.

Doch dann machte sie ein ernstes Gesicht. »Vielleicht können wir Herrn Mikus einen Fortbildungskurs finanzieren, berufsbegleitend. Und die Maßnahme kann auch noch verlängert werden. Sie werden bestimmt nicht so bald auf einen so einsatzfreudigen Mitarbeiter verzichten wollen.« *Ihr* Lächeln war auch nicht zu verachten.

»Das könnten wir ja mal beim Essen besprechen«, sagte Tobias ohne nachzudenken.

Die Quickstern lachte. »Das ist Beamtenbestechung.«

»Ist es nicht. Mein Chef hört sowieso nicht auf mich.« Wer bestach hier eigentlich wen? Die Hitze verwirrte ihn.

»Das glaub ich nicht«, sagte sie. »Sie kennen Ihre Leute viel besser als er. Legen Sie mal ein gutes Wort für Herrn Mikus ein, Herr Neudeck. Arbeit gibt's doch genug auf Ihren Baustellen. Sie haben selbst gesagt, dass Sie fast nur mit Stahlbeton arbeiten, und gute Leute werden immer gebraucht.« Ihre strahlenden Augen waren so blau wie ihr Top, das sich an ihre Brüste schmiegte.

»Das schon …« Tobias wurde heiß unter dem Blaumann. »Mal sehn, was ich tun kann. Doch dann müssen Sie wenigstens auf Libori ein Bier mit mir trinken. Abends bin ich immer bei Auffenbergs, aber da müssen wir ja nicht bleiben …«

»Mal sehn, was ich tun kann«, wiederholte sie seine Worte, nahm den Helm ab und fuhr sich durch die feuchten braunen Locken. Gewiss würde die reizende Frau Quickstern heute Abend ganz zufällig in Auffenbergs Biergarten vorbeikommen. Tobias würde da sein …

***

Ritter Kahlbutz hatte die Mumie, die im brandenburgischen Kampehl den Touristen gezeigt wurde, zu Lebzeiten geheißen. Therese grauste es vor dem unverweslichen Leichnam. Als lederbezogenes Knochengestell lag er unter Glas in einer Dorfkirche. Ob man ihre verdorrten Überreste ebenfalls so zur Schau stellen würde?

Ihr Mund produzierte keinen Speichel mehr. Thereses Kehle war völlig ausgetrocknet, und jeder Atemzug tat ihr weh. Trotzdem musste sie atmen. Wenn sie aufgab, war sie tot. Ohnehin war die Frage, wie lange sie noch hier liegen bleiben konnte. Ihre Rückseite war so heiß, als läge sie immer noch direkt am Höllenfeuer, ihr Herz klopfte rasend, ihr Kopf drohte zu bersten. Wieder warf sie sich mit aller Kraft gegen die Tür, doch die blieb zu.

Gedämpft drang Glockengeläut durch den Türspalt. Das Triduum war zu Ende. Sankt Liborius ruhte wieder in seiner Gruft, und die Paderborner gingen auf den Berg, um ihren Heiligen zu feiern.

Therese hätte alles darum gegeben, jetzt in der erhitzten Menge schwitzen zu dürfen. Noch vor ganz kurzer Zeit hatte sie genau das Gegenteil gedacht. Sie hatte auf ihrer Liege geschmort und sich am friedlichsten Ort der Welt gewähnt. Wenn es zu heiß wurde, half das eisige Tauchbecken. Wenn sie je aus dieser Todesgruft herauskam, würde sie für lange Zeit nicht aus dem kalten Wasser zu vertreiben sein.

Allein die Vorstellung, wie kühle Fluten ihre Glieder umspielten, belebte Therese. Sie drückte noch einmal mit beiden Händen gegen die Tür, die sich tatsächlich bewegte. Ein paar Millimeter rutschte sie nach außen, dann war wieder Schluss.

Von außen musste ein Gegenstand im Spalt stecken. Wenn Therese ein Auge an den Boden presste, sah sie gegen das grelle Licht einen handbreiten Schatten. Mit den Fingern erreichte sie ihn aber nicht, dafür war der Spalt zu schmal.

Erschöpft legte sie sich wieder flach vor die Tür und atmete tief ein. Sie fühlte sich wie ein Verdurstender in der Wüste, der mit letzter Kraft auf eine Fata Morgana zukroch. Ihr Wunschbild war jedoch real, keine Luftspiegelung, kein Blendwerk. Nur ein paar Meter waren es bis zum kalten Wasserbecken und nicht endlose sandige Flächen unter glühender Sonne.

Therese nahm all ihre Kraft zusammen und warf sich noch einmal gegen das Holz. Sie schlug sich die Knochen blau, doch die Tür blieb unbeeindruckt. Sie musste es weiter oben versuchen. Vielleicht verteilte sich da die Kraft besser. Der Schwindel musste zu besiegen sein. Wenn sie wieder umkippte, war sie nicht schlechter dran als jetzt.

Sie holte am Boden tief Luft, dann lehnte sie sich an das raue Holz und schob sich schnell nach oben. Sofort presste ihr die Hitze den Atem ab. Therese warf sich nach hinten. Hatte sie eine Bewegung gespürt? An der Seite war kein Spalt zu sehen.

Die Hitze war kaum auszuhalten, und Luft holen konnte sie kaum noch. Doch sie stand auf den Beinen. Sie holte ein wenig Schwung und warf sich noch einmal mit dem Rücken gegen die Tür. Das war nicht kräftig genug. Wie machten die das im Fernsehen, wenn eine Tür aufzubrechen war? Sie drehte sich seitlich, wagte einen Schritt nach innen und stürzte sich mit Schulter und Hüfte gegen das Türblatt.

Das tat weh. Aber die Tür krachte auf, Therese verlor das Gleichgewicht und knallte mit der ganzen Seite auf den Steinboden, was noch mehr schmerzte. Steine? Sie fuhr mit den Händen über den Untergrund. Kühle Platten aus Naturstein, der ihr so bequem vorkam wie das gemütlichste Sofa. Ihr ganzer Körper tat weh, aber sie hätte jubeln können. Schmerzen in Freiheit waren so viel leichter zu ertragen als gefangen im Höllenfeuer.

***

Frauen hatten auf Baustellen nichts zu suchen. Die alte Maurerweisheit fiel Tobias ein, als er mitansehen musste, wie seine Männer mehr auf die Besucherin als auf den Beton vor ihren Nasen achteten. Das charakteristische Geräusch der Betonzufuhr wurde immer ungleichmäßiger. Er wies sie mit Gesten an, wieder an die Arbeit zu gehen, doch sie glotzten weiter. Erst wenn er näherkam, zischte und klackte es wieder im gewohnten Rhythmus.

Er hatte die Quickstern mit Jonas allein gelassen, weil er nicht wie ein Vorgesetzter erscheinen wollte, der seinen Leuten nicht traut. Jetzt stand sie schon eine Viertelstunde mit ihm zusammen und hielt ihn von der Arbeit ab. Dauernd sahen sie zu ihm herüber.

Endlich gab sie Jonas die Hand, der gleich wieder zu seiner Schalwand ging. Die Quickstern winkte. »Tschüss, Herr Neudeck«, rief sie, »und danke. Schuhe und Helm stelle ich unten hin.«

Tobias winkte ebenfalls. Er zeigte auf seine Uhr, um sie unauffällig auf ihre Verabredung hinzuweisen. Doch die Quickstern lachte nur und schlurfte mit den schweren Schuhen zur Leiter. Sie wusste wahrscheinlich nicht, wie entzückend dabei ihr Hintern wackelte. Um ihn herum ertönten Pfiffe. Die Quickstern hob den Arm, ohne sich umzudrehen, und verschwand im Gerüst.

Gleichzeitig sah Tobias, wie sich auf dem oberen Rotheweg vier zerbeulte Mercedes-Transporter näherten. Was da ankam, ging die Quickstern nichts an. Er lief zur anderen Seite der Baustelle und schwang sich die Leitern hinunter. Von der Hausecke aus, wo sie ihn nicht sehen konnte, dirigierte er den Konvoi zur Nebenstraße, wo ein weiterer Baustelleneingang lag.

Die Wagen parkten, und die Leute stiegen aus. Die braunen Helme ohne Stieglitz-Logo hielten sie in der Hand. Er winkte den Vorarbeiter zu sich. Die Männer blieben stehen.

Janek machte ein missmutiges Gesicht. »Leute wollen nicht arbeiten«, sagte er. »Wollen mehr Lohn.«

Das Spielchen versuchten sie jede Woche einmal. Tobias schüttelte nur den Kopf. »Ihr wisst, wo ihr weitermachen sollt.« Er wandte sich zur Leiter.

Doch Janek hielt ihn am Träger seines Blaumanns fest. »Warte, Chef. Wir gleich wieder fahren, wenn nicht mehr Geld. Andere Baustelle wartet ...«

Die Polen drehten sich bereits zu ihren Bussen um. Es war die reine Erpressung. Stieglitz würde ausrasten, wenn er hörte, dass Tobias ihren Lohn erhöht hatte. Aber sie waren immer noch billig genug.

Er nickte. »Gut. Ihr kriegt zwanzig Cent mehr.«

Janek lachte. »Fünfzig. Mindestens.«

Dann bekamen sie vier Euro die Stunde. Stieglitz würde ihn aufhängen.

»Drei achtzig und zwei Zigarettenpausen pro Schicht mehr. Wenn ihr das nicht wollt, könnt ihr gehen. Meinem Chef ist das mit euch sowieso zu gefährlich. Der riskiert Millionen an Strafgeldern, bloß weil er euch Arbeit gibt.«

»Chef wird nicht erwischt«, sagte Janek. Damit mochte er recht haben. Stieglitz kannte die richtigen Leute.

Die Polen blieben.

Tobias nahm den Helm vom Kopf und wischte sich den Schweiß ab. Der Bau durfte nicht noch teurer werden. Stieglitz hatte sich mit dem Pader-Karree übernommen, das war klar. Die Sache mit den Bomben hatte Zeit und Geld gekostet, und wenn sie nicht rechtzeitig fertig wurden, kam Stieglitz um eine Konventionalstrafe nicht herum. Auch bei anderen Bauprojekten von ImmoBau&Architektur stand es nicht zum Besten. Stieglitz zog Material und Leute heraus, um seine »Sponsorenprojekte«, wie er die Schwarzbauten für wichtige Leute nannte, hochzuziehen. Auch das durfte niemand wissen. Wenn dann auf der Baustelle noch was schiefging, musste er vor den Investoren die Hosen herunterlassen. Die Schuld würde er natürlich seinem Bauleiter zuschieben.

Tobias kletterte eine Leiter hinauf. Die Etagen waren noch an allen Seiten offen, doch nächste Woche sollten die Fenster kommen. Bis dahin mussten die Polen mit dem Estrichlegen fertig sein.

Am Baustelleneingang stand die Quickstern und zog ihre Sandaletten an. Sie hatte für den Abstieg lange gebraucht. In den schweren Schuhen war er noch schwieriger zu bewältigen als der Aufstieg. Sie schaute sich noch einmal um und stöckelte dann auf einen roten Fiat Panda zu. Wenn die Quickstern seine Einladung annahm, dann konnte es durchaus noch ein heißes Libori werden.

***

Erst nach einer halben Ewigkeit gelang es Therese, sich aufzurichten. Tief in ihre Lungen hinein sog sie die warme Luft, die ihr wie gletschergekühlt erschien. Sie lehnte sich an die unterste Stufe der Treppe, die in den Saunagarten hinaufführte. Ihre Haut war trocken und schuppig, aber das Fleisch darunter war noch da. Nicht einmal der Speck war geschmolzen. Das wäre wenigstens ein positiver Nebeneffekt des grausigen Abenteuers gewesen.

In ihrem Kopf tobte ein Hornissenschwarm, verlor jedoch bald an Kraft. Sie sah nicht mehr wie durch einen Schleier. Die Tür zur Erdsauna hatte sich wieder geschlossen. Einer ihrer Badeschlappen lag umgekippt an der Wand, der andere stand noch da, wo Therese ihn ausgezogen hatte. Mit dem Schlappen hatten die Frauen wohl die Tür versperrt. Die Bretter an der Außenseite ließen unten mehr Platz, als von innen zu sehen gewesen war. Allzu fest hatte das Hindernis nicht gesteckt. Die Frage war, ob ihre Angreiferinnen das gewusst hatten.

Nie hätte sie den Frauen so viel Brutalität zugetraut. Mit ihren runden Gesichtern unter den weißen Turbanen wirkten sie so harmlos. Vorsichtig strich sie mit der Hand über ihren Rücken. Vom Sturz die Bänke hinab war auf den Wirbelknochen die Haut abgeschabt, die Stellen brannten immer noch wie Feuer.

Trotz der warmen Luft zitterte Therese am ganzen Körper, nur mühsam konnte sie verhindern, dass ihre Zähne klapperten. Sie schlang die Arme um sich. Das Zittern ließ nach, doch aufstehen konnte sie nicht. Ihre Beine fühlten sich an, als gehörten sie nicht zu ihr. Therese rieb sie mit den Händen.

Die infamen Weiber hätten sie umbringen können. Und es wäre nicht der erste Mord in einer Sauna gewesen. Als sie auf der anderen Seite der Tür endlos ihren Mund auf den Luftspalt gepresst hatte, war sie sich ihres baldigen Hitzetodes sicher gewesen. Sie hätte sich gleich gegen die Tür werfen sollen, doch vor lauter Verzweiflung hatte sie nicht denken können. So wie der weiche Badeschlappen vor ihr lag, war er kaum geeignet, die Tür mit dem breiten Spalt darunter dauerhaft zu versperren.

Wahrscheinlich hatten die Turbanfrauen Therese nur Angst einjagen wollen, was ihnen bestens gelungen war. Noch immer war ihr, als greife durch die dicke Tür der Erdsauna das erbarmungslose Höllenfeuer nach ihr.

Viktor solle sie also in Ruhe lassen, hatte die Spuckerin gesagt. Und auch Uwe solle sich dem jungen Mann nicht mehr nähern. Möglicherweise waren die Frauen Verwandte von Viktor. Vom Alter her hätte eine seine Mutter sein können, und die anderen waren vielleicht Freundinnen aus der Christengemeinde. Glaubten die Frauen etwa, sie wollte ihn verführen? Vielleicht hatte er zu Hause von ihrem Gespräch am Autopolierstand erzählt.

Von einem Annäherungsversuch Thereses konnte keine Rede sein. Davon hatte er zu Hause nicht berichten können, wenn er bei der Wahrheit geblieben war. Das war Uwes Anteil an der Geschichte. Entweder hatte Viktor in Bezug auf Therese gelogen, oder es gab einen anderen Grund für den Angriff.

In ihrem Rücken bejubelten die Domglocken noch immer das Liborifest. Dazwischen drang gemütliches Gemurmel aus dem Saunagarten. Niemand hatte die tödliche Gefahr bemerkt, in der Therese geschwebt hatte, und dass sie geschwächt am Boden saß, sah auch keiner. Nie mehr würde sie sich in der Sauna sicher fühlen können. Das fürchterliche Trio hatte Therese nicht umgebracht, aber den Schrecken würde sie so bald nicht vergessen. Bisher war ihr der verwinkelte Saunagarten anheimelnd erschienen, doch jetzt war er voll schattiger Ecken, in denen unnennbare Gefahren lauerten.

Sie musste die Aussiedlerinnen zur Rede stellen. Doch zuerst brauchte sie Wasser. Langsam zog sie sich am Treppengeländer hoch. Im heißen Sonnenschein taumelte sie noch etwas, was eine auf der Liege ruhende Frau mit einem besorgten Blick bedachte.

Therese schaffte es bis unter die Dusche, wo sie sich an das kühle Rohr lehnte und den Wasserknopf in ihrem Rücken suchte. Endlich prasselte das kalte Nass über ihr Gesicht. Sie streckte die Arme nach oben und ließ das Wasser über ihren Körper laufen, gleichzeitig öffnete sie den Mund und trank gierig. Kaum konnte sie es fassen, dass ihre Fata Morgana Wirklichkeit geworden war. Dann ließ Therese sich ins Tauchbecken gleiten und genoss die Abkühlung. Weiße Turbane waren weit und breit nicht zu sehen.

Eigentlich sollte sie die Saunafrau über den Angriff der Turbanfrauen informieren, doch die würde bestimmt sofort die Polizei rufen. Deren erste Frage – wenn die Beamten Therese überhaupt glauben würden – wäre wohl die, warum die Aussiedlerinnen Therese attackiert haben sollten. Was sollte sie dann sagen? Von ihren Recherchen in Liobas Umfeld brauchte die Polizei nichts zu wissen.

Auch in den Innenräumen entdeckte Therese die Frauen mit den auffälligen Kopfbedeckungen nicht.

»Die müssen noch hier sein«, gab die Saunafrau Auskunft. »Rausgehen sehen hab ich sie nicht. Aber vielleicht haben sie die Dinger ja endlich abgesetzt.«

Gut möglich. Denen war bestimmt nicht daran gelegen, dass Therese sie erkannte.

Auf der Suche nach drei fülligen Frauen mit runden Gesichtern wanderte sie an den Saunakabinen entlang. Im Sanarium, der Kräutersauna und der Aufguss-Sauna an der Ecke zum Garten lagen nur einzelne Frauen, die alle schlank waren. Das Dampfbad war leer; nur ungern wäre Therese durch die heißen Schwaden getaucht, um zu prüfen, wer sich darin verbarg. Von heißer Luft um sich herum hatte sie vorerst genug.

In der Ecke beim Solarium zwängten sich zwei rundliche Frauen in fleischfarbene Mieder. Figur und Gesichtsform könnten passen, doch ihre Badetücher, die sie auf den Sesseln abgelegt hatten, waren farbig gestreift. Der Ruheraum war leer, alle Frauen waren draußen im Garten. Unter den Duschen saßen drei alte Türkinnen mit hennagefärbtem Haar auf Schemeln und ließen sich von drei jüngeren gründlich abseifen. Sie waren entweder zu dick oder zu jung.

Auf den Liegen im Saunagarten lagen rundliche Frauen genug, aber nie zu dritt. Ob sie sich getrennt hatten? Einzeln würde Therese sie nie erkennen.

Schon als sie sich der Erdsauna näherte, fühlte sie die Hitze wieder über sich zusammenschlagen. Sie hätte sich eben schon hier umsehen sollen. Die Frauen hatten doch bestimmt die Erdsauna beobachtet, um zu erfahren, ob Therese sie lebend verließ. Jetzt waren die Frauen natürlich verschwunden. Wenn sie wirklich zu Liobas Christengemeinde gehörten, waren sie sehr gläubig. Mord war eine Todsünde. Ein Grund mehr anzunehmen, dass sie Therese nicht umbringen, sondern sie nur von ihren Nachfragen wegen Liobas Tod abhalten wollten.

Thereses Saunatuch hing wundersamerweise am Treppengeländer. Ihre Notsituation in der Erdsauna hatte niemand bemerkt, doch ihr gelbes Handtuch war gerettet worden. Sie breitete es über eine Liege im Schatten und legte sich darauf. Ringsum erhoben sich unbedeckte Brüste, Bäuche und Hintern. Ihre Peinigerinnen mochten die Turbane abgelegt haben, doch ihre Körper hatten sie bestimmt immer noch verhüllt. Inmitten nackter Frauen musste Therese keine Angst haben.

***

Wenn Lioba nicht neben ihr stand, sah auch Manuela klasse aus. Unter dem Flatterhemd waren ihre Speckröllchen kaum zu sehen. Viktor wusste, dass sie da waren, er hatte sie in der Hand gehabt, doch sie hatten ihn kaum gestört. Beim Gedanken daran, was er gestern noch alles berührt hatte, wurde ihm heiß …

Manuela hatte schon Feierabend, doch er musste noch stundenlang den Mini polieren. Sie trug wieder den Jeansrock, der ihre langen braunen Beine zur Schau stellte. Zu Hause hatte es bestimmt Ärger wegen den Klamotten gegeben. Ihre Alten waren nicht so schlimm wie Liobas, aber Schläge hatte auch Manuela bekommen. Trotzdem setzte sie sich durch. Sie war immer schon stärker gewesen als Lioba.

Viktor schielte zu Jürgen hinüber, der am Mikrofon Männchen machte. Gleich würde er wieder die Schmiere auf den Mini klatschen. Er hatte eben schon ärgerlich geguckt, als Viktor den Moment verpasst hatte, in dem er mit dem Polierzeug bereitstehen sollte.

Manuela stand im Schatten neben dem Mini und kratzte an dem

Rallyeaufkleber herum. Weiber! Viktor schob ihre Finger vom Lack. Gleich hielt Manuela seine Hand fest und drückte sie an ihren Busen. Unter der schwarzen Bluse trug sie keinen BH. Er brachte mit seinen Fingern ihre Nippel zum Stehen, behielt aber Jürgen im Blick. Mit einem Kichern lehnte sich Manuela an ihn, und er musste die Arme um sie legen.

Sie hatte nichts dagegen, wenn andere ihnen beim Knutschen zusahen. »Kann jeder sehn, dass wir zusammengehören«, sagte sie.

Aber Viktor war das unangenehm.

Vor dem Stand sammelten sich Passanten. Viktor schob Manuela zur Seite und griff zum Poliertuch.

Jürgen forderte die Leute auf, näher zu kommen. »Bei uns dürfen Sie auf Papas liebstem Kind Ihre Fingerabdrücke hinterlassen, Gnädigste«, rief er einer Frau mit einer Waffel in der Hand zu. Das war seine neueste Masche: die Leute selbst das Auto vollschmieren lassen. »Greifen Sie zu. Patschen Sie ruhig ordentlich drauf mit Ihrem Zuckerhändchen. Und das Kind soll seine süßen kleinen Eisfinger gleich mitbringen.«

Die Leute patschten nicht nur auf die Motorhaube, sondern gingen mit den Fingern auf dem Lack um das ganze Auto herum. Viktor folgte ihnen mit Sprühdose und Korallenhandschuh. Jürgen verkaufte mindestens zehn Poliersets.

Manuela drängte sich an ihn, als er auf der Suche nach letzten blinden Stellen hinter den Mini trat. »Deine Eltern waren gestern richtig lieb«, sagte sie. »Wenn meine uns so erwischt hätten …«

»Hm.« Und wenn Lioba an ihrer Stelle gewesen wäre, hätte Herr Keller ihn wohl totgeschlagen. Aber mit Lioba wäre es gar nicht erst so weit gekommen. Sie hätte ihn zwar genau wie Manuela in den Arm genommen, wenn er wie gestern geheult hätte, aber sie hätte sich nie und nimmer mit ihm in die Büsche verzogen … »Du warst aber auch lieb«, sagte er.

Erst draußen im Dunkeln waren Viktor die Tränen gekommen, als ihm bewusst geworden war, dass Lioba nie mehr neben ihm stehen würde. Rechts von ihm Lioba, links Manuela, so waren sie überall aufgetreten. Bei der ganzen Trauerandacht, die Pater Anselm in der Marien-Kapelle für Lioba abgehalten hatte, waren Viktors Augen trocken geblieben. Seine Eltern hatten ebenfalls unbewegt neben ihm gekniet. Sie trauerten kein bisschen um Lioba. Alle anderen hatten geheult, auch Manuela.

Anschließend hatten die Familien im neuen Gemeindehaus zusammengesessen und den Schmerzhaften Rosenkranz gebetet. Wie immer waren die jungen Leute draußen geblieben, aber trotz der kreisenden Wodkaflasche war keine Stimmung aufgekommen.

Er fühlte, wie seine Augen wieder feucht wurden. Manuelas warmen Körper neben sich zu spüren war ein Trost. Aber es war nicht Lioba …

Sie sah ihn an. »Ich weiß, dass dir Lioba fehlt, Viktor«, sagte sie. »Du kannst ruhig darüber reden. Ich vermisse sie auch. Im Büro haben wir einen Strauß auf ihren Platz gestellt, weil sie Blumen so gemocht hat. Jedes Mal, wenn ich daran vorbeigehe, kommen mir die Tränen.«

Manuela tat immer cool, aber das war sie gar nicht. Viktor nickte und starrte auf das schwarze Blech. »Ich seh sie immer noch vor mir, wie sie mit ihren Fingern auf den Lack gefasst hat. Ich hab mich geärgert darüber, dabei war es das letzte Mal, dass ich sie gesehen hab.« Von dem Lebkuchenherz, das viel mehr Zorn bei ihm ausgelöst hatte, sagte er lieber nichts.

»Nur gut, dass wir beide uns schon vorher gefunden haben.« Manuela seufzte. »Jetzt können wir uns aneinander festhalten.« Sie umarmte ihn, und er legte ebenfalls die Arme um sie. Es gefiel ihm, dass sie fast so groß war wie er. Neben Lioba war er sich immer tollpatschig vorgekommen. Und was Männer anging, war Manuela viel erwachsener …

Sein Gesicht wurde heiß, als er sich vorstellte, sie schöbe auch jetzt ihre Hand in seine Hose. Aber hier im Schatten sah keiner, dass er rot wurde. Jürgen quatschte vor dem Zelt mit einem Kunden. Hinter dem Mini verborgen, zog Viktor Manuela fester an sich.

Gestern Abend hatten die Eltern nach ihm gesucht und sie halb nackt hinter dem Gemeindehaus erwischt. Doch der Vater hatte nur gegrinst, während die Mutter ihm schalkhaft mit dem Finger gedroht hatte. Seine Eltern waren spitze, ganz anders als Liobas. Dass Viktor »ein richtiger Deutscher« sein wollte, hatte sie immer stolz gemacht. Sie waren wieder ins Gemeindehaus gegangen, wo sie bestimmt allen von der bevorstehenden Hochzeit erzählt hatten.

Mit seinen Eltern konnte Viktor über alles reden. Als Lioba ihn nicht mehr heiraten wollte, hatte sie das ebenso tief getroffen wie ihn. Obwohl sie Lioba von da an schnitten, hatten seine Eltern ihm zuliebe Pater Anselm gebeten, zwischen Lioba und Viktor zu vermitteln, und mit dem Pater zusammen Liobas Eltern bekniet.

Das allerdings war Viktor peinlich gewesen. Lioba und er waren keine Kinder mehr, sie konnten ihre Angelegenheiten selbst regeln.

Die Mutter sah das anders. Sie meinte immer noch, sie müsste aufpassen, dass ihrem Einzigen nichts Böses geschah. Sie hatte sich total aufgeregt, als Viktor ihr von dem Homo und der rothaarigen Frau erzählt hatte. Ganz genau hatte sie wissen wollen, was die Urban ihn gefragt und wie sie ausgesehen habe. Als ob ihn so 'ne Alte interessieren könnte, und schwul war er auch nicht, das wussten sie genau. Spätestens seit gestern …

Jürgen schaute zu ihnen herüber. Schnell ließ er Manuela los und sprühte die Seitenscheibe ein.

»Ich muss auch weiter«, sagte Manuela und gab ihm einen Kuss auf die Wange. »Bis heute Abend, mein Schatz.«

Viktor nickte. Mit der Sprühflasche in der Hand trat er vors Zelt und sah ihr nach. Unter dem kurzen Rock wackelten zwei kräftige Apfelbäckchen. Zufrieden bemerkte er, dass auch Jürgen ihnen nachschaute.

Manuela war schon in Ordnung.

***

Die angebliche »Teufelsgeigerin« entpuppte sich als harmlose Fiedlerin im bunt geblümten Sommerkleid, das ihr weit über die Knie reichte. Ein Mann mit Dreitagebart schlug mit einem Stöckchen auf eine Handtrommel ein, die beiden Akkordeons und das E-Klavier hörte man kaum. Nur langsam füllte sich der Raum vor der Bühne mit Eis essenden Familien, aber vor den Bierständen drängelten sich die Leute.

»Typisch«, sagte Michael. Mit einem Plastikbecher voll Bier in der Hand saß er schräg hinter Renate auf der nächsten Stufe der Treppe, die vom Franz-Stock-Platz zum Rathaus hinaufführte. Neben ihm hatte sich Manfred, Renates derzeitiger Freund, niedergelassen. Er musste noch fahren und trank Wasser, genau wie Therese und Renate.

»Das Kulturamt und seine Werbesprüche …« Michael nahm einen großen Schluck Bier. »Wie das Bier – alles labberig.«

Die Leute um sie herum ließen sich von dem Gefiedel nicht stören und schwatzten munter miteinander. Ein graubärtiger Mann mit Baskenmütze schwärmte seiner rot gefärbten Begleiterin etwas von treibenden Rhythmen und tänzerischer Leichtigkeit vor. Zwei rundliche Frauen hatten wohl nur ein Plätzchen zum Ausruhen gesucht. Sie packten ihre Einkaufstaschen aus und führten sich gegenseitig ihre Schnäppchen vom Pottmarkt vor. »Nur zehn Euro, das ist doch wohl günstig«, sagte die eine und hielt ein Paar robuster Halbschuhe hoch.

Eigentlich hätte Renate längst von ihren Erlebnissen mit Tobias Neudeck im Pader-Karree berichten wollen. Doch Therese schien schläfrig zu sein und lehnte schwer an ihrer Schulter. Renate hatte den Arm um sie gelegt. Therese war erst aufgetaucht, als die Gruppe schon zu spielen begonnen hatte. Angeblich war sie in der Sauna eingeschlafen. Bei Manfred, der die Getränke holen ging, hatte sie gleich zwei Wasser bestellt.

Thereses Gesicht war angespannt, der Mund ganz schmal. Sonst sah sie anders aus, wenn sie aus der Sauna kam. »Ist was passiert?«, fragte Renate.

»M-hm.« Thereses grüne Augen waren dunkel umschattet. »Erzähl ich gleich, wenn's ruhiger wird. Lass uns erst mal ein bisschen zuhören.« Sie fuhr mit den Fingern durch ihr Haar, das sie nach dem Duschen offenbar nicht gekämmt hatte.

Seit wann interessierte sich Therese für irische Balladen? Renate hatte alle Mühe gehabt, sie zum Mitkommen zu überreden.

»Sie könnten wenigstens Guinness ausschenken«, murrte Manfred hinter ihr. Er war Irlandfan, sie hatten die grüne Insel im letzten Sommer besucht. »Dann würde ich das Auto stehen lassen und zu Fuß gehen.« Er musste schon sehr leiden, wenn er auf die Heimfahrt im Renn-Audi verzichten wollte. Wie Renate nuckelte er lustlos an seiner Wasserflasche, während Therese schon die zweite in der Hand hielt. Am Getränkestand gab es nicht einmal Wein, geschweige denn kühlen Prosecco, auf den Renate jetzt Durst hatte.

Bis auf ein paar Alternative mit einem Faible für das mystische Irland waren wohl die wenigsten Leute wegen der Musik hier. Inzwischen war der Innenhof der Stadtverwaltung gedrängt voll, und noch mehr Menschen saßen auf der breiten Treppe. Zu Libori war der nah beim Dom gelegene Franz-Stock-Platz der beliebteste Treffpunkt der Paderborner. Der Teufelsfiedlerin gelang es aber nicht, die Menge mitzureißen.

Im restlichen Jahr konnte man den Ort mit Recht ein lauschiges Plätzchen nennen. Er lag abseits der Kundenströme und verlockte wenig zum Besuch, was an gelegentlichen Gelagen der Penner und Punks auf den Bänken zwischen den Rhododendronbüschen liegen mochte. Einige von ihnen schwankten auch jetzt neben der Bühne herum, in der Hand überschwappende Bierdosen, die nicht vom städtischen Bierstand kamen. Vor der Bühne tanzten ein paar Mütter in langen Röcken mit ihren Kindern.

Neben ihr richtete sich Therese auf, und Renate nahm den Arm weg.

»Na, wirst du wieder lebendig?«, fragte Michael. »Muss ja anstrengend gewesen sein, den ganzen Nachmittag in der Sonne zu liegen.«

Therese schüttelte den Kopf. »Mach du nur deine Witze.«

Ihr schleppender Tonfall ließ auch Michael den Kopf heben. »Was war denn?«, fragte er mit besorgter Stimme und umfasste Thereses Schultern.

»Nichts Besonderes«, sagte Therese. »Nur dass mich drei Aussiedlerinnen fast gebraten hätten.«

Renate schreckte hoch. Therese neigte zwar zu Übertreibungen, doch dazu war ihre Miene zu düster. »Was haben sie denn mit dir gemacht?«

Nach und nach rückte Therese mit dem heraus, was ihr in der Erdsauna widerfahren war. Ihr Gesicht war unter der Bräune ganz blass. Immer wenn Therese erschauerte, streichelte Renate ihre Hände. Michael und Manfred schüttelten pausenlos die Köpfe. Renate fühlte erst die Gluthitze der Erdsauna, dann wurde ihr kalt vor Schreck. Es war wirklich ein Wunder, dass Therese fast unverletzt neben ihr saß.

»Danach hab ich geschlafen wie 'ne Tote«, sagte Therese. »Grad erst ist mir wieder bewusst geworden, wie viel Angst ich in dem heißen, dunklen Loch ausgestanden hab. Die Tür ist und ist einfach nicht aufgegangen …« Ihr Blick war zur Bühne gerichtet, wo die Geigerin ein melancholisches Lied fiedelte.

»Ich will jetzt ja gar nicht damit kommen, dass jede Sauna einen Alarmknopf hat«, sagte Michael. Therese hob den Kopf, schwieg aber. Renate hätte auch nicht sagen können, wo sich der Alarmknopf in der Erdsauna befand. »Aber ich frage mich, woher die Frauen wussten, dass ausgerechnet Therese ihr ›Feuermelder‹ war.«

»Sie werden diesen Viktor ausgefragt haben«, entgegnete Renate.

Therese nickte.

»Ja, das schon.« Michael machte ein nachdenkliches Gesicht. »Aber die paar Merkmale, die der Junge aufzählen konnte, lassen doch keine eindeutige Identifizierung zu. Wie Feuermelder sehen viele rothaarige Frauen aus. Therese hat kein Muttermal im Gesicht und keine abstehenden Ohren. Woher wussten die Frauen also, dass sie Therese in der Sauna treffen würden? Das kann doch kein Zufall sein.«

Manfred stellte seine leere Wasserflasche auf den Boden. »Du meinst, es gibt eine Verbindung zwischen den Frauen und Therese?«, fragte er.

Michael nickte. »Irgendjemand im Umfeld muss Therese kennen und wissen, dass sie dienstags in die Sauna geht. Von dem kam der Tipp.«

»Das stimmt«, sagte Therese. »So weit hab ich noch gar nicht gedacht.«

»Kein Wunder mit 'm gekochten Gehirn«, brummte Michael und strich Therese zärtlich über den Kopf.

Sie verdrehte die Augen. »Das krieg ich jetzt bis in alle Ewigkeit zu hören«, sagte sie mit einem übertrieben tiefen Seufzer.

Renate lachte. Wenn die beiden sich frotzelten, war alles in Ordnung.

»Ob dieser Jemand Stieglitz gewesen sein kann?« Therese schaute in ihre Wasserflasche, als wäre die Antwort dort zu finden. »Bestimmt kennt er die Familie von Viktor, er gehört doch auch zu dieser Christengemeinde.« Sie trank den letzten Schluck aus der Flasche.

»Stieglitz kann schwerlich über deine Saunagewohnheiten Bescheid wissen«, sagte Renate. »Aber was ich über sein Pader-Karree erfahren habe, macht ihn schon zwielichtig genug.«

»Oder die Frauen haben – nach dem Tipp von diesem Jemand – aus eigenem Antrieb gehandelt.« Manfred drehte die leere Wasserflasche in den Händen. »Sie könnten ebenfalls etwas mit dem Tod dieses Mädchens zu tun haben. Oder sie wollten Viktor, falls er der Täter war, vor der neugierigen Therese schützen. Du hast selbst gesagt, dass da Eifersucht im Spiel war und verschmähte Liebe. Das gibt dem Jungen und seiner Familie ein Motiv. Rache ist süß, das wisst ihr ja.«

»Na ja, aber tödlich?« Therese machte ein zweifelndes Gesicht.

»Ist schon vorgekommen. Unter den Aussiedlern gelten sowieso andere Regeln als bei uns. Grad erst hat wieder in der Zeitung gestanden, dass so ein Vitali seinen Vater erstochen hat. In der Legolandsiedlung auf dem Wilhelmsberg, wo nur Aussiedler wohnen. Nicht mal einen ordentlichen Grund konnte der Junge angeben. Die stechen einfach zu, wenn ihnen was nicht passt.« Manfred arbeitete wie Renate in der Arbeitsagentur; dort hörten sie solches Gerede öfter.

»Aber das kann man doch nicht verallgemeinern.« Wenn Therese nicht protestiert hätte, hätte Renate es getan. »Wer weiß, was der Vater angestellt hat …«

»Du willst ja nur deinen Stieglitz im Knast sehen«, sagte Manfred. »Geh doch mal vorurteilsfrei daran.« Er zwinkerte Therese zu. Seinen geröteten Wangen entnahm Renate, dass ihm inzwischen klar geworden war, dass er vorhin selbst ein dickes Vorurteil ausgepackt hatte.

Dann stand er auf und sammelte Flaschen und Gläser ein. »Ich geh mal zur Bierbude«, sagte er. »Renate kann so lange von ihrem aufregenden Erlebnis mit diesem Schönling von einem Bauleiter erzählen. Den Kerl muss ich mir nicht noch mal antun.« Er marschierte davon, den Arm voll Wasserflaschen.

Über Thereses Bericht hatte Renate ihren Besuch auf der Baustelle fast vergessen.

»Du hast Tobias Neudeck getroffen?«, fragte Therese und grinste.

Michael schaute von einer zur anderen. »Weiber«, knurrte er, womit er dieselben zum Lachen brachte.

Vorn auf der Bühne erklang nach zwei temperamentvolleren Stücken wieder eine traurige Weise. Das braune Haar der Geigerin war am Hinterkopf zu einem festen Knoten zusammengesteckt, aus dem sich kein Strähnchen gelöst hatte. Renate fuhr mit der Hand durch ihr eigenes Haar, das wie ihr ganzer Körper nach der schweißtreibenden Kraxelei im Pader-Karree geradezu nach einer Dusche geschrien hatte.

»Ihr hättet mich sehen sollen.« Renate musste selbst lachen. »Ich hätte gleich als Bauarbeiter anfangen können.« Sie rieb ihre verpflasterten Füße. »Die Schuhe – Sicherheitsschuhe mit Stahlkappen – hätten allerdings besser passen können. Ich bin rumgestiefelt wie als Kind in den Holschen meines Großvaters.«

Sie erzählte von ihrem Gespräch mit Neudeck. »Das war ja alles schon ziemlich spannend, aber das wirklich Interessante hab ich dann von meinem Kunden gehört.« Sie sah Jonas Mikus wieder vor sich, mit dem orangen Helm auf dem Kopf und mit nacktem Oberkörper wie seine Kollegen. »Ich hab ihn gefragt, ob nur er und seine Kollegen Überstunden machen müssen. Nein, hat er gesagt, andere auch, je nachdem, wie weit die Baustelle grad ist. Er arbeitet seit ein paar Wochen im Pader-Karree, wo sie fast jede Nacht Beton schütten. Und gleich kämen noch die Polen.«

Bei Renates letzten Satz hoben Therese und Michael gleichzeitig die Köpfe.

»Ja, da guckt ihr, was? Wilsberg könnte kaum ein besserer Detektiv sein.« Renate schmunzelte. »Die wären ganz komisch, hat Herr Mikus gemeint. Würden sich abseits halten und ihre Pausen zu anderen Zeiten machen als die übrigen Arbeiter. Einer von den Kollegen, der Polnisch spricht, hätte mal versucht, mit denen zu reden, aber da sei sofort Neudeck dazwischen gegangen. Ich hab mir gleich gedacht, dass da was nicht stimmt …«

»Schwarzarbeiter«, sagte Michael. »Ganz klar. Wahrscheinlich sogar Illegale.«

»Und dazu schlecht bezahlt.« Renate berichtete, was sie von der Leiter aus beobachtet hatte. »Neudeck ist blitzartig zur anderen Seite der Baustelle gelaufen und im Gerüst verschwunden. Auf dem Rotheweg haben daraufhin ein paar Transporter die Richtung gewechselt. Das hat mich neugierig gemacht. Ich hab also die Klotschen ausgezogen, bin schnell barfuß die Leitern runtergestiegen und durch die Baustelle zur anderen Seite gelaufen.« Vielmehr war sie von einem Pfeiler zum nächsten geschlichen, damit die polnischen Arbeiter sie nicht entdeckten. »Neudeck hat mit dem Vorarbeiter gestritten. Die kriegen tatsächlich nur drei Euro achtzig die Stunde, seit heute. Für dreifünfzig wollten die Leute nicht mehr arbeiten und haben Neudeck unter Druck gesetzt. Zwei Zigarettenpausen mehr hat er großzügig noch dreingegeben.«

Michael hatte eine Hand zur Faust geballt, als wollte er gleich mit Stieglitz in den Ring steigen. Therese presste die Lippen zusammen. Noch im Nachhinein spürte Renate die gleiche Empörung wie die beiden.

»Wie viele Polen waren es denn?«, fragte Michael.

Renate überlegte kurz. »Na – bestimmt achtzig bis neunzig.«

Er schüttelte den Kopf. »Dann spart Stieglitz bei einem durchschnittlichen Hilfsarbeiterlohn von acht Euro in jeder Stunde an jedem Polen vier Euro zwanzig ein. Sagen wir mal hundert, weil es einfacher zu rechnen ist, dann macht das vierhundertzwanzig Euro pro Stunde und pro Acht-Stunden-Schicht dreitausenddreihundertsechzig Euro. Jeden Tag.« Unter Kopfschütteln und mit ärgerlichem Gesicht sah er einer Gruppe bierbewehrter Wandersleuten nach, die für seinen Ärger nichts konnten. »Und die Polen arbeiten bestimmt mehr als acht Stunden. Außerdem fallen weniger kalkulatorische Allgemeinkosten an, weil die Jungs nicht durch die Bücher gehen.«

»Und der Neudeck organisiert das alles?«, fragte Therese.

Renate nickte. »Er sieht aus, als könnte er kein Wässerchen trüben, aber er verhandelt knallhart um ein paar Cent mit Leuten, die kaum zu beißen haben. Nur, damit sein Chef immer noch mehr verdient.« Ein Schlitzohr nannte man wohl so einen.

»Dabei macht er einen so freundlichen Eindruck.« Therese wirkte so empört, als fühlte sie sich persönlich hinters Licht geführt.

»So ganz uneigennützig macht er das nicht«, sagte Michael. »Vom ordentlichen Gehalt abgesehen kriegt er 'ne dicke Provision, wenn die Baustellenbilanz mit Gewinn abschließt.«

»Er wartet übrigens in Auffenbergs Biergarten auf mich.« Das war ein wenig kleinlaut herausgekommen, denn besonders stolz machte Renate die Eroberung nicht.

»Sag bloß?«, fragte Therese mit Augen fast so groß wie ihre Brillengläser. »Hat er dich angemacht?«

»Hm.« Neudecks verführerisches Lächeln verfolgte Renate bis hierher.

»Ich hab schon vermutet, dass Neudeck so ein softer Aufreißer ist.« Thereses Gesichtsausdruck war finster. Sie dachte sicher an Lioba, und auch Renate fühlte Mitleid mit der jungen Frau, die Neudecks Geschäker viel zu ernst genommen hatte. »Die Masche mit der jungen Liebe hab ich ihm sowieso nicht abgekauft, dafür wirkt er viel zu ausgebufft. So ein gemeiner Kerl. Allerdings – wenn du ihn schon so gut kennst, liebe Renate ...« Thereses Miene war süffisant, »er ist nun mal ein Sahnestückchen, das hast du selbst gesagt. So ein leckeres Angebot kann frau einfach nicht ausschlagen.« Sie warf einen herausfordernden Blick auf Michael, der grinste. »Geh hin und tu einfach so, als ob du seinetwegen kämest. Vor lauter Verliebtheit lässt er bestimmt noch mehr über seinen Chef raus als bisher.«

Renate lachte und hielt nach Manfred Ausschau, dem es wohl nicht sonderlich gefallen würde, wenn sie mit dem »Schönling« ausging. »Das war klar, dass du damit kommen würdest. Ich habe selbst schon daran gedacht. Vielleicht geh ich morgen wirklich mal bei Auffenbergs vorbei, oder übermorgen. Bekannte trifft man da immer. Aber nicht heute, da kann er erst mal schmoren.«

Therese nickte.

Manfreds Blondschopf tauchte in der Menge auf. Es war nett von ihm, dass er ihnen die Getränke heranschleppte. Renate nahm sich vor, ihm später tief in die Augen zu schauen und Neudecks blaues Strahlen zu vergessen, das aber gleich wieder ihren Blick ausfüllte.

»Seid jetzt ruhig«, sagte sie. »Manfred weiß davon nichts.« Sie bemühte sich um eine harmlose Miene. Die Geigenspielerin vorn auf der Bühne sang sich schon seit einiger Zeit durch eine lyrische Ballade. Die untergehende Sonne beleuchtete den Durchgang zum Paderquellgebiet rot.

»Was weiß ich nicht?« Manfred stellte vier Wasserflaschen und zwei Bierbecher neben ihnen ab.

»Dass das Gerüst, auf dem Renate rumgeturnt ist, so kippelig war.« Therese nahm Manfred eine Wasserflasche ab. Die Höllenglut der Erdsauna hatte ihre Gehirntätigkeit offenbar weniger beeinträchtigt, als es Michael eben vermutet hatte.

»Klar weiß ich das«, behauptete Manfred. »Als wir unser Haus gestrichen haben, bin ich selbst mit Todesverachtung auf so 'm Ding rumgeklettert.« Er hatte dem plörrigen Bier doch nicht widerstehen können und nahm einen großen Schluck.

Michael grinste in seinen Becher.

»Glaubste nicht?«, fragte Manfred.

»Doch, doch«, sagte Michael und nickte so überzeugt, dass Renate und Therese lachen mussten.

Manfred schaute irritiert von einem zum anderen, zuckte mit den Schultern und widmete sich wieder seinem Bier.

Vorn auf der Bühne erklärte der Trommelspieler, dass sein Instrument in Deutschland hergestellt sei und deshalb in ihrer Gruppe »Klaus« heiße. Er bekam nur mäßigen Applaus. Der Domturm winkte mit seinen bunten Fähnchen über die Dächer.

»Stieglitz muss das Wasser bis zum Hals stehen.« Michael schaute am Turm hinauf, als steige dort Wasser an den Mauern hoch. »Finanziell, und terminlich genauso. Die Verzögerung durch die Bomben bedeutet eine Menge mehr Arbeitsstunden als kalkuliert, und wenn er nicht im vereinbarten Zeitrahmen bleibt, drohen ihm hohe Konventionalstrafen. Schließlich sind die anderen Gewerke – Fenster, Innenausbau und so – schon terminiert. Die haben nur ganz wenig Spielraum heutzutage.« Zwischen Zeigefinger und Daumen seiner Linken ließ er nur ein paar Millimeter Platz.

»Aber wenn er mit den Schwarzarbeitern auffliegt, zahlt er auch«, sagte Therese.

»*Wenn* er auffliegt«, erwiderte Michael. »Und auch dann – lass ihn 'ne halbe Million Strafe zahlen, das ist nichts gegen die hohen Summen, die für ihn auf dem Spiel stehen.« Er sah einem entflogenen Luftballon nach, der schnell zu den rosa gefärbten Wölkchen aufstieg. »Wenn das auf den anderen Baustellen genauso aussieht ...«

Therese schaute über die Leute hinweg zur Bühne, wo die Teufelsgeigerin wieder zu ihrem Instrument griff. »Lasst uns gehen«, sagte sie. »In meinem Kopf fiedelt es schon genug.«

Renate folgte den anderen, und gemeinsam schoben sie sich durch die Menge. Auf dem Plateau über dem Abdinghof genossen sie für eine Weile die grandiose Aussicht. Im großen Quellbecken der Börnepader spiegelten sich der lila angestrahlte Turm des Arosa-Hotels und der fast gleichfarbige Abendhimmel. Ein leichter Wind kräuselte die Oberfläche. Der orange leuchtende Streifen am Horizont schien im Wasser auf und ab zu schweben.

Die weitläufigen Treppen unterhalb der Stadtverwaltung und den kleinen Abhang zur Pader hinab hatten herausgeputzte Punks besetzt, die hier – umsonst und draußen – ihre eigene Liboriparty feierten. Bunt schillernde Irokesen zierten harmlose Kindergesichter, grell gefärbte Haarsträhnen warteten darauf, vor dem nächsten Schultag ausgewaschen zu werden. Fast alle trugen Piercings an Stellen, wo Renate lieber auf Löcher verzichtete, und saßen neben Karlsberg-Paletten aus dem Plus-Markt nebenan.

Renate fühlte sich mit einem Mal alt. Alle vier hatten sie ihre punkige Phase gehabt. Die Jugendlichen hier auf den Treppen könnten ihre Kinder sein. Sie nahm Manfreds Hand und schmiegte sich an ihn. Vielleicht war es für sie beide an der Zeit, selbst kleine Punks in die Welt zu setzen …

Therese holte sie aus den romantischen Träumen, indem sie ihr unauffällig die Hand auf den Arm legte. »Da unten sitzt Viktor«, sagte sie. »Die zwei, die hochgucken. Das Mädchen ist Liobas Freundin, die in der Almhütte neben Stieglitz saß.« Zwei Köpfe mit schwarzen, zu Stacheln geformten Haaren waren ihnen zugewandt. Auf der schwarzen Kleidung blinkten silberne Ketten. Gepierct allerdings waren die beiden nicht, zumindest so weit Renate sehen konnte. Als sie ihren Blick bemerkten, drehten sie sich um, standen auf und strebten eilig davon.

Vom Franz-Stock-Platz her eilten ihnen die Klänge der Teufelsgeigerin und der Schall der Handtrommel »Klaus« in einem geradezu temperamentvollen Ausbruch nach, als wollte die Gruppe nicht nur die vor der Musik Fliehenden aufhalten.

FÜNF

»Oje«, sagte Uwe, »hier sind wir im tiefsten Russland gelandet. Wenn das nur gut geht …«

Er stand neben Therese vor dem Anschlagbrett des Kara-Markts, auf dem in vorwiegend russischer Sprache für Hochzeitskleider, Hochzeitskarossen, Hochzeitsreisen, Hochzeitsdeko und Hochzeitsfotos geworben wurde.

»Guck mal hier.« Uwe zeigte auf ein Werbeplakat von »Lydia Abendmoden«. »Wie die ihre Pöter rausstrecken und ihre Titten! Erinnert mich an Marilyn, irgendwie.« Marilyn Monroe war eine Ikone der Schwulenszene. »Die haben noch das gleiche Frauenbild wie in den Fünfzigern.« Mit einer zögernden Handbewegung strich er über seine Glatze. »Willst du wirklich da rein?«

Unter den bieder gekleideten Kundinnen, die den Laden betraten, würden sie auffallen wie zottelige Straßenköter unter geföhnten Pudeln. Uwe hatte sogar sein »Fell« abrasiert. Die Tattoos waren versteckt, er hatte sein gelbes Batikhemd zugeknöpft und die Ärmel heruntergerollt.

»Männer gehen da gar nicht rein«, sagte Uwe. Damit hatte er recht. Die Männer standen draußen, quatschten und rauchten. Obwohl da zwei sandgefüllte Zementspindeln standen, lag der Boden voller Kippen. Uwe stippte seine in den jungfräulich glatten Sand.

»Du bist kein Mann«, sagte Therese. »So mädchenhaft, wie du dich anstellst …« Ein wenig bange war ihr auch.

Am Morgen im Schwimmbad hatte Carola erzählt, dass Viktors Mutter in dem Markt am Angelnweg arbeite. Nach der Beschreibung, die Therese ihr von den Turbanfrauen gegeben hatte, könne es gut sein, dass sie eine der drei gewesen war, meinte Carola. Therese hatte sofort beschlossen, sich Frau Omelchenko anzusehen und wenn möglich ein Gespräch mit ihr anzufangen. Wie sie das anstellen wollte und was dann zu sagen war – diese Fragen kamen ihr erst jetzt in den Sinn.

»Na los, Therese.« Uwe bohrte ihr seinen Ellbogen in die Seite. »Lass uns mal da reingehen. Sie werden uns schon nicht fressen.«

Jeder Zoll ein Kavalier alter Schule, wartete er ab, bis sie vorging. Therese grinste. Hatten die Männer früher den Frauen den Vortritt überlassen, weil sie bange waren vor den Löwenkäfigen dieser Welt?

Die erste Regalreihe war mit Nudeln in großen Tüten und allen Variationen gefüllt. Erstaunlich preiswert waren sie. Rechts standen fünf Reihen hoch riesige Gläser auf den Gestellen. Therese ging näher heran. Alle Arten sauer eingelegtes Gemüse. Es gab winzige Paprikaschoten in originellen Formen, Mischgemüse mit hohem Kohlanteil, saure und süße Gurken, Kürbis, Tomaten. Dann kamen Oliven und Peperoni in großer Auswahl. Türken kauften hier auch, hatte Carola gesagt, schon deshalb, weil die Wurst, die es hier gab, aus Rind- oder Geflügelfleisch gemacht war.

Vor Kopf der Regale zog sich eine endlose Reihe Gefriertruhen entlang. Am oberen Ende, wo Therese und Uwe hineinstarrten, lagen in Folie eingeschweißte hausgemachte Pizzen. Die waren inzwischen wohl international. Die kleinen Scheiben der Truthahnsalami sahen so appetitlich aus wie die Landwurst in Thereses Kindheit, und der reichlich verstreute Käse schien kein »Analogkäse« zu sein. Auch die Pizzen waren konkurrenzlos billig. Die frischen Tomaten- und Peperonistückchen darauf ließen Therese das Wasser im Mund zusammenlaufen.

Jenseits des Gangs hinter den Truhen lag die Fleisch- und Fischtheke. Rechts stand ein magerer Mann in Jeans und dunkelblauem T-Shirt mit einer blau-weiß gestreiften Metzgermütze auf dem Kopf. Gigantische dunkle Fleischstücke lagen vor ihm, ein Tresen mit Geflügelfleisch schloss sich an.

In der Mitte der Theke waren Würste zu riesigen Bergen aufgetürmt, dahinter stand eine rundliche Frau mit blau gestreiftem Kittel, die ebenfalls eine Kappe aufhatte. Therese fühlte sich vage an eine der Turbanfrauen erinnert, hätte aber nicht sagen können, ob es eine von ihnen war. An den Ohrläppchen trug sie goldene Ohrringe mit rosa Glitzerblümchen, wie sie Therese in ihrer Kindheit geschmückt hatten. Etwas klingelte in ihrem Kopf, doch sie kam nicht darauf, an was sie das Glitzern erinnerte.

Die Frau schaute zu Therese und Uwe hinüber, stutzte kurz und bediente weiter. Zwei dicke Kundinnen probierten sich durch die Würste. Der erstaunte Ausdruck im Gesicht der Verkäuferin musste nichts zu bedeuten haben. Auch einige von den Kundinnen hatten ihr und Uwe heimlich einen zweiten Blick nachgeworfen.

»Lass uns erst mal weitergehen«, raunte Therese Uwe zu. »Ganz harmlos und unauffällig.«

Uwe lachte. Sie hatten nicht einmal an einen Einkaufswagen gedacht, den sie zur Tarnung hätten vor sich her schieben können.

Sie umrundeten die Tiefkühltruhe. »Pelmeni«, rief Uwe begeistert. »Die wollte ich immer schon mal machen. Ob ich ...« Er wollte die Abdeckung aufschieben, doch Therese zog ihn weiter.

Auf der anderen Seite war die Truhe mit Dutzenden von unverpackten Torten gefüllt. Daran konnte Therese nicht vorbeigehen. Sie waren auf das Kitschigste mit buntem Dekokram und Marzipanrosen verziert.

Uwe fasste ihren Arm und schob sie zur nächsten Regalreihe. »Hier musst du gucken.« Mit großen Augen stand er vor umfangreichen, zellophanüberzogenen Schachteln mit den leckersten Keksen in bunter Vielfalt. »Wie Weihnachten.« Der Ton in Uwes Stimme konnte nur als ergriffen bezeichnet werden. Er holte eine Tüte Pfefferkuchen mit Schokoladengeschmack aus dem Regal. »Die nehm ich mit, dann fallen wir nicht so auf.«

Am anderen Ende der Regale schloss sich der Non-Food-Bereich an. »Das sind Schröpfköpfe«, rief Uwe aus und nahm eins der seltsam geformten Gläschen in die Hand. »So was gibt's noch?« »Gesundheitsgläser« stand auf der großen Pappkiste am Boden vor den Regalen. »Bestimmt fangen die auch noch Blutegel in den Padertümpeln, wie früher meine Oma.«

Therese schaute über die Schulter zurück. Die Frau mit den Ohrringen befand sich jetzt hinter der Theke mit frischem Fisch. Eine Kollegin stand neben ihr, die zum braunen Rock ein rosa Oberteil trug. Sie steckten die Köpfe zusammen.

Therese wandte sich der Obst- und Gemüseabteilung zu, weil sie so die Frauen besser im Blick hatte. Gewaltige Kohlköpfe von bald einem halben Meter Durchmesser und ebenso dicke Melonen lagen nebeneinander, als wären sie am gleichen Stamm gewachsen. Uwe folgte ihr. Er klopfte im Vorbeigehen auf die Melonen, die wie Kirchenglocken dröhnten.

Am Fischstand wurde immer noch geschwatzt. Beide Verkäuferinnen hatten runde Gesichter wie die Frauen in der Sauna.

An Bergen von Pfirsichen, Nektarinen, duftenden Erdbeeren, Tomaten und Gurken vorbei schoben sie sich auf die Fischtheke zu. Die Verkäuferin bediente eine Frau, die sich offenbar nicht entscheiden konnte. Die Kollegin mit der rosa Bluse machte sich an der Wursttheke zu schaffen. Dann schnitt die Frau im Kittel von einem großen Fisch ein Stück ab und packte es ein. Aus einem der hochgelegenen Fenster des Markts fiel ein Lichtstrahl auf sie. Der Ohrring blitzte auf.

In Thereses Kopf blitzte es ebenfalls. Das rosagoldene Funkeln hatte sie schon einmal gesehen, doch die Umgebung war düsterer gewesen. Ein abgedunkeltes Licht war auf die Wange der Frau gefallen, und der Ohrring hatte nur kurz aufgeleuchtet. Das war die Frau, die in der Erdsauna vor Therese gestanden hatte. Die Spuckerin.

Die Kundin ging mit ihrem eingewickelten Fisch weiter. Therese zupfte Uwe am Ärmel und ging auf die Theke zu. Die kleinen grauen Augen der riesigen toten Meeresbewohner glitzerten in ihrem Bett aus Eiswürfeln genau wie die Augen der Verkäuferin. Die Frau nahm das Fischmesser in die Hand.

»Sind Sie Frau Omelchenko?«, fragte Therese.

Die Angesprochene machte ein überraschtes Gesicht, dann nickte sie. »Was wollen Sie?« Ihr Akzent war deutlich zu hören. Die andere in der ärmellosen rosa Bluse stellte sich neben sie und verschränkte die Arme vor der Brust.

»Ich will wissen, wer Sie sind und warum Sie mich gestern in der Sauna angegriffen haben. Waren Sie nicht auch dabei?« Das vermutete Therese wegen des gleich abweisenden Ausdrucks in den Gesichtern vor ihr.

Die Frauen schüttelten die Köpfe. »Wir haben nichts getan«, sagte die Kollegin. Frau Omelchenko nahm einen Fisch aus der Kiste und klatschte ihn auf das Brett vor sich.

»Nichts getan? Das seh ich aber anders …«

Der Fisch schillerte grau und silbern.

Die Frau mit der rosa Bluse hatte den gleichen breiten Mund wie Frau Omelchenko. Vermutlich waren sie miteinander verwandt. Ähnlich dunkelblondes Haar hatten sie auch. Bei der einen verschwand es teilweise unter der Kappe, bei der anderen war es toupiert und mit Haarspray befestigt. Viktors Mutter schlitzte den Fisch auf und pulte mit den Fingern darin herum. Therese fixierte die funkelnden Ohrringe.

»Meine Freundin hat Sie erkannt«, sagte Uwe. »Zweifelsfrei. Ich bin übrigens der Homo. Wir sollen Viktor in Ruhe lassen, haben Sie gesagt. Warum meinen Sie, dass einer von uns Ihrem Sohn etwas tun will?«

Die Frauen tuschelten auf Russisch. »Ist doch nichts passiert«, sagte Frau Omelchenko dann und packte den ausgenommenen Fisch in die Auslage.

»Tun Sie doch nicht so unschuldig!« Therese sprach viel zu laut. Der Mann an der Fleischtheke schaute herüber, seine Kunden – zwei Männer – ebenfalls.

Sie dämpfte ihre Stimme. »Ich will Ihnen erzählen, was passiert ist, falls Sie es vergessen haben sollten. Sie haben mich angespuckt und von der Bank gestoßen und mir sogar noch einen Tritt gegeben, damit ich gegen die heißen Steine fiel. Dann haben Sie mich in der heißen Sauna eingesperrt. Wenn das kein Mordversuch ist …« Therese brach ab, weil niemand ihr Schaudern bemerken sollte. »Sie können froh sein, wenn ich nicht zur Polizei gehe.« Sie verzog ihr Gesicht so bedrohlich wie möglich. »Vielleicht tun wir es ja noch. Aber mir ist nichts Schlimmeres passiert als ein böser Schock und ein paar Blessuren, deshalb wollten wir erst mit Ihnen reden. Es hängt von Ihnen ab …« Therese bemühte sich um eine freundliche Miene, was ihr nicht so recht gelingen wollte.

Wieder unverständliches Getuschel. Wahrscheinlich hatten die Frauen Thereses lange Rede nur halb verstanden.

Frau Omelchenko kam näher zur Theke. Therese hatte Angst, sie würde wieder spucken oder gar etwas mit dem Messer in ihrer Hand anstellen, und wich zurück. »Ihr sollt meinen Sohn in Ruhe lassen«, sagte sie nur. Sie nahm den nächsten Fisch aus der Kiste. Er hatte ein großes rundes Maul und blausilberne Schuppen. Vielleicht war es ein Karpfen.

»Das wissen wir ja nun«, erwiderte Uwe. »Aber wie kommen Sie darauf, dass wir das nicht auch ohne Ihre freundliche Aufforderung getan hätten?«

Ironie war bei Leuten, die schlecht Deutsch sprachen, nicht angebracht. »Freundliche Aufforderung?«, wiederholte mühsam und mit rollenden R die andere Frau.

»Gefährlicher Angriff«, übersetzte Uwe. »Warum?«

»Sie sollen Viktor in Ruhe lassen!« Frau Omelchenko machte ein empörtes Gesicht. Dann schnitt sie dem armen Fisch den Bauch auf.

Uwe verdrehte die Augen. »Wie kommen Sie darauf, dass ich Ihrem Viktor irgendwie zu nahe treten will?«

So klare Sätze verstanden die Frauen ohne Weiteres. »Na ja, wer andersrum ist ...«, sagte Frau Omelchenko und wurde rot. Das galt wohl dem Wort »andersrum« und nicht der zerstörerischen Tätigkeit ihrer Finger im Bauch des Fisches.

»Ach so.« Uwe nickte. »Schwule sind also Monster. Oder Dämonen, wie Sie zu sagen pflegen. Und was hat das mit Frau Urban zu tun?«

»Deutsche Frauen immer suchen Liebhaber«, sagte die andere Russin. Ihr verächtlicher Blick auf Thereses Haar schien auszusagen, dass dessen Besitzerin wohl große Probleme haben musste, Liebhaber zu finden.

Uwe lachte lauthals. Die Männer von der Fleischtheke rückten ein Stück näher. Der Verkäufer hielt einen Arm auf dem Rücken versteckt.

Therese holte tief Luft und bemühte sich, ganz ruhig zu bleiben. Sie waren in einem öffentlichen Laden voller Kunden. Niemand würde sie einfach so abschlachten. »Das ist doch gar nicht wahr, Frau Omelchenko«, sagte sie in ihrem besten von-Frau-zu-Frau-Ton. »Lassen Sie uns doch vernünftig miteinander reden. Ihr Viktor ist ein hübscher Junge, aber trotzdem viel zu jung für mich. Mal ganz davon abgesehen, dass ich in einer festen Beziehung lebe.« Das Wort »Liebhaber« sollte sie hier besser nicht gebrauchen. »Und mein Freund hier – er flirtet gern. Aber Ihr Sohn ist nun mal nicht schwul. Das hat er gleich gemerkt.«

Frau Omelchenko nickte. Der Fisch war fertig ausgenommen, doch das Messer legte sie nicht aus der Hand.

»Aber haben Sie mich wirklich deshalb angegriffen?« Therese schaute ihr in die Augen. »Oder war es nicht eher so, dass ich Ihrem Sohn zu neugierige Fragen nach Liobas Tod gestellt habe?«

Frau Omelchenko blinzelte ein paarmal. »Was meinen Sie denn damit?« Sie sah zu dem Fleischverkäufer hinüber, der jetzt beide Hände verborgen hielt. Wahrscheinlich trug er ein Hackebeil hinter dem Rücken.

Therese sollte die wichtigen Fragen stellen, bevor sie fluchtartig den Laden verlassen mussten, auch wenn sie keine ehrliche Antwort darauf erwartete. »Wen wollen Sie vor meinen Fragen schützen, Frau Omelchenko? Viktor? Er hat die Polizei belogen, das wissen wir.« Das Messer in Frau Omelchenkos Hand hob sich ein wenig. Therese verbot sich zu zittern. »Oder sind Sie selbst an Liobas Tod beteiligt, aus Rache, weil sie Ihren Sohn verlassen hat? Dass Sie gewalttätig sein können, ist uns ja bekannt.«

Sie starrte Therese an. Die drei Männer steckten die Köpfe zusammen.

»Vielleicht decken Sie sogar Liobas Chef? Lioba hatte Streit mit ihm, das wissen wir ebenfalls. Und Viktor kannte den Grund dafür.«

Frau Omelchenko umfasste den ausgenommenen Fisch mit einer Hand, mit der anderen hielt sie das Messer fest. »Herr Stieglitz ist ein ehrenhafter Mann, er ist ein Mitglied unserer Gemeinde.« Sie legte den Fisch zu den anderen und schaufelte Eis darüber.

»Und Ihr Sohn?«

»Viktor hat nichts getan. Er war ein Freund von Lioba.« Noch mehr Eis.

»Ja, ein eifersüchtiger Freund.«

»War er nicht.« Die andere Frau stemmte beide Arme auf die Theke. »Er hat schon lange eine neue Freundin. Ich muss das wissen, es ist nämlich meine Tochter Manuela.« Sie sprach also doch richtiges Deutsch, wenn auch mit Akzent.

»Warum fragen Sie überhaupt nach Lioba?« Frau Omelchenko schnippelte am nächsten Fisch herum, ohne beim Reden Therese anzuschauen. »Ihr Vater hat sie getötet. Er sitzt im Gefängnis, das wissen Sie doch.«

»Das heißt nicht, dass er schuldig ist.«

»Wir kennen ihn. Besser als Sie.« Die Frau mit dem toupierten Haar hatte gesprochen, aber beide nickten.

Therese schüttelte den Kopf. »Wenn Sie das glauben, können meine Fragen ja niemandem gefährlich werden. Viktor oder Stieglitz sind ja dann unschuldig. Warum nehmen Sie die beiden dann so in Schutz?«

»Tun wir doch gar nicht.« Frau Omelchenkos Stimme klang trotzig. In der rechten Hand hielt sie das Fischmesser, durch die Finger der Linken tropften Fischinnereien herab. Hoffentlich kam sie nicht auf die Idee, damit nach ihr zu werfen. Die Frau mit den glitzernden Ohrringen hatte eine Neigung zu Unappetitlichem.

»Nicht?«, sagten Uwe und Therese gleichzeitig.

»Nein.« Die Frau in der rosa Bluse kniff die Augenbrauen zusammen. »Ihr sollt Viktor in Ruhe lassen, alle beide. Mehr wollen wir nicht. Er ist ein *anständiger* Junge.« Das »anständig« betonte sie so, dass klar war, Uwe und Therese waren es nicht.

Frau Omelchenko hob das Messer, und die Männer setzten sich in Bewegung.

»Na dann«, sagte Uwe und trat den Rückzug an. Therese folgte ihm auf dem Fuß, bevor sich die messerschwingende Armada vor der Fischtheke zum Angriff sammeln konnte.

***

Auffenbergs Biergarten war dafür bekannt, dass die Leute auf den Tischen und Bänken tanzten. Auf dem Boden wäre auch kein Platz gewesen, so dicht standen die Gäste. Sie streckten die Hände in die Luft, schunkelten im Takt der Musik hin und her und sangen lauthals mit.

Renate drängte sich durch die Menge an den Bankreihen entlang und suchte nach Tobias Neudeck. Der Biergarten war riesig. In einer Mail hatte Brinkmöller sie gebeten, unauffällig nach den Alibis der Leute zu fragen. Sie solle sehr vorsichtig vorgehen, hatte er geraten, und nie mit einem Verdächtigen allein bleiben. Das würde Tobias Neudeck wohl nicht gefallen.

Renate wollte schon aufgeben, da entdeckte sie ihn: Er saß an einem vorderen Bankende und winkte ihr zu.

»Gestern bin ich auch schon hier gesessen«, sagte er mit vorwurfsvollem Blick, »und habe auf Sie gewartet. Was glauben Sie, wie schwer es war, den Platz ganz vorn zu verteidigen, wo Sie mich gleich sehen können.«

Renate lachte nur und setzte sich auf seinen Platz. Er selbst war ein Stück weitergerutscht. Rechts von Neudeck saß Carsten Stieglitz, den sie von offiziellen Anlässen her kannte.

»Ach, sieh da – die Arbeitsagentur«, rief Stieglitz. Sein Gesicht war hochrot. Auf dem Tisch standen reihenweise Biergläser. »Herr Neudeck hat mir schon erzählt, dass Sie was von uns wollen. Das nenn ich Einsatz, Frau Quickstern – sogar nach Feierabend sind Sie für Ihre Kunden unterwegs.« Er rutschte ein Stück weiter, damit Renate mehr Platz bekam, und die Bewegung setzte sich die Reihe hinab fort. Alle auf der Bank trugen rote Hemden.

Stieglitz sollte ruhig glauben, dass sie nicht privat hier war. »Ja, Herr Stieglitz«, schrie sie ihm an Neudeck vorbei zu. Die Musik und das Stimmengewirr waren unerträglich laut. »Wie sieht's denn aus mit meinem Kunden? Ich hab gehört, dass er einen guten Eindruck macht.«

Auf seiner Hemdbrust war das ImmoBau&Architektur-Logo eingestickt.

Er lachte. »Mal sehn«, rief er zurück. »Gute Leute suchen wir immer.«

Eine Zusage war das nicht gerade. Renate nickte trotzdem. Stieglitz wandte sich ab und legte den Arm wieder um seine Nachbarin. Sie trug ein knappes Top im gleichen Rot wie alle anderen. Auf die Rückseite des Tops war in schwarzen Lettern ein Spruch aufgedruckt.

Renate wollte den Spruch lesen, doch Neudeck beugte sich vor und verdeckte ihr die Sicht. »Als Erstes trinken wir Brüderschaft«, sagte er und drückte Renate ein volles Bierglas in die Hand. »Tobias.«

Sie wollte keine Spielverderberin sein. »Renate.« Sie stießen an und tranken, doch seinem Kuss auf den Mund wich sie aus.

Sie fasste seine Schulter, drehte ihn zur Seite und las den Spruch. »Mann kann auch ohne Spaß Alkohol haben«, stand auch auf Tobias' Rücken. Die Männer hatten Polohemden an, die Frauen trugen den Spruch kleiner gedruckt auf ärmellosen Tops; das Wort »Mann« war nicht durch »Frau« ersetzt worden.

»Das war Stieglitz' Idee«, sagte Tobias nahe bei ihrem Ohr. »Jedes Jahr kommt er mit so 'nem blöden Hemd an. Letztes Jahr stand ›Engel sind auch nur Geflügel‹ drauf.« Er grinste ironisch.

Renate verzog das Gesicht. »Ganz schön laut hier.« Aus den Lautsprechern dröhnte der »Holzmichl«, und alle sangen mit. Selbst, um ihre eigenen Worte zu hören, musste sie schreien oder den Mund dicht an Tobias' Ohr legen.

»Ist es immer.« Neudeck machte es eindeutig nichts aus, ihr nahezukommen. »Du hättest am Samstag hier sein müssen. Die Leute waren wie ausgehungert nach dem langen Jahr ohne Libori, die haben gefeiert ohne Ende.«

Renate lächelte ihn an. Am Samstagabend war Lioba ermordet worden, und Tobias war hier gewesen. Der erste Hinweis. Aber er musste ja nicht den ganzen Abend hiergeblieben sein …

»Dazwischen war doch noch Schützenfest«, sagte sie.

»Reicht wohl nicht.«

Neben Tobias beugte sich Stieglitz zu ihnen und hob und senkte die Hände im Takt. *»Ja, er lebt noch, er lebt noch …«*, sang er ihnen vor. Das Mal neben seiner Nase zuckte auf und ab. »Mitsingen«, rief er.

Tobias stimmte in das Lied ein. Sein Gesicht war braun, nicht rot, seine Locken wippten. Beim Singen strahlten seine blauen Augen Renate an. Unter dem weit offenen Hemdkragen war die Haut ebenfalls braun.

Als vom kranken Michel gesungen wurde, legte Tobias beide Hände auf sein Herz und sah sie an wie ein kleiner Hund, der gestreichelt werden wollte. Auch bei anderen Pärchen konnte sie die Geste beobachten. Das war wohl ein beliebtes Anmachspiel. Gegenüber zog eine üppige Blonde den Kopf ihres Liebsten an ihren Busen. Renate formte mit ihrem Mund ein teilnehmendes »Oh« und beließ es dabei.

Mit der Band, den »Randfichten«, zusammen wurde das Lied gesummt, es wurde geschwiegen, als der Michel fast tot war, und dann wieder laut gesungen. Wer bisher noch gesessen war, stieg nun ebenfalls auf die Bänke. Stieglitz zog seine Banknachbarn hoch und auch die Leute gegenüber. Ganz allein wollte Renate nicht unten bleiben. Sie ergriff Tobias ausgestreckte Hand und kletterte auf ihren Sitz. *»Ja, er lebt noch, er lebt noch, er lebt noch«*, schmetterte sie, ehe sie sich's versah, in der Menge mit. Über ihren Köpfen schwang Tobias ihre Hand.

Als das Lied zu Ende war, wollte sie sich wieder setzen, doch er hielt sie fest. Beinahe ohne Übergang setzte ein Instrumentalstück ein, das immer schneller wurde. Die Leute warfen die Arme in die Luft und stampften auf den Bänken herum. Wieder wurde Renate mitgerissen.

Gegenüber stieg eine rothaarige Frau in schwarzem Top und offener weißer Bluse auf den Tisch. Anscheinend war die Musik, die gerade gespielt wurde, ein Cancan, denn sie schlenkerte mit den Beinen wie die Tänzerinnen des Moulin Rouge. Mit einer Hand hielt sie den schwarz-weiß gemusterten Rock hoch. Sehr hoch. Wirklich jung war die Frau nicht mehr. Der Rock war weit geschnitten und – normalerweise – von tugendhafter Länge. Die Männer um sie herum riefen »hui, hui« und grölten unverständliches Zeug.

Mit *»huu, haa«* und jagenden Rhythmen begann das nächste Lied. »Dschingis Khan«. Die Menge begann zu toben. Fäuste flogen zu jedem *»huu«* und jedem *»haa«*. Gnadenlose Stimmungsmusik spielten die hier.

Tobias lachte Renate an und riss ihren Arm in die Höhe. Wenn Dschingis Khan sangen: *»He Reiter – ho Leute«*, waren alle mit Armen und Hüften wilde Steppenreiter. Auch Renate. Schaurig erklang das *»Hohohoho«* und das von allen mit dunklen Stimmen vorgetragene: *»Und der Teufel kriegt uns früh genug.«* Stieglitz grinste sie an Tobias vorbei übermütig an.

Neben ihr hatten sich weitere Gäste auf die Bank gestellt, und die ganze Reihe war widerspruchslos weitergerutscht. »Am anderen Ende fallen die Leute wahrscheinlich von der Bank«, rief sie Tobias ins Ohr. Er lachte sie an, und ihr wurde heiß. Bald war sie in Schweiß gebadet, und auch Tobias liefen dicke Tropfen vom Hals ins Hemd. Bei jeder Bewegung spürte sie, wie sich an ihrer Seite die Muskeln seiner langen Oberschenkel spannten.

Endlich kam ein ruhiges Stück. Die Leute setzten sich, soweit sie einen Platz hatten. Renate war erleichtert. Doch kaum saß sie, da legte Tobias den Arm um ihre Schultern und zog sie an sich. Ausweichen konnte sie nicht. Die grellen Scheinwerfer erloschen, nur noch ein paar blaue und rote Spots verbreiteten schummeriges Licht. Ringsum wurden Wunderkerzen angezündet. Eine ältere

Frau im roten Stieglitz-Hemd in der Poloform schien die ganze Handtasche voll davon zu haben. Sie hatte ein kantiges Gesicht und stahlgraues Haar, das sie kurz geschnitten trug.

»Stieglitz' Sekretärin«, flüsterte Tobias in ihr Ohr. »Die sorgt immer für alles.« Mit ihr hatte Renate schon telefoniert. Vom Ende der Reihe aus, wo sie saß, wurden nicht nur Wunderkerzen, sondern auch volle Bier- und Schnapsgläser zu ihnen weitergereicht.

Tobias gab Renate ein funkensprühendes Licht in die Hand und legte seine Hand um ihre. Gemeinsam schwenkten sie die Wunderkerze. Ihre Wangen berührten sich. *»Freiheit, Freiheit«*, sang Marius Müller-Westernhagen. Ergriffen sang die Menge mit. Tobias' Arm rutschte ihren Rücken hinab, seine Hand schob sich an ihrer Achselhöhle vorbei, seine Finger tasteten sich nach vorn zu ihrem Busen.

So lief das hier. Wenn die Leute aufgeheizt waren, wurden Schmusestücke gespielt, und schon ging die Fummelei los. Renate schob mit dem Ellbogen die heiße Hand zurück. Tobias legte seinen Arm wieder auf ihre Schulter.

Stieglitz hatte sich wohl ebenfalls eine Abfuhr von seiner Banknachbarin geholt, denn sein Kopf fuhr ruckartig in die Höhe. Er zog den rechten Arm zurück und schüttelte ihn, als wäre er eingeschlafen. Dann schlug er die Fäuste auf den Tisch.

»Was ist das denn für 'ne Trauerstimmung hier«, rief er.

Ohne Mühe erhob sich seine Stimme über den Lärm. Das musste er als Politiker wohl können. Jonas Mikus hatte Renate erzählt, dass er auf dem Bau manchmal auch ganz schön herumbrüllte.

»He, Löhr«, rief Stieglitz dem Wirt zu, der gerade vorbeiging. Michael Löhr – das war der Wirt von Auffenbergs. Er stand mit seiner Libori-Attraktion oft in der Zeitung. »Mach mal wieder Musik an und stell das Geplärr da ab.«

Löhr machte beschwichtigende Handbewegungen. Zum Reden war es ihm wohl zu laut.

»Ja, ja, für die alten Leute«, sagte Stieglitz leiser. »Hat er letztes Mal schon gesagt.« Wieder landeten seine Fäuste auf dem Tisch. »Wisst ihr noch, letzten Samstag? Da haben wir den ganzen Abend auf den Tischen gestanden und gefeiert. Seitdem ist das hier jeden Tag lahmer geworden.« Er schaute Renate an. »Schade, dass Sie einen so langweiligen Eindruck vom Auffenbergs bekommen, Frau Quickstern. Sonst ist hier immer die Hölle los.«

»Und wohin geht es anschließend?«, rief Renate zu Stieglitz hinüber. »Um elf ist hier doch Schluss.« Sollte er ruhig meinen, dass sie so feierfreudig war wie er.

»Dann geht's um die Ecke bei Kasparek weiter. Samstag waren wir da auch noch, was, Neudeck?« Er schlug Tobias auf die Schulter und grinste Renate an. Kasparek, der Edel-Gastronom von der Detmolder, hatte am Kamp eine Edel-Frittenbude eröffnet, wo er mit Gold verzierte Currywurst anbot. »Heute Abend gehen Sie mit, Frau Quickstern.«

Renate lachte. Samstag war Lioba Keller umgebracht worden. Hier hatte man sie anscheinend schon vergessen.

»Ich erzähl euch 'n Witz«, rief Stieglitz. »Damit hier mal Stimmung reinkommt. Kennt ihr den?« Renate hasste Witzeerzähler. »Ein Schiff geht unter, und ein Franziskaner, ein Benediktiner und ein Jesuit kommen davon, weil sie schwimmen können. Der Franziskaner und der Benediktiner werden von Haien gefressen, der Jesuit nicht. Warum?« Stieglitz sah kurz in die Runde. »Na, ist doch klar«, sagte er. »Respekt unter Kollegen.« Sein Lachen dröhnte, und alle lachten mit, auch Renate. »Der war gut, was?«, rief er. »Noch einen?«

Doch bevor er fortfahren konnte, schob sich ein glatzköpfiger Mann zwischen die Reihen und legte Stieglitz die Hand auf die Schulter. »Tach, Carsten«, sagte er. »Gut, dass wir uns treffen.« Der Mann trug ein weißes Hemd und eine schwarze Leinenhose. Viele Männer waren hier ähnlich gekleidet.

Stieglitz drehte sich um. »Heinrich«, rief er aus. »Was machst du denn hier? Bist du nicht an deinem Bau zugange?«

Heinrich schüttelte den kahlen Kopf. »Heute nicht. Bin mit den Kollegen hier, feiern. Komm, lass uns mal 'n Bier trinken.« Er wies mit dem Kopf zu den Bierständen hinüber.

Stieglitz stand sofort auf und folgte ihm, als hätte er seit Ewigkeiten kein Bier getrunken.

»Rutsch mal ein Stück«, sagte Renate zu Tobias und nahm seine

Hand von ihrer Schulter. Sie war schließlich nicht zum Spaß hier. »Ich muss zur Toilette.«

»Dass du mir aber wiederkommst!« Tobias drohte ihr mit dem Finger und strahlte sie an.

»Klar.« Sie rutschte von der Bank und schob sich an den Tischreihen entlang. Der Kahlkopf erhob sich über die Menge. Der kleine Stieglitz war nicht zu sehen.

Renate drängelte sich durch die Leute. Hoffentlich hielt sich Stieglitz eng an seinem Bekannten und blieb nicht plötzlich stehen und bemerkte sie. Vor der Theke orderte der Glatzkopf zwei Bier über die Köpfe der Leute hinweg. Auf dem gleichen Weg gelangten die Gläser zu ihm. Er reichte eins nach unten, sagte »Prost«, was Renate zwar nicht hören, aber von seinen Lippen lesen konnte, und trank von seinem einen Schluck. Dann schob sich der Glatzkopf aus dem Gewühl vor der Theke zurück. Renate quetschte sich seitwärts durch die hinter ihr Stehenden. Fünf Köpfe vor ihr machte Heinrich halt und wandte sich zu Stieglitz und damit zu Renate um. Doch er kannte sie ja nicht.

Sie drängelte sich ein wenig näher heran, bis Stieglitz' runder Schädel auftauchte. Nur noch ein knutschendes Pärchen war zwischen ihnen. An den beiden Köpfen vorbei hatte sie einen guten Blick.

»Na, alles klar mit deinem Bau?«, fragte Stieglitz. »War das Material in Ordnung?« Er senkte seine Stimme, doch Renate spitzte die Ohren.

Heinrich nickte. »Klar. Aber die Rechnung willste ja wohl nicht bezahlt haben.« Er sprach noch leiser als Stieglitz, aber weil Renate seinen Mund sah, verstand sie ihn trotzdem.

»Nee. Die ist nur zum Schein, weißte doch.« Sie stießen an und tranken.

»Aber deshalb bin ich nicht hier«, sagte Heinrich. Stieglitz hob den Kopf. »Wegen des Angebots.« Er flüsterte beinahe. Renate hielt ihr Ohr in Richtung seines Mundes. »Du musst drei Prozent runtergehen, dann liegst du unter dem niedrigsten.«

Stieglitz nickte. »Kein Problem. Ich bring dir mein neues Angebot morgen selbst vorbei.« Er grinste, und das Muttermal über seinem Mundwinkel ruckte hoch.

Mit einem Mal ging das Liebespaar vor ihr zur Seite. Renate schrak unwillkürlich zusammen – nur noch Luft war zwischen ihr und Stieglitz.

Bevor sie reagieren und die Flucht ergreifen konnte, drehte Stieglitz sich um. Seine Miene wechselte von Feierfreude zu Verblüffung, das Muttermal senkte sich. »Nanu, Frau Quickstern!«

Renate wurde es eiskalt.

»Wollen Sie auch zur Theke? Hat Ihnen Frau Klute nichts zu trinken besorgt?« Stieglitz hatte wohl nicht bemerkt, dass sie gelauscht hatte, doch der kahle Heinrich machte ein misstrauisches Gesicht.

»Doch, doch«, sagte Renate schnell. »Ich wollte nur mal wohin.«

»Ach so – für kleine Mädchen.« Stieglitz grinste. »Das ist hier aber nicht, das ist dahinten.« Er wies zum weithin sichtbaren Toilettenschild.

»Danke.« Renate drehte sich um und verschwand, so schnell es nur ging.

»Aber wiederkommen«, rief er ihr nach. »Sonst ist Neudeck so traurig wie gestern.«

Renate reckte den Arm und winkte. Am liebsten hätte sie wirklich das Weite gesucht. Aber dann schöpfte Stieglitz vielleicht doch noch Verdacht.

Aus den Lautsprechern schallte Westernhagens »Johnny Walker«, der die Menge wieder in Bewegung brachte. Sie schob die Arme vor und drängte sich zu den Toiletten durch. Die Warteschlange vor ihr war kilometerlang. Sie drängte sich zurück. *»Johnny, du bist mein bester Freund«*, sangen die Leute und schwenkten ihre Gläser. Ein paarmal musste sie sich ducken und einem Glas ausweichen.

Tobias lächelte ihr entgegen und rutschte zur Seite, als sie sich neben ihn setzte. Sofort lag wieder sein Arm auf ihren Schultern. Renate hätte nicht sagen können, ob es ihr missfiel. Stieglitz saß an seinem Platz, Heinrich, der Glatzkopf, war verschwunden.

»Ich hab's versucht, ich komme ohne dich nicht aus«, sang Tobias mit Marius zusammen in ihr Ohr. *»Wozu auch – du gefällst mir ja.«* Mit den Lippen fuhr er leicht über ihre Wange. Sein Atem roch

nach Whisky. Frau Klute hatte offenbar das passende Getränk zum Lied besorgt.

Stieglitz schob auch Renate ein Whiskyglas hin. »Eh ich's vergesse«, sagte er zu Tobias. »Du musst morgen früh zehn Leute zum Gemeindehaus schicken. Anselm will das Außengelände fertig haben, wenn nachmittags die Gäste kommen.«

Zwischen Tobias Augen traten zwei Falten. »Da haben wir schon viel zu viel reingesteckt«, murmelte er in sein Whiskyglas.

»Was?« Stieglitz hob den Kopf.

»Schon gut.« Tobias wandte sich Renate zu. Seine Augen strahlten nicht mehr, sein Mund war angespannt. Doch als er ihren Blick bemerkte, setzte er wieder sein Lächeln auf. Er nahm ihr Whiskyglas und hielt es ihr an die Lippen. Sie trank einen Schluck. Er nahm ihr das Glas ab, drehte es, suchte ihren Lippenstiftabdruck und trank von der gleichen Stelle. Der Blick seiner blauen Augen lähmte Renate. Ohne wegzusehen, stellte er das Glas ab. »Lass uns anderswo hingehen«, flüsterte er ihr ins Ohr. »Wo es ruhiger ist und man sich unterhalten kann.« Seine Lippen streichelten ihre Ohrmuschel.

Renate lächelte zurück. Damit sie dem verführerischen Sahneschnittchen nicht vollends verfiel, hatte sie Manfred für halb elf an den Eingang bestellt. Es war bald so weit. Bei ihrem letzten Blick auf die Uhr war es viertel nach zehn gewesen.

Tobias zog sie an sich. »Nur noch ein halbes Stündchen. Bitte.« Er setzte die Brille ab. Unwiderstehlich, diese strahlenden Augen.

Sie schüttelte den Kopf. »Ich muss morgen früh raus.«

»Wir fangen viel früher an als die Beamten.« Sein Lächeln war umwerfend.

»Bleib lieber hier. Dein Chef braucht dich bestimmt noch.«

»Das war jetzt gemein.« Er nahm ihre Hand. »Dann komm wenigstens morgen mit mir ins Riesenrad.« Er umfasste die Spitze ihres Mittelfingers mit seinen Lippen.

Wie elektrisiert zog Renate die Hand zurück. »Morgen haben wir langen Donnerstag, und danach muss ich meiner Mutter Marmelade kochen helfen.« Das war eine glatte Lüge. Tobias' Gesicht zog sich in die Länge. Sie sollte einen Fuß in der Tür lassen. Ein paar Fragen zu Stieglitz' Machenschaften würden bestimmt noch auftauchen. »Aber vielleicht komme ich Freitag mal in der Firma vorbei. Bis dahin weiß dein Chef vielleicht, ob er Jonas Mikus einstellt oder nicht.«

Tobias nickte. »Ruf die Klute an, dann bin ich sofort da.« Es war richtig süß, wie er den Hoffnungsvollen spielte. »Und nachmittags fahren wir zum Habichtsee, ja?«

Renate lachte. Die Leute neben ihr standen auf. Sie gab Tobias ein Küsschen auf die Wange, sagte: »Tschüss, und grüß deinen Chef«, und schloss sich ihnen an, ohne dass Stieglitz ihren Abgang bemerkte.

Als sie den Ausgang fast erreicht hatte, legte der Discjockey »Ideal« auf. *»Deine blauen Augen machen mich so sentimental«* konnte wieder jeder mitsingen. *»Wenn du mich so anschaust, wird mir alles andre egal.«* Inga Humpe konnte sich gegen die Menge kaum durchsetzen. *»Total egal«*, blökte der Mann neben ihr Renate ins Ohr.

Das Gefühl hatte Renate den ganzen Abend nicht losgelassen. Es hatte nicht viel gefehlt, und sie hätte den dunkelblauen Augen nachgegeben, die so treu gucken konnten und sich dabei unverschämt tief in ihr Innerstes bohrten. *»Phänomenal«* wie bei Inga, dazu brandgefährlich und immer noch verlockend nah …

Manfred stand direkt unter dem Biergartenschild. Mit einem Seufzer ließ sich Renate in seine Arme fallen.

***

»Hey, sind Sie nicht Frau Urban?« Eine junge Frau in einem schwarzen Badeanzug mit weißen Streifen an der Seite stand am Rand des Schwimmbeckens. Sie hatte augenscheinlich auf Therese gewartet.

»Bin ich. Und Sie sind …?« Therese stellte sich auf die Unterwasserkante und wischte sich das Chlorwasser aus dem Gesicht. Sie war erst sechs Bahnen geschwommen.

»Manuela Bürger, Liobas Freundin.«

»Ah, Sie sind das.« Therese ging nicht nur ein Licht, sondern ein ganzer Kronleuchter auf. Natürlich, aus dem Schwimmbad kannte sie die Stachelhaarige. Hier lag ihr nasses Haar glatt an, deshalb hatte sie sie nicht sofort erkannt. Manuela war die kräftige Schwimmerin mit den Grübchen in den Hinterbacken. Ihre Wangengrübchen hatte Therese schon auf dem Foto aus der Almhütte entdeckt. Sie war eine Aussiedlerin wie Lioba Keller. Kein Wunder, dass sie sich am Montag über die gedankenlosen Sprüche der Frauen in der Dusche geärgert hatte. Ihr Gesicht war offen und sympathisch. Ganz anders als das ihrer Mutter …

»Kennen Sie mich?«, fragte Manuela. »Sie gucken so …«

»Klar. Hier aus dem Schwimmbad. Sie sind doch oft hier, oder nicht?«

»In letzter Zeit wieder mehr. Ich muss abnehmen …« Sie grinste und kniff in ihr Hüftgold, das Therese schon nackt bewundert hatte. Die breiten Schultern Manuelas waren wirklich beeindruckend. »Sie hab ich auch schon oft hier gesehen. Lioba hat Sie mir mal in der Sauna gezeigt.«

Therese wies auf die muskulösen Arme der jungen Frau. »Aber Sie sind früher schon geschwommen, oder?«

»Ja, sogar im Schwimmverein. Mit Ute Lenz, die ist auch immer hier.« Ute Lenz war eins der erfolgreichsten Paderborner Schwimm-Asse gewesen. Heute trainierte sie ebenso erfolgreich die Wettkampfmannschaften des PSV. »Bei Wettkämpfen war ich nicht schlecht. Aber dann bin ich faul geworden …«

Beim längeren Reden wurde ihr Akzent hörbar. Lioba hatte gesagt, dass es Manuela ziemlich egal sei, wenn man hörte, dass sie keine Muttersprachlerin war. Dann konnte Therese es ebenso halten.

»Lioba hatte mir schon von Ihnen erzählt, aber nicht, dass Sie schwimmen.« Therese musste schlucken. »Sie sind bestimmt auch sehr traurig, nicht wahr?«

Manuela nickte. Ihre Augen wurden feucht. Sie waren so groß wie Liobas und die Iris genauso grau. »Lioba war immer so lieb – außer wenn ich was falsch ausgesprochen hab.« Sie zog die Nase hoch. »Wir kannten uns ja schon in Russland, Lioba, Viktor und ich. Immer zusammen. Wir drei. Sie glauben gar nicht, wie sie mir fehlt.«

»Mir auch. Dabei hab ich sie nicht so gut gekannt wie Sie. Nur aus dem Unterricht.«

»Lioba hat Sie gemocht. Das hat sie immer gesagt. Ich sollte ja auch zu Ihnen gehen, damit ich ordentliches Deutsch lerne. Vielleicht mach ich das noch.«

»Gerne«, sagte Therese. So schlecht war Manuelas Aussprache gar nicht, und ihr Akzent war ganz sympathisch. »Aber wir können ruhig du sagen. Ist unter den Schwimmern sowieso üblich.«

»Gerne«, sagte Manuela. »Mit Lioba hast du dich auch geduzt, nicht?«

Therese nickte. Ein Schauer lief ihr über den Rücken, sie begann zu frieren. »Ich muss noch ein paar Runden schwimmen. Aber vielleicht treffen wir uns in zwanzig Minuten draußen im Sprudelbecken? Ich würde gern ein bisschen länger mit dir reden. Du hast Lioba so gut gekannt …«

»Ja, ich muss auch noch mal rein. Bis gleich dann.« Sie lächelte und zeigte Therese ihre Wangengrübchen. Dann drehte sie sich zur Bahn und warf sich kopfüber in die Fluten. Kraftvoll kraulte sie los. Therese stieß sich mit einem Bein vom Rand ab und schwamm ihr langsamer nach.

Der heilige Liborius schien mit ihr zu sein. Sie hatte keine Ahnung, womit sie das verdient hatte. Erst hatte er ihr unvermutet Peter Brinkmöller zugeführt, jetzt Manuela. Das Kennenlernen ersparte ihr einen zweiten Besuch bei ImmoBau&Architektur.

Vor Therese rumsten mit einem hohlen Klang zwei Köpfe gegeneinander, zwei Rückenschwimmer, die nicht aufgepasst hatten. Die beiden Männer strampelten im Wasser herum, hielten benommen ihre Köpfe und schauten sich missmutig an. Ohne sich zu entschuldigen, schwammen sie weiter, deutlich langsamer als vorher und mit dem Gesicht voraus. Manuela kraulte ganz außen. Auf ihrer Bahn gab es keinen Gegenverkehr.

Sie hatte Thereses Gesicht also schon aus der Sauna gekannt. Therese erinnerte sich kaum an Liobas Freundinnen, aber möglich war es, dass Manuela dabei gewesen war.

Mit einem Mal war ihr, als werde *ihr* Kopf angestoßen. Manuela musste die Verbindung zwischen Therese und den Turbanfrauen sein. Viktor hatte ihr bestimmt von Thereses Besuch am Autopolierstand erzählt, und wahrscheinlich hatte sie im Gespräch mit ihrer oder Viktors Mutter erwähnt, dass Therese immer dienstags in der Sauna war. Manuela hatte nicht ahnen können, dass die Mütter gleich in den Krieg ziehen würden.

Mal auf dem Bauch, mal auf dem Rücken schwamm Therese ihre Bahnen. Immer schön geradeaus ging es hier im Becken, ganz anders als in ihrem Kopf, wo ihre Gedanken kreuz und quer von einem Verdächtigen zum anderen flossen. Ob Manuela überhaupt etwas von dem Anschlag der drei Frauen wusste? Therese sollte sie darauf ansprechen, aber vorrangig war das nicht. Jedenfalls brauchte sie dafür mehr Zeit und Ruhe, als hier im Schwimmbad möglich war.

Im warmen Außenbecken wartete Manuela schon auf sie. Therese legte sich in den Whirlpool neben sie und ließ sich von den sanften Düsen Rücken und Füße massieren. Sie waren allein bis auf eine blonde Frau unter dem Wasserfall. Manuela erzählte von ihrer Kindheit in Russland, dem kleinen Dorf mit den vielen Kindern, dem Zusammenhalt unter den Deutschstämmigen. Sie sprach mit entspanntem Gesicht und glänzenden Augen. Doch dann berichtete Manuela noch von dem ständigen Ärger, den die Deutschstämmigen mit den Russen hatten, und wie sie nach Jahren der Planung ziemlich rasch übergesiedelt seien.

»Wir waren alle drei so froh, dass wir zusammenbleiben konnten.« Manuela ließ ihren Bauch besprudeln. »Unsere Eltern sind ja sofort in die Christengemeinde gegangen, weil da schon andere aus unserem Dorf waren. Aber da sind wir bald herausgewachsen.« Sie seufzte und sah Therese an. »Es ist nur ziemlich schwer, auch herauszu*kommen*.«

»Was ist das denn für eine Gemeinde? Hat die 'ne eigene Kirche?«

»Ja, eine Kapelle. Aber sie haben grad auch ein Gemeindehaus gebaut, ziemlich groß. Beziehungsweise hat das unsere Firma gebaut, Stieglitz.«

»Du und Lioba – ihr habt zusammen da gearbeitet, nicht?«

»Stimmt.« Manuela legte sich auf die Seite. »Und die Leute haben das Gemeindehaus selbst bezahlt, stell dir das mal vor. Dabei sind es gar nicht so viele. Die haben geschuftet und sich das Geld vom Mund abgespart, bloß damit sie jetzt so ein Zentrum haben.« Sie lächelte. »Ich bin selbst ganz beeindruckt.«

»Wofür braucht die Gemeinde denn so ein großes Haus?«

»Ach, für Exerzitien, Jugendgruppen, Bibelstunden und so. Außerdem zum Zusammensitzen und Quatschen, das tun sie am liebsten. Heute zum Beispiel, da ist ein großes Fest, weil wir zu Libori wieder ausländische Gäste haben. Diesmal aus Afrika, das wird bestimmt interessant. Vielleicht hast du ja Lust mitzukommen?«

Der heilige Liborius meinte es wirklich gut mit Therese. »Klar hab ich Lust. Ist doch mal was anderes. Wenn du mich mitnehmen willst?« Therese schaute auf die Uhr. Es war gleich acht – dann mussten die Frühschwimmer aus dem Wasser sein.

Manuela nickte. »Ich hab um vier Feierabend. Wir könnten uns vor der Firma treffen, und dann fahren wir mit dem Bus hin.«

Therese stimmte sofort zu.

»Vielleicht läuft unser Chef ja auch da rum«, sagte Manuela und verzog den Mund. Gerne wollte sie Stieglitz dort nicht treffen, das war klar.

Doch Therese hatte nichts dagegen, wenn Stieglitz käme. In dieser Christengemeinde schienen alle Fäden zusammenzulaufen.

***

»Na, Neudeck? Schlechte Laune?«

Ohne einen Blick ging Stieglitz an Silvana vorbei, die heute allein am Empfang war, und kam zur Sitzgruppe im Foyer, wo Tobias mit einem Kaffee saß. Stieglitz hatte ihn herbestellt, aber wie immer warten lassen.

»Hängst hier rum wie 'n Schluck Wasser inner Kurve.« Stieglitz ging an Tobias vorbei in sein Büro vor. »Kaffee, Frau Klute«, sagte er, kaum dass er die Tür geöffnet hatte. Das sollte bei ihm wohl »guten Morgen« heißen. Stieglitz' Büro war fast so groß wie das Foyer, ebenfalls mit einer orangen Sitzgruppe vor der feurig leuchtenden Glaswand. Dort nahmen sie Platz.

»Deine heiße Maus hat dich gestern ganz schön abblitzen lassen, was?« Er blätterte die Postmappe durch, die ihm die Klute im Vorbeigehen in die Hand gedrückt hatte.

Der Chef sollte bloß die Schnauze halten. Silvana hatte sich gestern noch bei Tobias ausgeheult und ihm haarklein von Stieglitz' Anmache erzählt. Jetzt hatte sie Angst um ihren Job. Doch dass Silvana sich von ihm hatte trösten lassen, sollte er Stieglitz lieber nicht erzählen. »Was gibt's denn so Dringendes?«, fragte Tobias und gähnte hinter vorgehaltener Hand.

Stieglitz legte die Mappe beiseite und schaute ihn finster an. »Du hättest uns da gestern ganz schön in die Scheiße reiten können, weißt du das?« Er stand auf und öffnete die Tür. »Frau Klute?«

Das war typisch für Stieglitz. Erst setzte er eine Andeutung in die Welt, und dann ließ er einen zappeln.

Sofort kam die Klute mit dem Kaffee. »Herr Kolthoff hat angerufen«, sagte sie. »Sie sollen an das Angebot denken.«

»Ja, ja, gleich.« Stieglitz wedelte sie hinaus. »Der olle Dragoner«, sagte er, als die Klute die Tür geschlossen hatte.

Stieglitz wandte sich Tobias zu. »Heinrich kann warten. Der hat mir gestern einen ganz schönen Floh ins Ohr gesetzt, der Blödmann. Hab die halbe Nacht nicht geschlafen deswegen. Ich hoffe ja, dass es bloß Unkerei war, und er sich mal wieder wichtig machen wollte. Aber wenn er recht hat …« Mit ungewohnt nachdenklicher Miene blickte Stieglitz zum Fenster hinüber.

Hoffentlich kam er bald zur Sache. Durch die Lamellenvorhänge war ohnehin nichts von dem zu sehen, was draußen vorgehen mochte.

»Wie lange kennst du diese Frau eigentlich, die du da angeschleppt hast?«, fragte Stieglitz, wartete Tobias' Antwort aber nicht ab. »Die ist nicht ganz koscher, das sage ich dir. Von dir will sie nichts, das hat man ja gesehen, und wegen diesem Mikus ist die bestimmt nicht da gewesen.«

Tobias hatte auch schon daran gezweifelt, ob Renate wirklich so hingerissen von ihm war, wie er angenommen hatte. Das ging Stieglitz aber nichts an. »Die ist nur anständig«, sagte er. »'ne Beamtin, die kann nicht so ohne Weiteres …«

»Quatsch.« Stieglitz' Kopf ruckte hoch. »Die hatte ganz was anderes vor. Heinrich meint, dass sie lange Ohren gemacht hat, als wir über das Angebot fürs Hotel geredet haben. Und als du den Blödsinn mit dem Gemeindehaus gesagt hast, hat sie auch ganz komisch geguckt. Aber das hast du gar nicht geschnallt.«

Doch, das hatte Tobias gemerkt, so testosterongesteuert war er nun auch wieder nicht. Frauen waren halt neugierig, besonders, wenn es irgendwo Zoff gab. Der Chef sollte nicht so 'n Wirbel machen, vom Bau hatte die Quickstern keine Ahnung. Kam in Stöckelschuhen auf die Baustelle …

Stieglitz wedelte den Einwand weg, den Tobias gar nicht vorgebracht hatte. »Garantiert will die hinter unsere Geschäfte gucken, damit sie uns unter Druck setzen kann. Sie oder ihr Chef. Die Leute von der Agentur tun doch alles, um ihre Statistiken zu verbessern. Sag mir nicht, dass Beamte nicht schlitzohrig sein können, die kenn ich gut genug. Und du Blödmann gibst ihr noch Munition in die Hand. Wer weiß, was du noch alles ausgequatscht hast.« Er lockerte den Schlips und knöpfte den Hemdkragen auf, als fühlte er schon den Strick um seinen Hals.

»Mit dem Spruch kann die doch nichts anfangen, wenn sie sonst nichts weiß.« Tobias wusste gar nicht mehr richtig, was er gesagt hatte. Und dass sie das Gemeindehaus schon zu viel gekostet hatte, entsprach den Fakten.

»Und wenn doch? Deine Quatscherei kann uns in Teufels Küche bringen. Ganz davon abgesehen, dass ich erwarte, dass meine Anweisungen ohne Widerspruch ausgeführt werden, *Herr* Neudeck.« Mit der Linken schlug er hart auf den Tisch. »Das nächste Mal fängst du dir 'ne Abmahnung ein.«

»Ich bin für die Baustelle verantwortlich«, sagte Tobias. »Wenn da dauernd Material und Leute verschwinden, versaut das die Bilanz. Und das will auch keiner.«

»Egal. Was ich sage, wird gemacht.« Stieglitz' hellblaue Augen waren starr auf ihn gerichtet. »Und wenn fremde Leute dabei sind, will ich schon gar keinen Widerspruch hören.«

Tobias hielt seinem Blick stand. Stieglitz wusste genau, dass er Tobias brauchte.

Stieglitz war es, der beiseite schaute. Er rührte so heftig in seinem Kaffee herum, dass er beinahe über den Tassenrand schwappte. »Jedenfalls werden wir diesen Mikus einstellen, damit die Quickstern Ruhe gibt. Dann sehn wir ja, ob sie weiter rumschnüffelt oder ob sie dich fallen lässt wie eine heiße Kartoffel.« Der Löffel landete mit lautem Klirren auf der Untertasse. »Und wenn sie noch mal auf 'ner Baustelle auftaucht, halt bloß die Schnauze. Dass du sie im Auge behalten sollst, brauch ich dir ja nicht extra zu sagen. Was anderes als Weiber hast du sowieso nicht im Sinn.« Er kramte sein Handy aus der Hosentasche und fixierte das unbeleuchtete Display.

Was er ihm gerade aufgetragen hatte, würde Tobias gern erfüllen. Falls er Renate wieder traf, würde er seinen Blick nicht von ihr abwenden. Aber mit seinen kriminellen Touren konnte ihm Stieglitz gestohlen bleiben, die wurden Tobias ohnehin zu heiß. Nur gut, dass er Alternativen hatte.

Tobias erhob sich. Auf ihn wartete noch Arbeit.

Doch Stieglitz war noch nicht fertig. »Erst Lioba, dann diese Scheiße«, knurrte er, ohne aufzusehen. »Dass so was uns den Hals brechen kann, weißte ja.« Er tippte auf dem Handy herum.

Ohne zu grüßen verließ Tobias das Büro. Wenn, dann wäre es nicht diese Renate, die ihnen den Hals brechen würde, sondern Stieglitz' eigene Unbedachtheit. Dauernd ließ der seinen Kram herumliegen. So war ihm auch Lioba auf die Schliche gekommen. Die liebe, anständige Lioba – wie hatte sie sich aufgeregt, als sie erfahren hatte, wen Stieglitz da betrog. Und Tobias hatte es ausbügeln sollen …

Er rief Silvana ein »Tschüss« zu und ging zu seinem Z 4. Den musste er noch waschen lassen, bevor er morgen mit Renate zum See fuhr. Bestimmt übertrieb es Stieglitz mit seinem Misstrauen, doch auf den Zahn fühlen sollte er ihr trotzdem. Ganz behutsam, damit sie nichts merkte, und genauso vorsichtig würde er sie, bevor sie sichs versah, flachlegen …

Tobias grinste und bog vom Innenring auf die Detmolder Straße ab. Mit Renate konnte der Sommer noch heißer werden, die war 'ne andere Nummer als die Häschen, die sich Stieglitz hinter seine Glaswände setzte.

Aber nach dem Sommer war Schluss hier. Stieglitz hatte keine Ahnung, dass sein »Herr Neudeck« auf dem Absprung war. Der war nämlich nicht so blauäugig wie sein Chef dachte und hatte längst durchschaut, dass Stieglitz' Kartenhaus irgendwann mit einem Riesenkrach zusammenbrechen würde. Dann wollte Tobias weit weg sein. Gebaut wurde überall und vor allem in Hamburg, wo sein Onkel ihm immer eine Stelle freihielt. Er baute sogar in Dubai – wenn alles schiefging, konnte er dorthin verschwinden.

Nach dem Ortsschild beschleunigte er auf hundert, obwohl nur siebzig erlaubt waren. Renate fuhr einen Panda, aber an schnellen Autos hatte sie bestimmt auch Spaß. Frauen mit leuchtenden Augen haben Feuer im Arsch, sagte sein Vater immer. Bei »Dschingis Khan« hatte Renate jede Menge Temperament gezeigt. Tobias gab noch ein wenig mehr Gas.

Dubai – das wäre was …

SECHS

Punkt vier trat Manuela durch die barocke Eingangstür von ImmoBau&Architektur ins Freie. »Der Bus fährt um viertel nach«, sagte sie, als sie Therese auf der anderen Straßenseite erreichte. Sie lächelte sie an. »Gut, dass du flache Schuhe anhast. Es ist ein Stück zu laufen vom Bus zur Kapelle.«

Therese nahm sich vor, auf diesem Weg die Karten auf den Tisch zu legen. Manuela musste wissen, welches Interesse Therese zu den Gemeindeangehörigen trieb.

Wie morgens im Schwimmbad hatte Manuela keine punkigen Stacheln auf dem Kopf, sondern glänzend schwarzes Haar, das dicht anlag. Am Samstag war sie geschminkt gewesen, doch heute nicht. Die Zwänge des Gemeindelebens warfen ihre Schatten voraus. Schminke hatte sie sowieso nicht nötig. Ihre Lippen waren rot, die Wangen rosa, Wimpern und Brauen dunkel. Rot wie Blut, schwarz wie Ebenholz ... aber weiß wie Schnee war ihre Haut nicht, sondern zart gebräunt. Sie trug einen kleinen Rucksack aus schwarzem Leder, den sie im Gehen über die Schultern hängte.

Sie gingen zur Haltestelle am Gericht. Links lag der Altbau der Vinzentinerinnen, die das halbe Viertel mit einem modernen Krankenhaus bebaut hatten. Stieglitz' Logo hatte auch dort an den Baukränen geprangt.

»Ihr habt bestimmt immer viel Arbeit in der Firma.« Therese wandte sich Manuela zu. »Stieglitz baut doch überall.«

»Ja, das geht Schlag auf Schlag bei dem. Wir buchen uns fast die Finger wund, so viel Umsatz macht der.« Manuela bewegte ihre schlanken Hände vor sich wie über der Computertastatur. Um ihren linken Mittelfinger wand sich eine dicke silberne Schlange mit grünen Augen.

»Bezahlt er euch denn entsprechend?«

»Na ja ...« Manuela warf ihr einen Seitenblick zu. »Es könnte mehr sein.« Sie spielte mit der silbernen Kette an ihrem Hals. Über Gehälter wollte sie wohl nicht mit Außenstehenden reden.

Sie stiegen in die Zwei nach Marienloh, die bereits voll besetzt war. Dennoch drängten Massen luftballonbewehrter Liboribesucher mit ihnen zusammen in den Gelenkbus. Manuela und Therese fanden keinen Sitzplatz und standen weit auseinander im Gang. Therese lehnte sich an eine Querstange und hielt die Fototasche am Riemen fest. Der Bus fuhr über das Heierstor zur Stadtheide hinaus.

Mit einiger Beklemmung sah Therese dem Zusammentreffen mit den strenggläubigen Christen entgegen. Was erwartete sie auf dem Gemeindegelände? So, wie sie aussah, fiel sie bestimmt auf unter den tugendhaften Aussiedlern. Hoffentlich schlug ihr nicht die gleiche feindselige Stimmung entgegen wie im Kara-Markt. Ohne viel Vertrauen in den Erfolg ordnete sie ihr Haar. Die flatterige Hose war viel zu bunt, das schwarze Trägerhemd zu weit ausgeschnitten. Doch Manuelas Kleid ließ ebenso viel Haut sehen wie Thereses Top. Bis auf den Verzicht auf ihre Punkfrisur hatte sie sich dem Aussiedlergeschmack ebenfalls nicht angepasst.

Als der Bus am Haltepunkt »Talle-Terrassen« wieder anfuhr, gab Manuela ihr ein Zeichen. Therese drängte sich zur Tür und stieg beim nächsten Stopp aus. Zwischen Wiesen mit Pferden und Rindern lagen verstreut ein paar Häuser, ringsum erhoben sich Bäume. In Sibirien konnte es kaum einsamer sein.

Manuela sah ihren Blick und lachte. »Das Gelände war billig hier draußen. Aber es ist schön da, du wirst es sehen.« Sie gingen ein Stück auf der Straße zurück und bogen auf einen schmalen geteerten Weg ab. Rechts wuchs ein Birkenwäldchen. Weit weg war die Spitze des Doms zu sehen.

»Der Bus fährt alle halbe Stunde zurück«, sagte Manuela. »Wenn du willst, kannst du jederzeit verschwinden.«

Der Weg vor ihnen führte durch unbebautes Gelände weit in die Ferne. »Triffst du dich da gleich mit Viktor?«, fragte Therese.

»Nein, der muss seinen Mini polieren. Aber er kommt heute Abend …« Ihr Blick auf die Wiesen am Wegrand war versonnen; bestimmt dachte sie an vergangene Abende zurück.

»Ich hab euch am Dienstag zusammen gesehen«, sagte Therese. »Ihr passt gut zueinander, so wie's aussieht.«

»Ja, ne? Er hat's endlich begriffen.« Sie lachte leise. »Du weißt ja sicherlich von Lioba, dass er früher in sie verliebt war?«

Therese nickte. »Er trauert bestimmt auch um sie.«

»Ja. Darum sind wir am Dienstag auch so schnell weggegangen. Er wollte nicht noch einmal mit dir über Lioba sprechen. Ihm kommen immer die Tränen, und dann sagt er lieber nichts. Aber ich würde gern über Lioba reden, das macht es etwas leichter, findest du nicht? Deshalb hab ich dich auch angesprochen.«

»Damit hast du recht.« Der Weidezaun zu ihrer Linken war zu Ende, sandige, mit Gestrüpp bewachsene Wildnis schloss sich an.

»Ich sehe Lioba immer noch vor mir.« Manuela schaute vor sich auf den Weg. »Ihren Rücken in dem weißen Kleid. Das ist das letzte Bild von ihr, das mir oft in den Sinn kommt. Wie sie am Samstag total sauer aus der Almhütte davongelaufen ist in dem weißen Kleid. Stieglitz war wieder mal besonders anhänglich, und Lioba war bei so was ziemlich empfindlich. Ich hätte mit ihr gehen sollen, dann würde sie vielleicht noch leben.«

Tobias Neudeck hatte das Gleiche gesagt.

Therese fasste Manuela am Arm. »Ich will offen zu dir sein, Manuela ...«

Sie wandte sich um, ihre Augen waren vor Überraschung noch größer. »Bist du das denn nicht?«

»Nicht ganz.« Jetzt schaute Therese nach unten. Die Schlaglöcher waren mit grobem Kies ausgebessert worden, die Steinchen hatten sich über den Weg verteilt. Stolpersteine. »Ich freue mich, dass du so viel Vertrauen zu mir hast und mich angesprochen hast, ehrlich, Manuela.« Sie blickte hoch. Manuela spielte mit ihrem Kettchen und sah Therese an. Abweisend war ihr Ausdruck nicht. »Aber ich hatte mir schon gestern vorgenommen, mit dir Kontakt aufzunehmen.«

Manuelas Hand auf dem Kettchen stockte in der Bewegung. »Warum das denn?«

Therese fuhr sich durchs Haar. »Ja, weißt du – Liobas Tod geht mir nicht aus dem Kopf. Obwohl ich ja nicht so viel Grund habe, traurig zu sein wie Viktor und du. Aber ich kann einfach nicht daran glauben, dass es ihr eigener Vater war, der sie getötet hat. Besonders nicht, seit ich Stieglitz mit Lioba zusammen gesehen hab. Und dann sind noch andere Sachen passiert ...«

»Na so was.« Manuelas schwarzes Haar funkelte in der Sonne. »Das hätte ich jetzt nicht gedacht. Spielst du etwa Detektivin?«

Therese lachte leise. »Ganz so ist es nicht. Aber ich versuche, mir meine eigenen Fragen zu beantworten. Und dabei setze ich viel Hoffnung in dich, Manuela. Sei mir nicht böse, dass ich erst jetzt damit herausrücke, aber vorher war nie so recht Zeit.«

»Nicht schlimm.« Manuela lächelte sie an. »Wolltest du deshalb mit zum Gemeindefest?«

Therese nickte betreten. »Aber nicht nur deshalb. Natürlich will ich außerdem dich näher kennenlernen. Lioba und du – ihr habt viel gemeinsam.« Therese log nicht, als sie das sagte. An Lioba hatte ihr besonders deren offenherzige Art gefallen, die Manuela ebenfalls charakterisierte. Ihre Augen glänzten. »Ich bin aber auch gespannt auf eure Gemeinde«, sagte Therese. »Ich weiß, es ist zu spät, doch seit Lioba tot ist, interessiert es mich immer mehr, wie sie gelebt hat. Das führt ja zwangsläufig dazu, dass ich wissen will, was in ihrem Leben zu ihrem Tod geführt hat.«

»Na, da bin ich mal auf deine Fragen gespannt«, sagte Manuela. »Schieß los.«

Sie ging auf dem staubigen Weg weiter. »Ja, da ist zum einen Stieglitz, euer Chef.« Manuela hörte aufmerksam zu, als Therese von den Fotos aus der Almhütte und den finsteren Gesichtern darauf erzählte.

»Aber dass irgendwas Besonderes zwischen Lioba und Stieglitz gewesen wäre, wüsste ich nicht. Seine ewige Anmacherei, das ja. Zum Glück steht er nur auf die kleinen Blonden, ich hatte noch nie Last mit ihm.« Manuela verzog ihren Mund zu einem schiefen Grinsen, das keine Grübchen zum Vorschein brachte. »In allem anderen ist er in Ordnung, das hat auch Lioba immer gesagt.«

Manuela wusste offenbar nichts von Liobas Argwohn. Auch Viktor hatte der Freundin nichts davon erzählen dürfen. Lioba hatte sicherlich erst Genaueres herausfinden wollen, bevor sie Stieglitz mit ihrem Verdacht konfrontierte, und Gerede in der Firma vermeiden wollen.

Carsten Stieglitz gehörte auch zur Christengemeinde. »Ist denn Stieglitz auch ein Aussiedler?« Therese hatte bei seinen Reden nie einen russischen Akzent wahrgenommen.

»Nicht direkt.« Manuela umging ein paar Pferdeäpfel auf dem Weg. »Seine Eltern sind schon in den fünfziger Jahren ausgewandert. Er ist hier geboren und hat nie Russisch gesprochen. Ohne Akzent ist es leichter …« Sie richtete den Blick zwischen die Bäume. Ein wenig litt sie wohl doch unter ihrem russischen Tonfall. »Er hat sich hochgearbeitet, sagt er immer, aus kleinsten Verhältnissen …« Sie lachte. »Aber jeder weiß, dass seine Eltern schon in Russland reich waren. Sie kommen auch nicht aus Sibirien oder Kasachstan wie die anderen, sondern aus Odessa. Schon der Vater war Architekt. Sie sollen alles Geld in Gold angelegt haben, und dann hat der Vater hier das Baugeschäft gegründet. Architekt durfte er in Deutschland natürlich nicht sein.« Manuela kickte einen runden Kiesel nach rechts in den Wald. »Stieglitz hat den Betrieb vor ein paar Jahren geerbt, aber das vergisst er gern. Ausgebaut – so groß, wie er heute ist – hat *er* ihn allerdings. Ganz schön beeindruckend, nicht? So alt ist er ja noch gar nicht.«

»Hm.« Den linken Wegrand begleitete dorniges Brombeergestrüpp, das so undurchdringlich war wie der Nimbus, der Stieglitz umgab.

Für einen Aussiedler waren seine geschäftlichen Erfolge wirklich bemerkenswert. Den Aufstieg gefördert hatte allerdings auch, dass er sich schon in jungen Jahren in der CDU-Mittelstandsvereinigung engagiert hatte. Als konservativer christlicher Politiker propagierte er die traditionelle Familie, verteidigte vehement das Lebensrecht ungeborener Kinder und verteufelte die Linken, weil sie die christlichen Werte zerstörten. Dem katholischen Unternehmer brachte dieses Weltbild in Paderborn eine Menge Aufträge und dem Politiker Wählerstimmen.

»Und wie verhält er sich in eurer Gemeinde?«, fragte Therese. »Ist er da auch so aktiv?«

»Na ja, wie alle – er geht zur Messe, kennt alle Kirchenlieder auswendig, kommuniziert und beichtet regelmäßig.«

»Und damit er was zu beichten hat, spendiert ihm die Kirche Libori samt Almhütte und Auffenbergs Biergarten«, entfuhr es Therese, doch Manuela lachte nur.

Soweit sich Therese erinnerte, fiel das handgreifliche Anbaggern von Frauen unter »Unkeuschheit«, und für das ausufernde Saufen gab es im Beichtspiegel bestimmt auch einen Paragrafen. Wenn alle Gemeindemitglieder so gestrickt waren wie Liobas Eltern, hatte

Stieglitz allen Grund, seine Liboriabenteuer innerhalb der Gemeinde geheim zu halten.

Manuela beobachtete sie. »Na gut – Stieglitz ist ein Heuchler. Aber mit Liobas Tod hat er bestimmt nichts zu tun.« Ihr Blick war klar und offen. »Aber wenn du willst, kann ich ja trotzdem in der Firma die Augen aufhalten.«

Therese nickte. »Ich denke, das tust du sowieso, du bist ja nicht auf den Kopf gefallen.« Manuela strahlte sie an. »Aber auffällig herumfragen solltest du nicht. Das war ja nur so 'ne Idee mit Stieglitz, und wenn nichts dran ist, solltest du dich nicht unbeliebt machen. Sonst verlierst du noch deinen Job.«

»Irgendwelche Geheimnisse gibt's da sowieso nicht.« Ihre Miene war zuversichtlich; sie war offenbar ziemlich überzeugt von ihrem Chef.

Auch zur Linken erhob sich jetzt Wald. Der Paderborner Domturm war schon lange verschwunden.

»Da ist noch etwas anderes, Manuela.« Irgendwann musste Therese die Sprache auf die Turbanfrauen bringen. »Und es betrifft dich noch mehr als Stieglitz. Deine Mutter nämlich ...«

Manuela blieb abrupt stehen. »Meine Mutter? Kennst du sie?«

»Tja, kennen ist vielleicht zu viel gesagt. Ich hab sie und zwei andere Frauen in der Sauna getroffen. Sie haben mich gewarnt, Viktor nicht zu nahe zu kommen. Sie waren ziemlich wütend und haben mich sogar in der Erdsauna eingesperrt. Im Kara-Markt hab ich deine und Viktors Mutter darauf angesprochen, aber da wollten sie nichts mehr von dem Streit wissen.«

Manuela graue Augen wurden immer größer.

»Ehrlich gesagt, weiß ich nicht, was ich davon halten soll«, sagte Therese. »Außerdem hab ich mich gefragt, woher die Frauen wussten, dass sie mich in der Sauna finden.« Manuela biss sich auf die Unterlippe. »Aber seit wir uns getroffen haben, ist mir da ein Licht aufgegangen. Es kann eigentlich nur mit dir zusammenhängen ...«

Manuela schlug die Hand vor den Mund. »Das stimmt, Therese«, sagte sie mit schuldbewusster Miene. »Ich hab's ihnen gesagt. Aber ich hab mir nichts dabei gedacht. Ich wollte ganz sicher nicht, dass sie dich in der Sauna einsperren.« Sie schüttelte den Kopf.

»Meine Mutter spinnt manchmal, und die von Viktor sowieso. Die Dritte muss Liobas Mutter gewesen sein, die hängen immer zusammen. Sie sind um mehrere Ecken verwandt und telefonieren oft stundenlang miteinander.« Mit einem Mal fing sie wieder an zu gehen und lief um einiges schneller als vorher. Therese hatte ein wenig Mühe, mit Manuelas langen Beinen Schritt zu halten.

»Das war nämlich so«, sagte Manuela. »Viktor hat seiner Mutter von deinem Besuch am Autopolierstand erzählt, und die hat natürlich gleich Frau Keller angerufen. Und die meine Mutter. Sie hat mich dann gefragt, ob ich Liobas Nachhilfelehrerin kenne, und ich hab ihnen vom Schwimmbad und der Sauna erzählt.«

Es war alles ganz einfach. Am Angriff des rasenden Müttervereins war Manuela unschuldig.

»Aber ich kann mir vorstellen, warum die das gemacht haben.« Manuelas Blick war zwischen die Bäume am Wegrand gerichtet. »Für Frau Keller war Viktor immer wie der eigene Sohn, und für meine Mutter ist er das jetzt auch. Die Jungs sind ja sowieso immer viel wichtiger.« Ihre Augen wanderten hinauf bis zur Krone der Kiefernstämme. »Ich hab gefragt, doch meine Mutter wollte nicht sagen, was los war. Aber es ist ja klar: Die Deutschen sind sowieso unmoralisch, und dann noch ein Schwuler und eine, die so aussieht wie du ...« Den Kopf leicht geneigt, lächelte sie Therese an. »Ich meine – ich muss mich ja auch immer verkleiden, wenn ich bei meinen Leuten auftauche.« Bis auf die veränderte Frisur sah sie eigentlich aus wie immer, fand Therese. »Wenn jemand anders lebt als sie, meinen die ja immer gleich, man wäre vom Teufel besessen.« Sie verzog den Mund, doch ihre grauen Augen verdunkelten sich.

»Ist das wirklich so schlimm?«

»Noch schlimmer. Hat Lioba dir denn nichts davon erzählt?«

»Doch, auch dass sie geschlagen wurde. Aber das mit den Dämonen hab ich nie so ernst genommen.«

»Unsere Eltern *meinen* das ernst. Frau Keller besonders, sie ist die Schlimmste. Deshalb glaube ich ja auch, dass Liobas Vater sie auf dem Gewissen hat. Ihre Mutter hat immer schon von ›Liobas Dämon‹ geredet« – mit den Fingern setzte sie Gänsefüßchen in die Luft – »und ihren Mann angestiftet, Lioba davon zu befreien. Wie, das war ihr egal, das hat sie nie wissen wollen. Sie hat Lioba auch nie geholfen, wenn sie Schläge bekam. Da sind Viktors Eltern ganz anders, die sind immer okay zu ihm gewesen. In Jungs fährt der Teufel ja auch nicht.« Wieder verzog sie den Mund.

»Und deine Eltern?«

»Die haben mich auch geschlagen.« Sie kniff die Lippen zusammen. »Heute beten sie nur noch für mich, aber das geht mir auf die Nerven. Sie sollen uns alle in Ruhe lassen. Dann wäre auch Lioba noch am Leben.«

»Du meinst also auch, dass es ihr Vater war?«

»Ganz bestimmt. Wo er doch immer so gewalttätig ist ...«

»Aber er hätte doch bestimmt keinen Exorzismus angewandt?«

»Warum nicht? Irgend so was steckt dahinter. Bestimmt haben sie sich vorher bei Pater Anselm Rat geholt. Das ist nämlich auch so einer.«

»Ein Exorzist?«

»Ja. Sagt man jedenfalls. So einer wird in unserer Gemeinde ja des Öfteren gebraucht.«

»Meinst du, der hat bei Liobas Tod mitgewirkt?«

»Kann schon sein. Aber wenn, wird das niemand erfahren. Jedenfalls nicht von den Gemeindeangehörigen, Pater Anselm ist da unheimlich beliebt. Die meisten Frauen würden sich jederzeit für ihn in Stücke reißen lassen. Ich aber nicht.« Sie grinste – wieder ohne Grübchen – und schaute auf ihre Armbanduhr. »Du kannst ihn dir gleich anhören. Um fünf ist Andacht, dann hält er wieder eine seiner Erbauungsansprachen.«

Hinter dem Wäldchen war Trommeln zu vernehmen.

»Wir sind gleich da.« Manuela nahm den Lederbeutel vom Rücken. »Das sind die Afrikaner.« Im Gehen löste sie den breiten Gürtel, zog den Schlangenring vom Finger und steckte beides zusammen in den Rucksack, aus dem sie ein kurzärmliges Baumwolljäckchen hervorzauberte. Sie zog es über die nackten Schultern, schloss die obersten Knöpfe und krempelte den Rock auf Wadenlänge herunter. Mit ihren geröteten Wangen wirkte sie wie das Urbild einer braven Schwesternschülerin.

Therese lachte. »Das hättest du mir eher sagen können, dass man sich hier verkleiden muss. Ich hab nichts zum Rauf- und Runterkrempeln, guck mich an.«

Manuela schob Thereses Hemd ein wenig mehr über die Schultern. »Die werden dich schon nicht exorzieren«, sagte sie und grinste. »Jedenfalls nicht sofort ...«

»Nein, vorher teeren und federn sie mich noch.«

Manuela sah Therese von der Seite an. »Komisch.« Sie schüttelte den Kopf. »Du wirkst viel jünger als meine Eltern, dabei seid ihr doch wahrscheinlich nicht weit auseinander.«

Therese lachte, sagte aber nichts. Ihr Alter verriet sie grundsätzlich nicht.

Je näher sie dem Trommeln kamen, desto unbehaglicher wurde es Therese. Ein leibhaftiger Exorzist erwartete sie auf dem Gemeindegelände. Zweifellos war er so ein hagerer Asket mit heiligem Blick aus himmelblauen Augen ...

Hinter ihnen näherte sich ein Motorrad auf dem Waldweg und raste bald mit tief blubberndem Bullern an ihnen vorbei. Es war eine Harley, das einzige Motorrad, das Therese am Klang erkannte. Der Fahrer hob kurz die Hand, und Manuela winkte zurück. Er trug einen schwarzen Helm zur schwarzen Lederkombi, die auf dem Rücken mit einem goldenen Emblem verziert war. Therese erkannte zwei Flügel.

»Das war er«, sagte Manuela. »Pater Anselm. Bestimmt musste er noch zu einem Krankenbesuch.«

»Pater Anselm? Der fährt Motorrad?« Wie ein Heiliger war er nicht gerade gefahren, und hager war er auch nicht, sondern klein und dick.

Manuela lachte. »Fährt er schon immer. Er ist auch Mitglied in einem Motorradclub und segnet jedes Jahr die Maschinen.«

»Hell's Angels, was? Da gehört ein Exorzist auch hin.« Sie lachten beide.

»Viktor träumt auch von einer Harley«, sagte Manuela. »Deshalb arbeitet er sogar im Urlaub. Er will unbedingt damit nach Russland fahren.« Sie rümpfte leicht die Nase. »Eigentlich ist er ja Entsorger beim ASP.« Manuela zuckte mit den Schultern. »Er wollte unbedingt was mit Autos machen, hat er damals beim Arbeitsamt gesagt, und jetzt fährt er einen Müllwagen. Gefällt ihm aber, obwohl er nicht viel verdient.« Sie wurde ein wenig rot und schaute in das Birkenwäldchen auf ihrer Seite des Wegrands. »Meine Mutter sagt, das macht nichts. Ich kann ja dann, wenn die Kinder da sind, den ganzen Russen die Steuern machen und was nebenbei verdienen.« Der missmutige Ausdruck ihres Gesichts ließ nicht darauf schließen, dass ihr diese Aussicht besondere Freude machte.

»Ihr müsst ja nicht gleich heiraten«, sagte Therese. »Ihr seid noch so jung. Lass ihn nach Russland fahren, und du mach erst mal dein Ding.« Sie hörte sich bestimmt an wie eine in die Jahre gekommene Sozialpädagogin.

Manuela nickte. »Ich möchte gern studieren, Betriebswirtschaft, aber das wollen meine Eltern nicht. Viel zu teuer, sagen sie. Die Zeiten, in denen Studenten aus armen Elternhäusern mit Bafög gefördert wurden, sind vorbei.«

»Es gibt Studiendarlehen, das musst du halt zurückzahlen.« Genau dasselbe hatte Therese zu Lioba gesagt, die ebenfalls von einem Studium geträumt hatte. »Aber du verdienst auch mehr. Und Betriebswirte haben immer noch gute Chancen, das weißt du selbst.«

»Ja. Stieglitz sagt das auch. Er will mir helfen.«

»Na ja.« Das war Therese herausgerutscht.

»Du magst ihn wohl nicht?« Manuela verlangsamte ihren Schritt.

»Ich zeige dir bei Gelegenheit die Fotos, dann weißt du, was ich meine.«

Manuela bog vom Weg ab und folgte einem Pfad durch das Birkenwäldchen. Das Trommeln verstummte, Stimmengewirr war zu vernehmen, das langsam leiser wurde. Therese hörte ein Glöckchen bimmeln.

Bald traten sie aus dem Wald heraus. Eine große, frisch gemähte Wiese lag vor ihnen, den Weg mitten hindurch säumten Beete mit bunten Rosen. Die Wiese war voller Apfel- und Pflaumenbäume. Am hinteren Ende befand sich eine Kapelle mit einem niedrigen Glockenturm auf dem Dach. Die zweiflügligе Tür stand offen, gerade verschwanden die letzten Leute darin. Rechts von der Kapelle erhob sich ein Neubau. Das war vermutlich das Gemeindehaus. Rundherum war die Erde geglättet und mit Brettern belegt.

Auf den ersten Blick konnte Therese nichts erkennen, das Neudecks merkwürdigen Vorwurf gerechtfertigt hätte. Das Haus war ziemlich groß, schlicht und funktional; nirgendwo schien es, als hätte man zu viel Geld hineingesteckt.

»Das haben die Leute selbst bezahlt?«, fragte Therese.

Manuela nickte. »Pater Anselm hat jeden einzeln unter Druck gesetzt. Die Männer haben Überstunden gemacht und die Frauen gespendet, was sie beim Putzen verdient haben. Jahrelang. Erst hat er das Geld eingesammelt, und dann wurde gebaut. Dabei haben die meisten Männer geholfen, umsonst. Viele haben auch ihre Ersparnisse geopfert.«

Therese war beeindruckt. »Deine Eltern haben sicher auch mitgemacht, oder?«

»Schon. Gespendet haben sie. Doch ihr Erspartes haben sie nicht abgegeben, das haben sie immer geheim gehalten. Ein Glück. Aber gearbeitet haben sie auch. Meine Mutter und die anderen Frauen haben immer gekocht.«

»Und die jungen Leute wie ihr?«

»Ja, das war schwieriger.« Manuela grinste. »Wir hatten immer unsere Ausreden, und Geld haben wir sowieso nicht. Viktor hat aber oft mit angepackt.«

Therese machte ein paar Panoramafotos und knipste die äußerlich so veränderte Manuela. Das Gemeindehaus zoomte sie heran und fotografierte die Eingangstür und die großen Fensterflächen. Das Haus war dreistöckig, auf dem Dach war eine Solaranlage montiert. Ganz fortschrittlich war man hier.

Neben dem Eingangstor war ein Schaukasten angebracht. »Oasentage für Frauen«, las Therese auf einem Plakat, und: »Es ist DEIN Weg – du wirst geführt.« Sie knipste auch diese Aushänge.

Hinter dem Schaukasten stand die Harley und wurde ebenfalls fotografiert. Ihren Tank bedeckte ein großes Marienbild. Die Madonna breitete ihren himmelblauen Mantel aus und lächelte lieblich.

Das Bimmeln über der Kapelle hatte aufgehört. Sie gingen durchs Tor und den Weg zwischen den Rosenstöcken entlang. »Schöne Rosen«, sagte Therese.

»Ja, die sind für den Marienaltar. Anselm ist ein großer Marienverehrer.« Das überraschte Therese jetzt nicht.

Die Kapellentür stand immer noch offen. Ein Harmonium setzte mit einer getragenen Melodie ein, die Gemeinde sang ein Lied.

Auf Zehenspitzen schlichen Manuela und Therese sich hinein. Alle Bänke waren besetzt, deshalb stellten sie sich in den Seitengang, wo schon andere Leute standen, die Manuela verstohlen grüßte. Therese spürte, wie sie gemustert wurde. Vorn in der halbrunden Apsis befand sich ein Altar, der in der Mitte mit einem ebenso kitschigen Marienbild wie der Tank der Harley geschmückt war. Ein Meer von Rosen und Dutzende brennender Kerzen bewiesen des Paters aufopfernde Liebe zur Gottesmutter. Auf diesem Bild trug sie das Jesuskind auf dem Arm.

»*Wunderschön prächtige, hohe und mächtige …*« Ein Marienlied, das Therese aus ihrer Kindheit kannte. Alle Gottesdienstbesucher sangen mit erhobenen Köpfen mit; außer Manuela und Therese drückte sich niemand.

Hinter dem Harmonium war ein weißer Schopf zu sehen, dessen Besitzer den Takt vorgab. Therese schien es, als nickte er immer etwas schneller, als die Gemeinde sang. Das volle weiße Haar war seitlich gescheitelt, eine breite Strähne hing tief in die rote Stirn des Organisten hinab.

Die ersten Bänke des Kirchenraums waren mit weiß gekleideten Nonnen besetzt, alle mit stoffreichen Hauben auf dem Kopf. Dahinter standen die afrikanischen Gäste in bunten Gewändern. Ihre Köpfe zierten bestickte Käppchen.

Hinter den Afrikanern reihten sich die Gemeindemitglieder. Ziemlich vorn entdeckte Therese Stieglitz, der wie alle das Marienlied auswendig mitsang. Er kehrte ihr die Gesichtshälfte mit dem Muttermal zu. Die Leute um ihn herum kannte Therese nicht.

Ziemlich weit hinten entdeckte sie Frau Omelchenko. Der Blümchenohrring glitzerte unter ihrem toupierten dunkelblonden Haar. Sie stand neben Manuelas Mutter. Die Frau auf der anderen Seite war bestimmt Liobas Mutter, denn sie trug schwarze Kleidung. Frau Omelchenko und Frau Bürger hatten wie fast alle Frauen weiße Rüschenblusen an und schwarze Röcke. Therese suchte nach ihren Männern, doch die schienen alle miteinander auf der anderen Seite des Gangs zu stehen. Zwischen den Müttern eingeklemmt standen kleinere Kinder auf den Fußbänken.

Als das Lied zu Ende war, erhob sich eine Nonne im weißen Habit aus der vorderen Reihe und ging zum Altarraum, blieb aber vor der ersten Stufe stehen. Der weißhaarige Mann blieb hinter dem Harmonium sitzen; er musste Pater Anselm sein.

Die Nonne machte einen Knicks zum rosengeschmückten Altar hin und wandte sich wieder um. Sie stellte sich als Schwester Bernadette eines Missionsordens vor, der in einem Nachbarort sein Mutterhaus hatte, und erzählte von ihrer Arbeit. Zum Schluss betete sie ein *»Gegrüßet seist du Maria«*, das alle mitmurmelten.

Die Nonne nahm Platz, und das Harmonium kam wieder zum Einsatz. Pater Anselm erhob seine fleischige kleine Hand und gab mit dem Zeigefinger wedelnd die Höhen und Tiefen der Melodie vor. Das war das Liborilied – man war hier ganz aktuell. Aber trotz der taktgebenden Hand wurde so schleppend gesungen, wie es Therese noch nie erlebt hatte. Die dunklen Stimmen erinnerten an Gottesdienste der Ostkirche, die manchmal im Fernsehen zu sehen waren. Die russischen Christen hatten offenbar eine Vorliebe für getragene Musik. Eindeutig fehlte hier eine Balalaika.

In der fünften Strophe gaben alle ihr Leben in Sankt Libori Hand und setzten sich. Pater Anselm stand auf. Wie ein Exorzist wirkte er nicht gerade, eher wie einer, der selbst mit fleischlichen Dämonen zu kämpfen hatte. Sinnlich dicke Lippen verrieten die Freude am Genuss, die rosigen runden Bäckchen waren Folgen des Wohllebens. Nur seine tief liegenden dunklen Augen entsprachen Thereses Vorstellung vom düsteren Geisterbeschwörer.

Er ging die Stufen hinauf und stellte sich direkt vor den Altar. Zwischen den mit Rosen gefüllten Kübeln war kaum Platz für ihn. Anselm wurde zwar Pater genannt, trug aber keine Kutte, vielleicht deshalb, weil er hier als Gemeindepriester in Aktion trat. Unter dem Stehkragen seines kurzärmligen schwarzen Hemdes blitzte vorn am Hals ein kleines Stück Weiß hervor. Über die Schultern hatte er etwas aus einem roten Stoff gehängt, das aussah wie eine seitlich offene Weste. Im Kerzenlicht glitzerten die in Gold aufgestickten Ornamente. Das war wohl der »kleine Dienstanzug« für die Liboriandacht. Jetzt erst fiel Therese auf, dass es in der Kapelle nicht nach Weihrauch roch.

Mit »Liebe Gemeinde in Gott« und vor der Brust zusammengelegten Händen begann Anselm das, was Manuela seine »Erbauungsansprache« genannt hatte. Er sprach von der gottlosen Weltanschauung, die jungen Leuten heute in den Medien vermittelt werde, und vermisste darin Werte und Tugenden wie Opfergeist, Hingabe, Idealismus, die Therese gerade noch gelten lassen mochte, nicht aber Disziplin, Ordnung, Zucht und Gehorsam, die Anselm wieder mehr beachtet sehen wollte.

»Diese Dinge sind nicht mehr ›geil‹«, sagte er. Immerhin pflegte er eine klare Sprache, auch wenn er das Wort »geil« aussprach, als hätte es scharfe Zacken. Durch die Gemeinde ging ein Murmeln. »Sie vermitteln kein Glück, zumindest nicht das individualistische Glück, welches die Medien vorgaukeln.«

Man müsse die Familie als Ort der Erziehung stärken, forderte der Pater. »Unsere Kinder sind auf dem Weg in die Spaßgesellschaft, in der Gott und seine Gebote nichts mehr gelten. Den Mächten der Finsternis werden Tür und Tor geöffnet.« Die Gläubigen nickten.

Nach der Predigt stimmte Pater Anselm noch ein Marienlied an. Ein paar Afrikaner schlugen in getragenem Rhythmus auf ihre Trommeln. Begleitet vom quengelnden Harmonium, wurde mit *»ohoho Maria«* die *»Erhabne Frau und Herrscherin«* gepriesen, und von Seraphim und Cherubim war ebenfalls die Rede. Das dreimalige *»Salve«* wurde unerträglich in die Länge gezogen, bis endlich das erlösende *»Regina«* kam und damit der Schluss des Lieds.

Therese hatte genug. Sie nickte Manuela zu und drängte sich hinaus. Manuela folgte ihr.

»Puh«, machte Therese, als sie wieder im hellen Sonnenschein standen. »Diese Gesänge sind echt gewöhnungsbedürftig.«

Manuela grinste. »Und was sagst du zu Pater Anselm?«

»Tja« – Therese fuhr sich mit beiden Händen durchs Haar – »er sieht aus wie ein in die Jahre gekommener Cherub, aber er scheint es faustdick hinter den Ohren zu haben.«

»Sag ich doch.«

Sie schlugen einen Weg hinter die Kapelle ein, wo es schattiger war. Das Gelände hier war noch einmal so groß wie das vordere. Auf dem gepflegten Rasen standen wieder Obstbäume, auch Walnüsse waren darunter. Durch die Kiefern am Rand des Geländes glitzerte das Wasser eines Senneteichs.

»Hier haben wir immer gespielt, Lioba, ihr Viki und ich.« Manuela seufzte und sah zu den Bäumen hinüber. »Und dahinten am See, da ist es total romantisch.« Ihre Wangen färbten sich leicht. Sie wandte sich Therese zu. »Eigentlich durfte ja keiner ›Viki‹ zu Viktor sagen, dann wurde er wütend. Aber Lioba hat sich einfach darüber weggesetzt. Sie hat es ja nur lieb gemeint.« Sie lachte leise. »Zu mir hat sie immer ›Manülchen‹ gesagt.«

»Und hat *dir* das gefallen?«

»Nicht besonders.« Manuela ließ sich ins Gras fallen. »Aber heute würde ich mich freuen, es zu hören.« Sie zupfte einen Halm ab und zerrieb ihn zwischen den Fingern.

Therese setzte sich neben sie. »Wann ist eigentlich Liobas Beerdigung? Ich würde gern hingehen.«

Manuela zog die Brauen zusammen. »Die war schon. Viktor und ich waren auch nicht dabei.«

»Wieso nicht?«

»Die haben Lioba ganz heimlich verbuddelt, stell dir das vor.« Manuela sprach mit zusammengebissenen Zähnen. »In einer anonymen Grabfläche auf dem Dören, ohne Blumen, ohne alles. Da steckt bestimmt Pater Anselm dahinter.« Sie riss eine ganze Handvoll Gras aus. »Am Montag hat er eine Trauerfeier gehalten, da hat niemand etwas von einer Beerdigung gewusst. Und am Mittwoch war sie schon vorbei. Viktor hat richtig geheult.« Auch Manuelas Augen wurden feucht. »Am liebsten hätten sie die arme Lioba wohl außerhalb des Friedhofs begraben, wie früher die Selbstmörder.« Sie zerbröselte den Grasplacken zwischen ihren Fingern.

»Vielleicht glauben sie, dass Liobas Leiche immer noch dämonenverseucht ist.« Im nächsten Moment fragte sich Therese, ob so eine Aussage der Toten gegenüber zu respektlos war.

Aber Manuela war offenbar genauso wenig zimperlich wie sie. »Wahrscheinlich«, sagte sie nur.

Über ihnen begann das Glöckchen der Kapelle zu bimmeln. »Die kommen gleich raus.« Manuela schaute zum Gemeindehaus hinüber. »Pater Anselm will den Gästen den Neubau präsentieren. Willst du da auch noch mit?«

Therese nickte. Schließlich war sie hergekommen, um etwas über den Neubau zu erfahren, obwohl sie jetzt viel lieber im Schatten sitzen geblieben wäre.

»Es gibt auch was zu essen. Kuchen von uns und irgendwas von den Afrikanern.«

»Lieber wäre mir ein Wasser. Meine Kehle ist ganz ausgedörrt.«

»Ist bestimmt auch da.«

Vom Kapelleneingang her war Gemurmel zu hören, das sich zum Gemeindehaus hinüberbewegte. Manuela stand auf und entfernte mit den Händen das Gras von ihrem Rock. »Wir laufen einfach hinterher, dann fallen wir am wenigsten auf.«

Am Eingang des Gemeindehauses lagen Broschüren über das Bauprojekt aus. Beim Durchblättern entdeckte Therese Bibelsprüche, aber auch viele Zahlen. Sie steckte eine der Broschüren in ihre Gesäßtasche. In sicherem Abstand zu den Leuten erstieg sie mit Manuela viele Treppen und besichtigte größere und kleinere Räume mit vielen Fenstern. Alle waren mit hellen Möbeln ausgestattet, überall standen Blumen, aber nirgendwo hingen Kreuze an den Wänden. Ein schönes Zentrum hatte die Christengemeinde. Unten im großen Saal, wo das Buffet aufgebaut war, hätte ein mittelgroßes Rockkonzert reichlich Platz gefunden. An der hinteren Wand standen ein riesiger Flachbildschirm und eine Musikanlage mit voluminösen Boxen. Zu schade, dass nur Marienlieder daraus erschallen würden.

Manuela besorgte zwei Gläser Wasser, die sie schnell hinunterschütteten. Die Torten sahen verführerisch aus, und der afrikanische Pfeffertopf – der Name des Gerichts war einem Zettel zu entnehmen – roch nach Piment und Lorbeer. Doch Therese wollte sich nicht zu den Tischen drängeln. Bestimmt hätte sie dann noch abweisendere Blicke geerntet als bisher schon.

Ein Stück vom Buffet entfernt stand Stieglitz mit Pater Anselm und zwei hochgewachsenen Nonnen zusammen, die ihre schmalen Köpfe mit den eng anliegenden Hauben zu den Männern neigten. Therese schob sich unauffällig näher heran. Die vier redeten über Weihwassertopfchen und Wandkreuze und wo man so etwas am besten kaufen könne. Die Nonnen sprachen vom Internet, Stieglitz von der Bonifatius-Buchhandlung am Kamp, die Anselm aber wohl nicht zusagte. Er rümpfte die Nase. »Die ist doch viel zu weltlich«, sagte er. Stieglitz hob die Augenbrauen und machte eine Bewegung mit der Hand, als hätte er die Einwände des Paters seit Ewigkeiten satt.

Dann fasste Anselm Stieglitz am Arm und zog ihn zum Fenster. Sie drehten sich um und schauten hinaus. Die Nonnen wandten sich zum Buffet. Therese schlüpfte durch eine Lücke zwischen den Leuten, hob ihre Kamera und tat, als wollte sie durch das übereck eingebaute Fenster die Kapelle fotografieren. Auf der Suche nach der besten Perspektive musste sie eine so schräge Position einnehmen, dass ihr Hinterkopf nur noch eine Armlänge von Stieglitz' Schulter entfernt war.

Den ersten Satz des Gesprächs hatte sie verpasst. »... aber wir müssen noch über das bewusste Problem reden«, raunte der Pater Stieglitz zu. »So kann das nicht bleiben, da mache ich nicht mit.«

»Hier nicht«, flüsterte Stieglitz, doch sein Ton war bestimmt. »Wir treffen uns morgen um drei in der Buchhandlung, da ist es ruhiger.« Er drehte sich zu den Nonnen um und hob die Stimme. »Und dann können wir gleich alles besorgen, was unserem schönen Haus den letzten gottgefälligen Schliff gibt, nicht wahr, Hochwürden?« Therese stand längst wieder aufrecht. Hochwürdens tief liegende Augen wurden noch kleiner.

Erst jetzt bemerkte Stieglitz, dass sie eifrig zum Fenster hinaus knipste. »Sind Sie von der Presse?«, fragte er.

Das war die Idee. »Nicht direkt. Jedenfalls nicht von der großen. Wir geben eine Arbeitslosenzeitung heraus« – vor ein paar Jahren hatte das noch gestimmt – »und wir haben gehört, dass an diesem Bau auch Arbeitslose beteiligt waren.« Therese konnte nur hoffen, dass sie mit dieser Vermutung nicht völlig falsch lag. »Da wollte ich mir mal das Ergebnis ansehen und über das Projekt berichten.« Als Nachweis ernsthaften Interesses zog sie die Broschüre heraus und hielt sie hoch. Auf der Rückseite prangte neben einem Kreuz mit dem Namen der Gemeinde das Stieglitz-Logo.

Stieglitz hatte wie erwartet noch nie von einer Arbeitslosenzeitung in Paderborn gehört. »Aber ich finde es gut, dass Sie das machen. Engagement ist immer anerkennenswert.« Das Muttermal neben seiner Nase schob sich in die Höhe. »Meine Firma beschäftigt regelmäßig Arbeitslose in verschiedenen Maßnahmen, das wissen Sie bestimmt auch. Bei uns bekommen die Menschen wieder eine Chance.« Therese bekam sein Gesicht von der freundlichsten Schokoladenseite zu sehen.

Sie lächelte zurück. »Dann darf ich bestimmt ein Foto von Ihnen machen, Herr Stieglitz?«

Er stellte sich tatsächlich in Positur und zog noch Pater Anselm heran, der mit zusammengezogenen Augenbrauen in die Kamera schaute. Therese hätte nicht sagen können, ob der finstere Blick ihr oder Stieglitz galt.

Doch Anselms feindselige Miene war nicht die einzige. Als Therese sich umdrehte, um nach Manuela zu suchen, schaute sie nur ein paar Meter entfernt in drei Augenpaare, die es Therese bedauern ließen, dass sie Uwes schwarzen Opal gegen den bösen Blick nicht umgehängt hatte. Die drei Frauen fixierten Therese und redeten gleichzeitig auf Manuela ein, die mit verschränkten Armen vor ihnen stand. Ihr Gesicht konnte Therese nicht sehen, aber an ihren zuckenden Rückenmuskeln war abzulesen, wie aufgebracht sie war.

»Ach, lasst mich doch in Ruhe«, rief Manuela und drehte sich abrupt um. In ihrem blassen Gesicht wirkten die Wangen fiebrig rot. Die Köpfe der Umstehenden fuhren auf, doch statt auf Manuela richteten sich alle Blicke auf Therese. Die Schuldige am Familienstreit war ausgemacht.

Manuela kam auf sie zu und nahm ihre Hand. »Lass uns gehen«, sagte sie und wirkte nach außen wieder ganz ruhig, doch ihr eiserner Griff um Thereses Hand verriet, wie aufgebracht sie noch war. Therese schob Manuela zur Tür hinaus. Mochten die verbohrten Christen doch über ihre Beziehung denken, was sie wollten.

Draußen begannen die Afrikaner gerade mit einem Trommelkonzert. Lange schwarze Finger mit rosa Innenseiten schlugen rhythmisch auf die gespannten Felle, erst langsam, dann immer schneller. Ein paar schwarze Frauen begannen mit verhaltenen Bewegungen zu tanzen, einige Kinder versuchten sich ebenfalls in rhythmischen Verrenkungen. Andere standen darum herum, die größeren wippten im Takt. In der Sonne leuchteten die Farben der afrikanischen Gewänder, die Gesichter der Kinder strahlten.

Manuela versuchte zu lächeln, aber es misslang ihr. Ihre Grübchen bildeten sich nur, wenn sie entspannt war. Jetzt erschienen ihre Augen matt, als hätte ihr der Streit mit ihrer Mutter Angst gemacht.

»Was war denn los?«, fragte Therese.

»Ach.« Manuela seufzte. »Es passt ihnen nicht, dass ich dich mitgebracht habe.« Sie grinste schief. »Du bist eine Hexe und hörst bestimmt auch Rockmusik.« Sie drehte sich um und ging voraus zum Tor.

Therese fühlte sich ganz zutreffend charakterisiert. »Wo sie recht haben, haben sie recht.« Sie schloss zu Manuela auf.

»Ich soll zu Pater Anselm in die Exerzitien gehen, sagt meine Mutter. Ich müsse wieder glauben lernen …«

Sie waren am Tor angekommen, wo immer noch Anselms madonnengeschmücktes Motorrad geparkt war. Manuela blieb neben der Harley stehen und versetzte ihr einen kräftigen Tritt. Die Maschine fiel gegen den Zaun, doch die Trommeln übertönten das scheppernde Geräusch. »Der mit seiner blöden Maria, der ist an allem schuld.« Ihr Gesicht war rot.

Sie ging schnell durchs Tor und verschwand im Wald. Therese ging ihr langsamer nach. Mit ihrem Stachelhaar und dem silbernen Schlangenring hätte Manuela schon gar nicht zum Bild der lieblich lächelnden Gottesmutter gepasst, die von der Gemeinde verehrt wurde. Der Zwiespalt zwischen ihren Welten musste sie genauso schmerzen wie Lioba.

Als Therese sie einholte, hatte sich Manuela offenbar gefangen, denn ihre Wangen waren wieder rosig statt rot. »Bevor ich's vergesse«, sagte sie mit ruhiger Stimme. »Ich komme morgen nicht zum Schwimmen. Wir fangen freitags in der Firma schon um sieben an, damit wir mittags Feierabend machen können. Aber wenn Viktor Pause macht, setzen wir uns in den Park an der Sonnenuhr. Komm doch dazu.«

»Gern, wenn ich euch nicht störe.« Therese wollte ohnehin noch einmal mit Viktor reden.

»Quatsch.« Manuela schaute auf ihre Uhr. »Wir sollten uns beeilen, der Bus fährt gleich.«

Auf dem ganzen Rückweg durch den Wald schallten die Trommeln hinter ihnen her. Doch das von der Gemeinde schleppend gesungene *»Salve Regina«* zog Therese immer noch durch den Kopf, als sie längst wieder im Bus der Paderborner Innenstadt und dem in ihrer Mitte aufragenden Domturm entgegenfuhren.

»Cause I will not dance to your music, and I will not drink of your wine ...« Chi Coltrane sang und schlug wie besessen auf die Klaviertasten ein. Nach dem Ausflug ins Zentrum der Glaubensgemeinschaft war Therese wieder in ihrer eigenen Welt.

Sie setzte sich mit ihrem Salat, den sie vom »Haci Baba« an der Ecke mitgenommen hatte, auf den schattigen Balkon. Das wilde Klavierspiel schallte aus dem offenen Fenster. Ein wenig würden die Nachbarn das noch aushalten müssen.

Therese brauchte den Kontrast: Ehrlichen Rock 'n' Roll, der schnörkellos vorantrieb, mit einer politisch korrekten Aussage. Chi Coltrane machte das hervorragend.

Auch Marienlieder konnten schön sein, aber nicht, wenn sie so geleiert wurden wie von der Aussiedlergemeinde. Nicht einmal Pater Anselm hinter dem Harmonium hatte das gefallen. In seinen dunklen Augen hatte Therese mehr Temperament entdeckt, als einem sanftmütigen Priester anstand. Und dazu die Harley, deren Fahrer nicht gerade als friedsam bekannt waren ... Manuela traute Anselm sogar zu, mit Vater Keller zusammen an Liobas Tod mitgewirkt zu haben.

Doch Anselm hatte auch etwas mit Stieglitz' Geschäften zu tun. Irgendetwas Geheimnisvolles lief zwischen ihnen. Eher als Stieglitz schien der weißhaarige Pater die Spinne im Netz zu sein, in dem Lioba sich verfangen hatte. Er war es, bei dem alle Fäden zusammenliefen.

Aber war er deshalb auch ein Mörder? Oder nur ein Anstifter? Wenn Therese Anselm ins Visier nahm, konnte sie gleich die ganze Gemeinde verdächtigen.

Den Salat hatte sie noch nicht angerührt, als Renate klingelte. *»I will not drink your wine«*, sang Chi Coltrane gerade wieder den Refrain des Songs, als Therese öffnete.

»Na, mit wem willst du denn kein Glas Wein trinken?«, fragte Renate zur Begrüßung.

»Mit diesem Pater Anselm – du hättest ihn hören müssen!« Für die US-amerikanische Sängerin war Ronald Reagan das konservative Feindbild gewesen, und eben das war Anselm für Therese. »Und Stieglitz ist genauso ein Reaktionär.«

Während Chi etwas leiser zu *»Thunder and Lightning«* überging, ließen sie sich vor dem PC nieder. Therese zeigte Renate als Erstes die Aufnahmen des neu gebauten Gemeindehauses. »Nach übertriebenem Luxus sieht das alles nicht aus«, sagte sie.

Manuela tauchte auf dem Bildschirm auf, hinter ihr der Rosengang, der zur Kapelle führte. Renate ließ sich das Bild vergrößern. Unter Manuelas Jäckchen war sogar die silberne Kette verschwunden. »Die hat sich aber verändert – unglaublich. Am Dienstag war sie punkig, und hier ist sie völlig brav.«

»Den Rock hatte sie sich vorher unter einem breiten Gürtel hochgekrempelt.« Von irgendwoher flackerte in Thereses Gehirnwindungen eine Ungereimtheit auf, sie starrte das Foto an, doch da war nur Manuela mit ihrem verlängerten Rock.

Über Pater Anselms Motorrad grinste Renate nur. Beim Anblick von Stieglitz und dem finsteren Pater verschwand der belustigte Ausdruck von ihrem Gesicht. Stieglitz hatte sogar den Arm um den Pater gelegt.

»Jedenfalls müssen wir die beiden morgen in der Bonifac beobachten.« Renate nannte die katholische Buchhandlung bei dem Namen, der unter Paderbornern gebräuchlich war.

Therese nickte. »Nur«, sagte sie, »wer soll das machen? Uns beide kennt Stieglitz, wir können da nicht auftauchen.«

»Stimmt. Michael vielleicht?«

»Der ist zu ungeschickt, der verrät sich.«

»Manfred ist genauso.« Renate verzog den Mund.

»Hm.« Uwe war ein guter Schauspieler. »Ich frage Uwe. Irgendwie muss ich ihm beibringen, dass nur er für diesen Job in Frage kommt.«

Renate lachte. »Wilsberg Nummer drei mit Glatze. Brinkmöller wird sich freuen.«

Als Michael zehn Minuten später kam, gingen sie alle auf den Balkon hinaus.

»So ganz kriege ich es noch nicht zusammen«, sagte er. »Die Aussage von Neudeck, dass sie zu viel hineingesteckt haben, könnte darauf hindeuten, dass dieses Gemeindehaus ein Schwarzbau war.« Er ließ sich auf einem Balkonstuhl nieder. »Das gibt's oft. Der Chef baut wichtigen Leuten ihre Häuser umsonst und kriegt dafür Aufträge oder andere Vergünstigungen. Die Kosten buchen sie dann unter ›Verlust und Schwund‹ – zehn bis zwanzig Prozent sind da durchaus vertretbar, es kann immer mal Fehlkalkulationen geben und so weiter. Oder sie bauen einfach in den regulären Bauten weniger Material ein, Stahlträger, Beton … Die Sicherheitsstandards sind angeblich sowieso viel zu hoch.«

Therese schüttelte den Kopf. »Abgründe …«

»So was kommt vor.« Renate war abgeklärter als Therese. »Aber wenn es nicht zu massiven Sicherheitsverstößen gekommen ist, wäre das kein Grund für einen Mord.«

Michael nickte. »Stieglitz hat wahrscheinlich Material und Leute umsonst geliefert«, fuhr er fort, »und seinem Bauleiter ist das zu viel geworden. Er muss schließlich darauf achten, dass die Kosten im Rahmen bleiben. Das Gemeindehaus wird in der Firma wohl nicht das einzige derartige Projekt sein.«

Therese ging ein Licht auf. »Aber die Gemeindeangehörigen haben das ganze Material bezahlt, hat Manuela gesagt. Das Geld muss also jemand in die eigene Tasche gesteckt haben.«

»Genau.« Michael tat, als wäre ihm die überaus wichtige Aufdeckung von Stieglitz' Missetat gelungen. »Stieglitz hat sich schadlos gehalten dafür, dass von der Gemeinde keine weiteren Aufträge zu erwarten waren. Von den Mitgliedern wird ja wohl kaum jemand im Bauausschuss sitzen.«

»Oder beide zusammen«, sagte Therese. »Was Anselm gesagt hat, kann auch bedeuten, dass er mit seinem Anteil nicht zufrieden war. Und Lioba ist ihnen auf die Schliche gekommen und musste deshalb sterben.«

»Das sind höchstens ein paar hunderttausend Euro.« Michael zog die Augenbrauen hoch. »Kein Grund für einen Mord.«

»Aber die Reputation.« Renate hatte erfasst, worauf es in Paderborn ankam. »Sowohl Anselm als auch Stieglitz wären erledigt, wenn herauskäme, dass sie eine christliche Gemeinde um ihre Spenden geprellt haben. Das ist so gut wie Gott betrügen, das tut man hier nicht.«

»Das glaube ich auch«, sagte Therese und wandte sich Michael zu. »Aber wie kann denn Lioba herausgefunden haben, dass bei der Gemeindehausabrechnung geschummelt wurde?«

Michael zuckte mit den Achseln. »Bei Betriebsprüfungen fliegen diese Sachen manchmal auf, weil Stundenzettel bei Projekten gebucht werden, wo die Stunden gar nicht geleistet wurden, oder weil es doppelte Materialabrechnungen, Lieferscheine und so etwas gibt ...« Er überlegte kurz und tippte mit dem Zeigefinger an seine Lippen. »Beispielsweise die Stunden gestern Vormittag am Gemeindehaus, über die Stieglitz und Neudeck offenbar gestritten haben, oder auch das Material. Meist werden solche Papiere bei der Sekretärin abgeliefert, die ordnet sie den Projekten zu, gibt sie in die Buchhaltung oder wirft die weg, die nicht berechnet werden sollen. Oder sie kopiert die Stundenzettel für die Privatabrechnung wie wahrscheinlich in diesem Fall. Der Chef sagt ihr vorher Bescheid, wie das laufen soll, sie kriegt einen Bonus und macht sich keine Gedanken darüber, wieso die Jungs zur gleichen Zeit auf zwei Baustellen waren. So läuft das. Vielleicht hat Lioba das aus Versehen mitbekommen, wenn die Sekretärin krank war oder so.« Michael knetete seine Fingerspitzen. »Man sollte mal im Sekretariat die Ablagekörbe durchsehen. Die Sachen von heute liegen bestimmt morgen früh noch drin.«

Renate und Therese warfen sich einen Blick zu, dann verzog Renate das Gesicht. »Ich weiß schon, das ist mein Job. Morgen will ich zwar zu Stieglitz, um zu fragen, was aus Jonas Mikus wird, aber ich glaube nicht, dass ich da irgendwelches internes Papier zu sehen bekomme. Und an die PCs mit den Buchhaltungsdateien komme ich sowieso nicht.«

»Manchmal hat man Glück. Wenn du schon so nah dran bist ...« Michael setzte sein charmantestes Gesicht auf. Jetzt war er wohl doch neugierig geworden.

»Ja, ja.« Renate hob die Hände. »Und Neudeck soll ich wahrscheinlich auch weiter ausquetschen.«

»Das machst du doch gern.« Therese zwinkerte ihr zu. »Lächle und vergiss nicht, was Chi Coltrane singt: ›*You're no friend of mine ...*‹«

»Das Wetter schlägt um«, sagte Michael, als sie mitsamt Kartoffelpuffern und der obligatorischen Tüte gebrannter Mandeln in einer Gondel des Riesenrads den Domturm weit unter sich ließen. Nachdem Renate gegangen war, hatten sie sich noch einmal auf zum

Liboriberg gemacht. Im Westen war vom Sonnenuntergang nichts zu sehen, doch die Wolken, die sich vor den Abhängen der Egge stauten, wurden von irgendwoher rot angestrahlt. Wolkenstau vor der Egge versprach Regen.

Therese grinste. »Verkehrte Welt – Sonnenuntergang im Osten.« Sie genoss den weiten Blick. Die roten Dächer der Stadt und die weite Landschaft versanken im Grau, Straßenlaternen schalteten sich ein, einzelne Fassaden wurden angestrahlt. Dom, Rathaus und Jesuitenkirche standen im hellen Licht. Aus den Gassen des Liboribergs direkt unter ihr blinkten neonfarbene Leuchtbänder hinauf.

Sie stippte die fettigen Pfannkuchen in das Apfelmus und regte sich wieder über Anselms Predigt auf. Immer im Kreis drehte sich das Riesenrad mit ihrer Gondel.

»Zucht und Ordnung.« Michael nickte. »Das brauchen wir hier wieder.«

»Genau.« In den dunklen Straßen unter Therese gingen nicht wenige, die Michaels ironische Aussage ernst gemeint hätten.

»Kannst du dich noch an diesen Stücher erinnern?«, fragte Michael.

»Klar. Einer von den baptistischen Brüdergemeinden. Anselms Positionen waren nicht weit entfernt von dem, was die vertreten.« Sie erinnerte sich nur zu gut an Helmut Stücher. Er war als Berater christlich-fundamentalistischer Schulverweigererfamilien aufgetreten und vom Paderborner Landrat wegen Hochverrats und Volksverhetzung angezeigt worden. Einen Riesenwirbel hatte die Presse damals darum gemacht.

Michael nickte. »Stücher jedenfalls hat nicht nur die paar Baptistenkinder gemeint, als er damit gedroht hat, über ihre zigtausend Kinder Deutschland über Nacht in einen totalitären Unrechtsstaat zu verwandeln.«

»M-hm.« Die Riesenradgondel bewegte sich nach unten. An christliche Umsturzpläne sollte Therese jetzt lieber nicht denken.

»Hübsch, die Leuchtbänder, ne?« Sie wies auf die Menge unterhalb der Gondel.

Michael lachte. »Ich kauf dir gleich eins.«

Therese liebte Lichtobjekte aller Art, das wusste er. Sie seufzte leise – das hatte sie ebenfalls mit Lioba verbunden. Mit kindlich großen Augen hatte sie die Sammlung illuminierter Häuschen und blinkender Sterne in Thereses Regalen bewundert.

Es war schon dunkel, doch der Berg war voller Menschen. Aus allen Richtungen dröhnten Musikfetzen, Lichterketten wirbelten vor schwarzem Hintergrund. Therese und Michael drängten sich zum Rosentor durch; von dort ging es immer bergab Richtung Ükern.

Mitten auf dem Platz stand ein Straßenverkäufer, der seinen Körper mit Leuchtbändern dekoriert hatte. Werbewirksam trug er sie um den Kopf, den Hals, die Arme, die Taille und die Oberschenkel. Michael erstand eines, das noch nicht aktiviert worden war, und steckte es wie eine Kette um Thereses Hals herum zusammen.

»Jetzt siehst du aus wie ein Alien.« Gespielt angstvoll kreuzte er seine Arme vor der Brust. »Aus den Tiefen des Weltalls schaurig beleuchtet.«

»Kannst E.T. zu mir sagen.« Therese lachte und ging die Rosenstraße hinab. Michael legte den Arm um ihre Schultern. Beschützt von ihrem Liebhaber und im Licht des verrutschten Heiligenscheins fand sie sicher ihren Weg durch die liboriselige Stadt.

Mitten in der Nacht schreckte Therese hoch. Eben noch hatte sich ein rot glimmendes Leuchtband eng um ihre Kehle gezogen, fast wäre sie erstickt. Das Licht war immer heller geworden, das Band hatte gebrannt wie Feuer. Sie schluckte und griff sich schwer atmend an den Hals. Da war kein Leuchtband. Mit ihr war alles in Ordnung.

Das Herz klopfte ihr bis zum Hals, als ihr klar wurde, was der Alptraum zu bedeuten hatte. Ihr Unterbewusstsein hatte eins und eins zusammengezählt: Das Neonband war eine Mordwaffe. Zumindest könnte es eine sein. Ein starres Kabel, nicht zu weich, nicht zu hart. Wenn man die Enden im Nacken zusammenzog …

Michael schnarchte leise neben ihr. Therese stand auf und nahm ihr Leuchtband vom Regal. Immer noch glomm die chemische Flüssigkeit in dem Plastikschlauch. Die Enden ließen sich nicht mehr voneinander lösen, dafür brauchte sie eine Zange. Sie kniff das Band am Verschluss durch und legte es sich um den Hals. Mit beiden Händen packte sie die Enden und versuchte, sie zusammenzudrehen. Doch immer wieder rutschten sie ihr aus der Hand. Das Band war viel zu kurz.

Michael drehte sich im Bett um. »Was machst du denn da?« Er setzte sich auf und rieb sich die Augen. »Musst du die ganze Nacht mit deinem Leuchtband spielen?«

»Es ist eine Mordwaffe«, murmelte Therese, »aber viel zu kurz.«

»Du hast schlecht geträumt.« Michael wollte sich wieder hinlegen.

»Warte.« Therese setzte sich hinter ihn aufs Bett, legte den Strang um seinen Hals und drehte die Enden im Nacken zusammen. Ohne Weiteres zog Michael ihr das Band aus den Fingern. Es gelang ihr nicht, es festzuhalten.

Michael krächzte: »Hast du jetzt nächtliche Mordgelüste? Bleib lieber bei Schokolade ...«

Therese lachte. »Dann schimpfst du, weil das Papier zu sehr raschelt.«

Er schaute auf das matt glimmende Leuchtband in seiner Hand. »Und was ist nun damit?«

»Das könnte die Mordwaffe sein, Michael, verstehst du? Ein starres Kabel, hat Brinkmöller gesagt. Zu Libori gibt's überall Leuchtbänder ...«

»Aber das ist doch viel zu kurz. Damit hättest du mich nie erwürgen können.« Er krächzte wieder. »Obwohl du nah dran warst.«

»Das weiß ich selbst.« Therese stand das Bild des Leuchtbandverkäufers vor Augen. Wie beim Michelinmännchen hatten die Bänder seinen Körper unterteilt. »Es muss auch längere geben. Der Verkäufer hat sie um seinen Bauch getragen, der war dicker als dein Hals.«

»Wir können ja morgen versuchen, den Kerl noch mal aufzutreiben.«

»Ja.« Therese legte sich an Michaels Seite und kuschelte sich an ihn. Sie hatte das Gefühl, dass sie bei ihren unbeholfenen Recherchen einen großen Schritt weitergekommen waren. Die Frage war nur, wie Lioba und das Leuchtband aufeinandergetroffen waren.

SIEBEN

»Herr Stieglitz ist noch nicht da«, sagte die Sekretärin mit dem Kurzhaarschnitt, der Renate an einen silbergetriebenen Helm erinnerte. Nur der Nasenschutz fehlte, sonst hätte sie einen guten Ritter abgegeben. Ob sie Renate von dem Abend bei Auffenbergs erkannte, war nicht auszumachen. »Er kommt erst um zehn, aber dann hat er gleich einen Termin.« Frau Klute trug heute kein rotes Hemd, sondern ein geschäftsmäßiges Kostüm in Grau mit einer fliederfarbenen Bluse. Renate war ähnlich gekleidet, wenn auch in lebendigeren Farben.

»Schade.« Sie hatte nichts anderes erwartet. Weil sie sich keine Abfuhr einhandeln wollte, hatte sie mit Absicht nicht angerufen vor ihrem Besuch, aber Tobias eine SMS auf sein Handy geschickt.

»Aber Herr Neudeck ist im Haus. Warten Sie, ich hole ihn«, sagte Frau Klute auch schon. Sie hatte die Türklinke in der Hand. »Er kann Ihnen sicherlich auch helfen.« Bis auf einen kleinen Spalt, der keinen Blick vom Foyer ins Innere zuließ, zog sie die Tür hinter sich zu. Das Klappern ihrer Absätze entfernte sich.

Frau Klute hatte offenbar keine Scheu, Renate in ihrem Büro allein zu lassen – als Beamtin genoss sie Vertrauensvorschuss. Allerdings war eine Beamtin dem Recht verpflichtet. Die Sekretärin konnte nicht wissen, dass Renates Beamtengewissen auch bei Rechtsverletzungen klingelte, die über den Missbrauch sozialer Transferleistungen hinausgingen. Zwar würden ihre Vorgesetzten das vielleicht ein wenig anders sehen …

Sie überwand den Widerstand, der ihre Finger beim letzten Gedanken erfasste, und blätterte schnell den Inhalt der Ablagekörbe durch. In den Behältern, die mit »Stieglitz« und »Neudeck« gekennzeichnet waren, fand sie nur Bauzeichnungen. Im Eingangskorb lag nichts, wie es in einem gut geführten Sekretariat sein sollte.

Der Ausgangskorb war fast voll. Obenauf lagen ein paar Zettel im DIN-A5-Format, die mit einer Büroklammer zusammengefasst waren. Auf einem gelben Post-it stand »Buchhaltung«. Es waren vorgedruckte Stundenabrechnungen, jede mit ImmoBau&Architektur-Logo versehen. In der rechten oberen Ecke hatte jemand mit rotem Filzstift Pader-Karree vermerkt, darunter ein Krakel als Handzeichen. Im Datumsfeld war das Datum von gestern eingetragen. Von sieben bis vierzehn Uhr waren »Erdarbeiten« geleistet worden, von – Renate zählte die Zettel – zehn Leuten. Die Namen der Arbeiter sagten ihr nichts. Mit immer dem gleichen unleserlichen Gekritzel, aber einem anderen als am oberen Rand, hatte jemand die Stundenzettel abgezeichnet.

Zehn Leute hatte Tobias auf Stieglitz' Anweisung hin zum Gemeindehaus schicken sollen, für Erdarbeiten kurz vor dem großen Fest. Es war ziemlich unwahrscheinlich, dass zur gleichen Zeit beim Pader-Karree ebenfalls für zehn Leute Erdarbeiten gebraucht worden waren. Aber verbucht werden sollten die Stunden dort. Das war ein erster Hinweis. Renate zückte ihr Handy und schoss schnell ein paar Fotos.

Allerdings war den Zetteln nicht zu entnehmen, ob die Stunden beim Pader-Karree *und* beim Gemeindehaus abgerechnet wurden. Vielleicht gab es zum Gemeindehaus gesonderte Stundenabrechnungen? Oder Rechnungen, auf denen Stunden aufgeführt wurden?

Frau Klute brauchte lange, um Tobias zu finden. Vermutlich hielt sie unterwegs ein Schwätzchen mit einer Kollegin. Doch wenn sie sich nicht anschlich, würde Renate ihre Schritte rechtzeitig hören.

Hinter dem aufgeräumten Schreibtisch befand sich ein Schrank mit offenen Rolltüren. Drei Reihen Ordner lockten Renate unwiderstehlich an. Es waren Akten zu verschiedenen Bauprojekten, darunter das Gemeindehaus und das Pader-Karree. Vermutlich waren das die Handakten des Chefs für laufende Projekte. In Schubern waren grob zusammengefaltete Zeichnungen untergebracht. In den Aktenordnern verrieten Register, wo Renate suchen musste. Unter »Rechnungen« wurde sie fündig. Die Firma Stieglitz hatte der Christengemeinde nicht nur Material, sondern auch Arbeitsstunden in Rechnung gestellt. Bei den angehefteten Stundenzetteln handelte es sich um Fotokopien, in deren oberer Ecke unterschiedliche Bauprojekte benannt wurden, die auf der

Kopie aber durchgestrichen worden waren. Die Stundensätze lagen nie unter vierzig Euro. Auch von diesen Papieren machte Renate Fotos.

Durch den Türspalt waren Schritte zu vernehmen. Vor Schreck klappte Renate den Ordner viel zu schnell zu. Das Papier verklemmte sich in der Mechanik, der Ordner wollte sich nicht richtig schließen lassen. Renate presste ihn so weit es ging in die Lücke, konnte aber nicht verhindern, dass er ein Stückchen vorstand. Als sich die Tür öffnete, saß sie auf dem Besucherstuhl neben dem Schreibtisch und hielt ihre Handtasche auf dem Schoß.

Tobias kam als Erster herein. Frau Klute blieb kurz an der Tür stehen und warf einen Blick durch den Raum, bevor sie zu ihrem Schreibtisch ging.

»Es hat leider ein wenig gedauert.« Tobias kam mit ausgestreckter Hand auf Renate zu. Er lächelte, aber sein Auftritt war geschäftsmäßig. »Frau Klute musste mich aus der Kantine holen. Sie sind hoffentlich nicht ungeduldig geworden, Frau Quickstern?« Er machte eine Augenbewegung zur Sekretärin hinüber, was wohl seine Förmlichkeit erklären sollte.

»Kein Problem. Hinter Beamten steht ja niemand mit der Stoppuhr.« Renate lachte und stand auf. Tobias geleitete sie zur Tür.

Sie drehte sich zu Frau Klute um, die ihre Tastatur bearbeitete. »Tschüss, und danke schön.«

»Ja, tschüss.« Sie klang ein wenig abwesend. Der vorstehende Aktenordner im Regal hinter ihr störte auffällig die peinlich gepflegte Front, doch Frau Klute hatte es nicht bemerkt.

»Sie müssen sehr viel vorsichtiger sein, Frau Quickstern.« Peter Brinkmöller machte ein ernstes Gesicht. »Sie scheinen zu vergessen, dass es hier um Mord geht. Solange wir nicht hundertprozentig ausschließen können, dass Herr Stieglitz in den Fall verwickelt ist, müssen Sie sich von seinen Büroräumen fernhalten.« Sein schwarzes Hemd war mit Kokospalmen und Hibiskusblüten bedruckt.

Es würde dem Kommissar nicht gefallen, dass Renate für den Nachmittag mit Tobias verabredet war, deshalb behielt sie es für sich. Der Habichtssee war beliebt und gut besucht, da war sie vor eventuellen Attacken Tobias' sicher. Und falls wirklich alle Badegäste heute auf Libori sein sollten, ging ein Weg um den See herum, auf dem immer Spaziergänger und Leute mit Hunden unterwegs waren.

Sie nickte und widmete sich dem Teller vor sich. Freitags gab es im Finanzamt Fisch, man war schließlich in Paderborn.

Brinkmöller stocherte in seinem Pangasiusfilet »Müllerin« herum. »Wir wissen noch nicht, wie alles zusammenhängt. Möglicherweise muss man sogar die Sekretärin zu den Verdächtigen zählen. Und wenn Sie selbst sagen, dass sie vielleicht den vorspringenden Aktenordner gesehen hat …« Er legte sein Besteck auf dem Teller ab. »Dass Sie Stieglitz in diesem Biergarten belauscht haben, hat er womöglich auch bemerkt. Als Undercoveragentin wären Sie jetzt verbrannt und müssten ausgetauscht werden.« Er grinste.

»Stieglitz hat nichts gemerkt, da bin ich mir sicher. Und sein Bekannter mit der Glatze hat mich kurz angesehen, aber da stand ich noch weit weg.« Heinrichs misstrauisches Gesicht *nach* ihrer Entdeckung kam ihr erst jetzt wieder in den Sinn. Renate zerstach eine Kartoffel. »Keine Angst, ich passe schon auf mich auf.«

»Na ja.« Er legte den Kopf zur Seite.

Renate deutete auf seinen Teller. »Schmeckt es Ihnen nicht?«

»Fisch.« Brinkmöller stöhnte. »Mochte ich noch nie. Gibt's etwa in ganz Paderborn freitags kein Fleisch?«

»Nur im Separee und nach Vorbestellung.« Renate spießte ein Stück Fisch auf. »Unter Angabe von Anschrift und Konfession.«

Brinkmöller grinste. »Und die Rechnung bringt der Exorzist vom Dienst, was?« Wenn er lachte, bildeten sich neben seinen Augen strahlenförmig angeordnete Fältchen. Sie gaben seinem Polizistengesicht etwas Sonniges.

Renate lächelte ihn an. »In Paderborn lebt man gefährlich. Sie sollten von Ihrer Dienststelle Zulage verlangen.«

Die Lachfältchen verschwanden. »Aber im Ernst, Frau Quickstern. Am liebsten wäre mir, wenn Sie Ihre Recherchen ganz einstellen. Sagen Sie das bitte auch Frau Urban. Wir haben genug gegen Stieglitz in der Hand, ich werde gleich Montag auf eine Betriebsprüfung drängen. Wenn Schlüter sieht, dass Stieglitz ein Motiv hatte, kann er sich Ermittlungen nicht mehr entgegenstellen. Und wenn doch, wird mein Chef es auf einen Streit ankommen lassen. Sie können jetzt alles uns überlassen.«

Renate nickte. Aber genauso wenig wie sie selbst würde sich die neugierige Therese aufhalten lassen. Nicht jetzt, wo sie schon so viel herausgefunden hatten. »Aber Frau Urban wird auf jeden Fall heute Abend noch den Leuchtbandverkäufer auftreiben wollen. Dass es sich dabei um die Mordwaffe handeln könnte, war schließlich ihre Idee. Und gefährlich ist das ja wohl nicht.«

Brinkmöller nickte mehrmals. »Okay, okay. Darauf wären wir wohl nie gekommen. Obwohl es ja auch in Bielefeld Leuchtbänder gibt. Aber man muss sie wohl sehen; von allein kommt einem ein so abwegiges Mordinstrument nicht in den Sinn.« Er warf einen Blick zum Fenster hinaus, wo das Riesenrad die Mitte des Liboribergs markierte. »Ich werde die Spurensicherung darauf ansetzen.«

»Sie können Ihren Technikern ja ein Leuchtband von Libori mitbringen.«

»Wie gesagt – seien Sie vorsichtig«, sagte Brinkmöller beim Abschied. »Begeben Sie sich nicht in Gefahr.«

Er übertrieb es mit seiner Sorge. Es war nicht gefährlich, sich mit einem jungen Mann inmitten anderer Leute an einem Waldsee zu sonnen. Mit einem Kopfschütteln verjagte Renate die leichte Besorgnis, die Brinkmöllers Warnungen in ihr hervorgerufen hatten. Vor Tobias musste sie keine Angst haben. Er mochte ein leichtsinniger kleiner Gauner sein, aber dass er zu einem Mord Beihilfe leisten würde, konnte Renate sich nicht vorstellen. Dazu war er zu offenherzig; auch in seinen Versuchen, mit ihr zu flirten, gab es keine Heimlichtuerei.

Dennoch – sie wollte aus Tobias' eigenem Mund hören, was er mit allem zu tun hatte und wie er dazu stand. Sie würde ihn direkt auf Stieglitz' Betrügereien ansprechen und fragen, ob er daran beteiligt sei.

Der Aufzug stand unten, sie drückte auf die Drei. Nur ungern gestand sie sich ein, dass es vor allem ein Paar leuchtende Augen und ein verwegenes Lächeln waren, die sie an den Habichtsee lockten. Das war die Gefahr, das war das Feuer, mit dem sie spielte. Mit einem Mal kamen ihr Zweifel, ob der Ausflug an den See wirklich eine so gute Idee war.

***

Auf der Sonnenuhr aus grauem Beton standen wie immer eine Coladose und eine halb leere Schale Fritten mit Ketchup. Ob ein verrückter Künstler jeden Tag aufs Neue das Stillleben arrangierte?

Manuela und Viktor saßen einander zugewandt auf der Bank direkt am Quellbecken der Dammpader. Nur Manuela hatte ihr Haar zu Stacheln geformt, Viktor trug wieder das gegelte Hörnchen. Sie teilten sich eine große Pizza, die in einer Schachtel zwischen ihnen lag. Im großen Paderbecken schwammen Enten, zwei jagten sich mit flatternden Flügeln. Früher hatte es hier auch Schwäne gegeben.

Manuela winkte Therese zu, und sie stieg die Treppen hinab. Wie überall im Paderquellgebiet saßen, lagen und spielten auch hier Kinder und Jugendliche auf dem Rasen. Der Bischof hatte sein Pontifikalamt heute – am Tag der katholischen Jugend – mit den Ministranten und Kindern gefeiert. Als nächster Programmpunkt stand die besinnliche Mittagspause im Park an, bevor es endlich auf den Liboriberg ging. An den Wimpeln, die zwischen den Gruppen im Rasen steckten, und den verschiedenfarbigen Halstüchern hätten Eingeweihte sie ihren Vereinen zuordnen können. Therese erkannte nur die Pfadfinder, weil sie ihre Uniform trugen und auf dem Rücken die breitkrempigen Hüte hängen hatten.

Von andächtiger Stille nach der Bischofsmesse konnte allerdings keine Rede sein – die Kinder schrien laut herum. Bei dem Lärm würden sie sich bestimmt nicht unterhalten können. Dass noch Weihrauchduft in den Kleidern der Kinder hing, musste Thereses Einbildung sein.

Manuela lächelte ihr entgegen und zeigte ihre Grübchen, Viktor dagegen schaute Therese mit fragend erhobenen Augenbrauen an. Hatte Manuela ihn nicht auf das Zusammentreffen vorbereitet?

»Hi, Therese«, rief sie ihr entgegen. »Schön, dass du kommen konntest.«

Viktor schaute von einer zur anderen, seine Irritation über Thereses Auftauchen war mit Händen zu greifen.

Therese setzte sich neben Manuela und riss ihre Brötchentüte auf. Hinter ihnen wuchsen kleine Röschen, welche die Stadtgärtner entlang eines kaskadenförmig angelegten Paderlaufs gepflanzt hatten. Sie aßen und sahen ein paar Kindern zu, die am Beckenrand mit Brotkrümeln die Enten anlockten.

»Du bist sicherlich froh, dass die Woche um ist«, sagte Therese zu Manuela.

Sie nickte. »Wir mussten ja den Montag wieder aufholen, an dem wir nicht gearbeitet haben. Und Lioba fehlt – das merkt man auch bei der Arbeit.« Sie schaute auf das Quellbecken gegenüber, in dem ein paar abgerissene Rosen schwammen.

»Ich muss noch das ganze Wochenende arbeiten.« Viktors übellaunige Miene lag wohl an der deprimierenden Aussicht auf die Mühen der letzten Liboritage.

»Du Armer.« Manuela gab ihm einen Kuss. »Aber nächste Woche haben wir beide Urlaub, da machen wir es uns schön.« Sie streichelte seinen Oberschenkel und wandte sich Therese zu. »Deine Freundin war heute bei uns in der Firma, die vom Dienstag. Ich hab sie durch die Glasscheibe gesehen. Später ist sie dann mit Neudeck abgerauscht, hat Silvana gesagt. Haben die was miteinander?«

Offenbar blühte der Tratsch auch in Stieglitz' Betrieb. Therese bemühte sich um ein Mona-Lisa-Lächeln. »Kann sein …«

Manuela ließ ihr halb gegessenes Pizzastück liegen und schaute Therese auffordernd an. Doch die zwinkerte nur. Es brauchte niemand zu wissen, dass Renate aus ganz anderen Gründen an Neudeck interessiert war.

Vom Dom her schlug es zwei Uhr. Die Kinder scharten sich um ihre Wimpel und marschierten ab. Mit einem Mal lag Stille über dem Park. Hinter ihrer Bank plätscherte das Wasser die Stufen hinab. Manuela fütterte ein paar heranwatschelnde Enten mit Pizzaresten.

Therese atmete tief ein. »Hast du deinen Chef heute auch gesehen?«

»Ja, klar. Der hatte schlechte Laune und hat Frau Klute zusammengeschrien. Sie hat ihm aber Kontra gegeben. Die hat fast so laut gebrüllt wie Stieglitz selbst.«

Hoffentlich war nicht Renate die Ursache des Streits gewesen. »Konntest du verstehen, worum es ging?«

»Nein. Die Wand ist zwar nur aus Glas, aber man hört fast nichts. Nur wenn es laut wird ...« Manuela grinste. »Irgendwann ist Stieglitz rausgestürmt, hat noch ein paar Türen knallen lassen und ist abgerauscht. Danach war Ruhe; wir haben nur noch zusammengesessen und geschwatzt.«

»Und Frau Klute?«

»Die ist in ihrem Büro geblieben, aber das ist normal. Die ist was Besseres, Chefsekretärin, ne.« Das »ne« gab Manuelas Tonfall etwas Einheimisches.

Viktor streckte den Kopf vor. »Lioba konnte die Klute nicht leiden.«

»Warum denn nicht?«, fragte Therese.

Er zuckte die Achseln und schwieg.

Manuela schaute ihn kurz an. »Ach, nur weil die Klute sie mal abgekanzelt hat, als sie was durcheinander gebracht hat«, sagte sie. »Das hat Lioba ihr übel genommen.«

»Mit Stieglitz hat Lioba auch Streit gehabt. Ist es da vielleicht um die gleiche Sache gegangen?« Therese richtete die Frage an Viktor, nicht Manuela.

»Kann sein.« Wieder ein Achselzucken.

Manuela wandte sich Viktor zu und schmuste mit ihm, doch er blieb so hölzern wie die Bank, auf der er saß. Manuela dagegen bewegte sich so sinnlich wie eine satte Katze. An ihr vorbei sah Viktor Therese direkt ins Gesicht.

Therese setzte sich auf. »Sie wissen doch sicher mehr über den Streit, Viktor. Lioba hat so viel Vertrauen zu Ihnen gehabt ...«

Er nickte.

»Wenn da was war, wird sicherlich auch Manuela wissen wollen, worum sie sich gestritten haben.«

Viktor kratzte mit dem Nagel Rillen in die Bank. »Ich sollte ihr nichts erzählen.«

Manuela hob den Kopf. »Was?«

Er schaute sie an. »Sie wollte selbst mit dir reden.«

»Das hat sie nicht.« Sie zuckte mit den Schultern. »Wir haben uns kaum noch gesehen, weil ich immer mit dir zusammen war. Und dann war sie tot …« Manuela schaute in die Rosen hinter Viktors Kopf.

Der nickte. »Das stimmt.«

»Aber sag schon …« Manuela rüttelte an seinem Arm. »Was hat sie dir erzählt? Was Schlimmes über den Chef?«

»Irgendwas mit dem Gemeindehaus. Stieglitz hat alle hintergangen, hat Lioba gesagt.« Viktor senkte den Kopf und murmelte nur noch. »Und dass sie mit Pater Anselm darüber gesprochen hat.«

Möglicherweise steckte Anselm mit Stieglitz unter einer Decke. Hatte er das Exorzismusritual benutzt – vielleicht sogar Vater Keller zur Tat angestiftet –, weil er eine Mitwisserin aus dem Weg räumen wollte? Seine finster blitzenden Augen unter der weißen Stirnlocke ließen Therese noch jetzt erschauern.

»Dem erzählt sie so etwas und mir nicht?« Manuela rückte ein Stück von Viktor ab, als wäre er Lioba. Er hob nur die Schultern.

Therese legte ihre Hand auf Manuelas Arm. »Sie hätte es dir bestimmt noch gesagt.«

Sie drehte sich zu Therese um. Ihre Wangen waren gerötet, sie biss nachdenklich auf ihre Unterlippe. »Ja, wahrscheinlich«, sagte sie dann. Kurz blickte sie in den Himmel, wo weiße Wattewölkchen schwebten. »Jedenfalls muss ich herausbekommen, was Lioba gemeint hat. Ich frage Frau Klute, die wird schon etwas wissen.«

Therese hatte ihre Zweifel, ob die Sekretärin Manuela etwas über die Betrügereien ihres Chefs erzählen würde – sofern sie überhaupt etwas davon wusste.

Viktor stand auf und zog Manuela mit sich. »Ich muss zurück zum Stand, ist gleich drei.«

Auf Thereses Armbanduhr war es erst halb. Aber egal. Viktor hatte bestätigt, dass Lioba von Betrügereien ihres Chefs gewusst hatte. Für seine Verhältnisse war das überaus redselig gewesen.

Manuela machte sich von ihm los und wandte sich zu Therese, wohl um sich zu verabschieden. Weil sie aber nichts sagte, wies Therese auf ihre Taille. »Schicker Gürtel. Macht eine tolle Figur.«

Sie bekam ein stolzes Lächeln zur Antwort. »Ja, ne? Der ist aus

Russland. Eine Freundin hat ihn selbst gemacht, den gibt es nur einmal, nur für mich.« Sie schob den orangen Gürtel zurecht, sodass die Schnalle wieder nach vorn zeigte. »Ich trag ihn fast immer.«

Viktor ging schon langsam die Treppen hinauf. »Ich hab ihm versprochen, dass ich mitkomme«, erklärte Manuela. »Bist du morgen im Schwimmbad?«

Therese nickte. »Lass ihn nicht warten.«

Manuela drehte sich um, winkte noch einmal und lief Viktor nach, der die Hände tief in den Hosentaschen vergraben hatte. Den Kopf hielt er immer noch gesenkt, als Manuela ihn erreichte und ihm den Arm um die Hüfte legte.

Was Verschlossenheit anging, besaß Viktor genug davon für zwei. Während sie den beiden nachsah, fragte sich Therese, welche Geheimnisse er wohl noch mit sich herumtrug, von denen weder sie noch Manuela etwas ahnten.

***

»Setz deine Brille auf und tu so, als ob du lesen und schreiben könntest«, hatte Therese gesagt. Uwe liebte ihren umwerfenden Charme. Also hatte er sich die Kontaktlinsen aus den Augen gefummelt und seine schwarz gerahmte alte Brille aufgesetzt. Sehen konnte er nicht viel; er musste aufpassen, dass er die Bücher nicht verkehrt herum hielt.

Die Buchhändlerin hinter der Kasse stutzte kein bisschen, als er nach Literatur über das Opus Dei fragte. Mit dem hochgeschlossenen weißen Stehkragenhemd sah er zweifellos aus wie ein spätberufener Priesterschüler. »Literatur über christliche Gesellschaften haben wir oben«, sagte sie und zeigte zur Treppe. »Das lange Regal rechts, ganz hinten. Steht ›Theologie‹ drüber.«

Ein weiterer Tipp Thereses war, dass er sich auch das übrige Angebot der oberen Etage ansehen solle. »Du wirst es lieben.« Thereses verschwörerischer Blick bei diesem Versprechen hatte ihn neugierig gemacht.

Uwe stieg die Treppe hinauf. Hinter einem schulterhohen Buchregal in der Mitte war ein Kopf zu sehen. Allerdings hätten sich hier noch mehr Kunden aufhalten können – so übersichtlich war die mit Pfeilern und Regalwänden unterteilte Etage nicht. Rechts neben der Treppe stand eine gläserne Vitrine voll glitzernder Kleinigkeiten, von denen er nur die Rückseiten sehen konnte. Ob auf der anderen Seite des Schaukastens jemand stand, konnte er nicht erkennen, weil die Scheiben das Licht von draußen reflektierten.

Er ging um die Vitrine herum und blieb mit offenem Mund stehen. Die Ecke war menschenleer, doch umso voller war die gesamte Ausstellungsfläche. An die erste Vitrine schloss sich übereck eine weitere an, jede mit fünf Einlegeböden voll Heiligenfiguren, Engeln, Kreuzskulpturen, Schmuckanhängern mit Kruzifixen und Marienmedaillons. An der Seitenwand hingen Weihwasserbehälter und Wandkreuze zu Dutzenden, viele davon so niedlich, dass er selbst sie sich ins Zimmer gehängt hätte. Deshalb also hatte Therese so ironisch gegrinst.

Uwe liebte Devotionalien. »Kitsch« sagte Therese nur, wenn sie vor seinem »Hausaltar« stand: Unter einer rotgoldenen Abbildung der chinesischen Schriftzeichen für Wohlstand und Glück standen auf einem schwarz lackierten Regal ein lächelnder Buddha, eine Jesusfigur mit segnender Hand, eine indische Göttin mit nackten Brüsten und eine Madonna im blauen Umhang friedlich beieinander. Ein paar heilkräftige Steine lagen dazwischen. Besonders stolz war Uwe auf die gläsernen Kreisel, die er in Venedigs ehemaligem Judengetto als »koscher« gekauft hatte. Die goldenen hebräischen Schriftzeichen darauf schickten bei jeder Umdrehung ein Gebet gen Himmel.

Ein hübsches Weihwassertöpfchen würde sich neben dem Regal gut machen – vielleicht das hier mit dem Regenbogen –, und einen Schutzengel könnte er ebenfalls gebrauchen, natürlich mit goldenen Flügeln.

Es konnte nie schaden, sich die überirdischen Mächte – so es sie denn gab – gewogen zu machen. Auf dem Regalbrett ganz oben stand sogar eine die Erleuchtung symbolisierende Menora. Vielleicht wäre der sechsarmige Kandelaber ein Mitbringsel für die im Dunkeln tappende Therese.

Er löste den Blick von den mit goldenen Sonnen und hübschen

Landschaften verzierten Kerzen im Regal. Stieglitz und dieser Pater Anselm wollten sich in der Buchhandlung treffen, um den sakralen Schmuck für das Gemeindehaus zu besorgen. Sie konnten jeden Moment auftauchen, Uwe sollte die Devotionalienecke besser räumen.

Links von der Treppe ging es mit Büchergestellen und Vitrinen weiter, geradeaus standen zwei Sessel neben drei Regalen mit der Aufschrift »Bibeln«. Weitere Buchreihen schlossen sich an, bezeichnet mit »Heilige & Namenspatrone«, »Gebet & Meditation«, »Gebet/Maria«, »Klöster/Pilgern«. Im größeren Gestell zwischen den beiden letzten standen Weinflaschen, Tüten, Gläser und Töpfchen. Die würde er später in Augenschein nehmen.

Von unten drangen Männerstimmen herauf. Uwe bewegte sich an den Buchreihen entlang zum Ende des Raums. »Seelsorge & Predigthilfen«, zweimal »Liturgie«, zweimal »Exegese«, »Ökumene«, »Kirchengeschichte«. Vor den beiden mit »Theologie A–Z« bezeichneten Regalen standen die Werke zu den »Weltreligionen«. Vor denen blieb Uwe stehen. Es sollte nicht aussehen, als hätte er sich in die letzte Ecke verkrochen. Wenn es bei den Devotionalien etwas zu belauschen geben sollte, konnte er an den Büchergestellen entlang ungesehen dorthin zurückschleichen.

Auf den Regalbrettern vor ihm ging es zu wie auf seinem Hausaltar – Hinduismus, Buddhismus, Judentum: alles da.

Schritte kamen die Treppe hinauf. Zuerst tauchte ein weißer Haarbusch auf, darunter ein rundes, rotes Gesicht. Dunkle Augen, schwarzes Hemd. So hatte Therese Pater Anselm beschrieben. Danach schütteres blondes Haar, randlose Brille – das war Stieglitz. Die beiden Männer redeten nicht miteinander, sondern verschwanden sofort hinter der Vitrine mit den katholischen Kostbarkeiten.

Uwe wanderte die Regalreihen entlang zurück. An ihrem Ende war ein tiefes Gestell, das etwas vor die Regale gebaut war, mit einer Ecke, hinter der er notfalls verschwinden konnte. Ein älterer Herr stand vor einer Bücherinsel in der Mitte und blätterte in Geburtsbüchern. Uwe schob sich weiter vor, stoppte jedoch, bevor die Nische mit den Devotionalien in Sicht kam. Die beiden Männer sprachen immer noch nicht. Wahrscheinlich nahm sie das üppige Angebot ebenso gefangen wie vorhin ihn selbst.

»Hm«, machte dann einer von ihnen. Der andere hatte ihn wohl mit einer Geste auf ein Ausstellungsstück aufmerksam gemacht. Das »hm« wiederholte sich, mal dunkler, mal heller, wurde zu »m-hm« und »ja« und »nein«. In Paderborn konnte man das ein lebhaftes Gespräch nennen.

Der ältere Mann hatte sich endlich für ein Buch entschieden und ging die Treppe hinab. Darauf hatten Stieglitz und der Pater wohl gewartet, denn beide räusperten sich. Uwe konnten sie nicht entdeckt haben, er stand außerhalb ihres Sichtfelds. Er griff nach einem mit Rosen bedruckten Buch aus dem Hochzeitsregal. »Einander Segen sein« stand in verschnörkelten Buchstaben auf dem hellrosa Einband.

»Also – wir nehmen dieses und dieses, alles zwanzigmal.« Gleichzeitig mit den Worten kamen Schritte auf Uwe zu. Mit dem Rosenbuch in der Hand huschte er um die Ecke. Nichts war mehr zu hören.

»Niemand da«, sagte nach einer Weile die Stimme von eben.

»Über die Sachen reden wir noch.« Das war der andere, er sprach mit tiefer, sonorer Stimme. »Das gefällt mir alles nicht.«

»Was gefällt Ihnen schon, Hochwürden.« Wieder die hellere Stimme. Das musste Stieglitz sein.

Die nächsten Worte verstand Uwe nicht. Die beiden hatten sich wohl wieder in die Nische zwischen den Vitrinen verzogen. Er schob sich aus seinem Versteck heraus und schlich zu seinem vorherigen Standort nahe der Devotionalienecke zurück. Zur Tarnung schlug er das Hochzeitsbuch auf, dessen Texte er mit der alten Brille kaum lesen konnte.

»Ich weiß nicht, was Sie mit Unregelmäßigkeiten meinen.« Das war wieder Stieglitz. »Das Gemeindehaus ist ordentlich abgerechnet worden.«

»Das ist es *nicht*.« Der Pater betonte das letzte Wort, doch seine Stimme klang gelassen.

»Woher wollen Sie das wissen?« Stieglitz' Tonlage war höher als sonst, wahrscheinlich vor Aufregung.

»Nun, das will ich Ihnen erzählen. Es war nämlich die arme Lioba, die mich auf Ihren Betrug hingewiesen hat. Sie hat nicht alles offen gesagt, aber ich konnte es mir schließlich zusammenreimen.«

Der Pater redete langsam und in ruhigem Tonfall. »In der Woche vor ihrem Tod ist sie in mein Büro gekommen und hat mich gebeten, mir die Rechnungen Ihrer Firma zu zeigen. Angeblich sei darin ein Fehler, den sie im Büro nicht finden könne. Sie hat den Ordner durchgeblättert, und ich hatte den Eindruck, dass sie immer nur auf die Kontenangabe unten geguckt hat. Bei der ersten Rechnung hat sie sich erschrocken – verstellen konnte sie sich noch nie –, und bei den anderen hat sie nur noch genickt. Da ist doch was faul, hab ich mir gedacht, und mal die Kontonummer mit denen auf Ihren Firmenpapieren verglichen. Und siehe da: Die auf den Rechnungen war nicht darunter.«

»Es passiert schon mal, dass wir neue Konten eröffnen«, sagte Stieglitz.

»Kann ja sein. Aber nach Liobas merkwürdigem Verhalten kommt es mir eher so vor, als ob Sie das Geld in die eigene Tasche gesteckt hätten. Auf Firmenkonten ist es ja wohl nicht gelandet, denn dann hätte Lioba nicht danach gesucht. Aber das Material und die Leute mussten schließlich bezahlt werden. Doch wenn nicht? Wenn beides für Sie kostenlos wäre? Erst da ist mir aufgefallen, dass auf den Lieferscheinen und Stundenzetteln nie der Name der Baustelle auftauchte.«

Fast hätte Uwe applaudiert, so beeindruckt war er. Wenn Pater Anselm seinen Priesterjob verlor, konnte er auf Detektiv umschulen.

Stieglitz räusperte sich. »Den hat Frau Klute nachgetragen.« Füße scharrten über den Boden, kamen jedoch nicht näher.

»Ja, aber einen anderen als ›Gemeindehaus‹. Ich hatte mich sowieso schon gewundert, warum Material immer mit den Stieglitz-Lkws kam und nie direkt vom Lieferanten. Die Fahrer sind immer von verschiedenen Baustellen gekommen. Und zwar von den großen, wo es auf das bisschen, was bei uns verbaut wurde, gar nicht ankommt. Sie, Herr Stieglitz, haben also alles den anderen Bauherren in Rechnung gestellt und uns noch einmal. Uns – das heißt, allen Gemeindemitgliedern zusammen. Ich muss Ihnen ja nicht erzählen, wie hart die Leute für das Haus gearbeitet haben.«

»Das ist doch alles dummes Zeug, Hochwürden. Das Material ist auf die anderen Baustellen geliefert worden, weil sich bei den kleinen Mengen die Anfahrt zum Gemeindehaus nicht lohnte.«

Stieglitz bemühte sich um einen gelangweilten Tonfall, doch dazu war seine Stimme zu brüchig.

»Dann wäre Lioba über den Rechnungen nicht so erschrocken, Herr Stieglitz.« Für eine Weile war es ganz still bei den Devotionalien. »Aber wir müssen uns nicht darüber streiten«, sagte der Pater dann. »Es ist ganz einfach. Sie zahlen mir – uns – das Geld zurück, oder ich werde zur Polizei gehen und Sie anzeigen. Das bin ich den Gemeindemitgliedern und besonders der armen Lioba schuldig.«

Stieglitz zischte etwas, von dem Uwe nur das Wort »Erpressung« verstand. Der Pater sagte nichts. Wieder waren Schritte zu hören. Die beiden schienen umeinander herum zu gehen.

»Die Gemeinde hat den Bau erheblich billiger gekriegt, das muss reichen.« Uwe konnte Stieglitz jetzt besser hören, wahrscheinlich stand er mit dem Gesicht zu ihm. »Sie kriegen den Hals nicht voll, Hochwürden, das ist das Problem.« Seine Stimme war ärgerlich, aber leise. »Warum mussten denn die Leute so viel für das Gemeindehaus arbeiten? Weil es Ihnen gar nicht groß genug sein konnte, nur deshalb. Dabei laufen Ihnen die jungen Leute weg – überlegen Sie mal, woran das liegt.«

Uwe starrte auf den rosigen Kitsch vor ihm im Regal. An zu großen Gemeindehäusern lag es bestimmt nicht, wenn den Kirchen der Nachwuchs fehlte.

»Und mich werden Sie in Zukunft auch nur noch von hinten zu sehen kriegen«, sagte Stieglitz noch, »mich und meine spendenfreudige Hand und außerdem meine Parteifreunde, die Ihre Zuschussanträge sicher nicht mehr so wohlwollend wie bisher prüfen werden.«

»Wir werden sehen, was Ihre Parteifreunde sagen, wenn sie hören, dass Sie Ihre Brüder und Schwestern in Christus betrogen haben.«

»Niemand wird Ihnen glauben, Hochwürden, und wenn doch, werde ich herumerzählen, dass Sie Ihren Anteil abbekommen haben.« Stieglitz' Lachen klang hässlich. »Vielleicht sollte ich sogar selbst der Polizei einen Tipp geben. Man weiß dort bestimmt nicht, wie eng Ihr Verhältnis zur Familie Keller war und dass höchstwahrscheinlich Sie beim Exorzieren der armen Lioba mitgewirkt haben.«

Der Pater gab ein bellendes Lachen von sich. »Umgekehrt wird ein Schuh daraus, lieber Herr Stieglitz, umgekehrt. Ihnen scheint nicht klar zu sein, dass Sie in den Augen der Polizei ein wunderbares Motiv für den Mord haben, wenn Lioba Ihre Unterschlagungen aufgedeckt hat. Zumal das bestimmt nicht das Einzige ist, was in Ihrer Firma faul ist. Lioba wird Sie mit ihrem Verdacht konfrontiert haben, und Sie haben das arme Mädchen getötet.«

»Dann sollten Sie jetzt ebenfalls Angst um Ihr Leben haben, Hochwürden.«

Stille. Hoffentlich griff Stieglitz den Pater nicht an, denn dann würde Uwe ihm helfen müssen. Doch nichts war zu hören. Er schmunzelte bei der Vorstellung, wie die beiden Kontrahenten voreinander standen wie zwei kampfbereite Stiere.

Da kam plötzlich ein heiseres Lachen aus der Nische. »Ach, kommen Sie, Hochwürden. Wir sollten uns doch nicht streiten wie kleine Kinder. Setzen wir uns lieber zusammen und reden vernünftig über die Angelegenheit.« Die zögernden Schritte nach diesen Worten ließen Uwe sofort wieder in sein Versteck huschen.

Die Schritte kamen näher. Uwe drückte sich eng an die Regalwand und presste das Rosenbuch an seinen Bauch. Ein Sichtschutz war das nicht. Nicht einmal dunkel war es in seinem Versteck, das Regal wurde vom Fenster her gut beleuchtet. Doch die beiden Männer gingen vorbei, ohne in seine Richtung zu blicken. Stieglitz hatte den Arm um den Rücken des Paters gelegt. Uwe holte tief Luft und ließ das Buch sinken.

Sie steuerten auf die Sitzecke vor den raumhohen Fenstern zu. Von dort aus würden sie Uwe in seiner Ecke hinter dem Regal sofort entdecken. Mit großen Schritten, aber auf leichten Sohlen schlich er über den Gang und verbarg sich hinter einem deckenhohen Regalkubus. Gut, dass er seine Segeltuchschuhe trug.

In den Fächern vor ihm standen und lagen großformatige Bildbände, unter denen das Rosenbuch, das er endlich aus der Hand legte, gar nicht auffiel. »Religiöse Kunst« stand auf dem Schild am Regal. Uwe wäre gern stehen geblieben, um ein wenig in den Werken zu blättern, doch von hier aus konnte er Stieglitz und Anselm nicht hören.

Der nächste Pfeiler war näher an der Sitzecke. Auf Zehenspitzen rückte Uwe dahinter. Auf einer Pappwand vor ihm waren Abbildungen von Postern abgedruckt, die zusammengerollt in der Kiste darunter auf Käufer warteten. Stieglitz und Anselm rückten die Sessel auf dem Holzboden zurecht, Leder quietschte.

»Du bist du.« Das las Uwe sogar mehrfach auf den Bildchen vor sich. Auf anderen stand »Zeit zum Leben« und Ähnliches. Das Wort »Gott« tauchte ebenfalls auf, doch das Kleingedruckte konnte er nicht lesen. Auf jedem Poster gab es Entspannendes zu sehen – Sonnenuntergänge, idyllische Gärten, ein Liegestuhl am Strand.

Hinter der Säule war ein Räuspern zu vernehmen. »Ja ... wie gesagt ...« Stieglitz brauchte wohl noch Zeit zum Überlegen.

»Machen Sie mir ein Angebot, und ich sehe davon ab, die Polizei zu benachrichtigen.« Anselm sprach mit harter, aber gedämpfter Stimme.

»Das vorweg, lieber Pater«, erwiderte Stieglitz. »Es ist nicht Ihre unverschämte Erpressung, die mich einlenken lässt. Meine Weste ist rein. Nur weil ich verhindern will, dass Sie mit Ihren Unterstellungen meinen Ruf ruinieren, bin ich bereit, die Gemeinde weiterhin zu unterstützen. Ich werde also dafür sorgen, dass die Kapelle einen Anbau bekommt; am Donnerstag war es eng genug bei der Andacht.«

»Ich will Geld sehen.«

Beinahe musste Uwe laut lachen. Der fromme Pater wusste, worauf es ankam.

»Damit wir uns einen anderen Bauunternehmer suchen können«, fuhr er auch gleich fort. »Denn Sie, Herr Stieglitz, werden unsere Kapelle wieder mit gestohlenem Material ausbauen.« Er lachte leise. »So viel Weihrauch gibt es gar nicht, um die Dämonen aus den Wänden zu vertreiben.«

»Dass ich zahle, kommt überhaupt nicht in Frage.«

»Dann lassen wir es auf einen Prozess ankommen.«

»Ihr Geld retten Sie damit nicht, das bekommen dann andere.«

»Sie werden viel mehr verlieren, Herr Stieglitz.«

Eine Weile lang war es still. »Also gut.« Stieglitz räusperte sich. »Ich spende der Gemeinde zweihunderttausend Euro, unter der Bedingung, dass niemand den Grund für die Zuwendung erfährt.«

»So billig kommen Sie nicht davon. Sie haben doch mindestens eine Million an dem Gemeindehaus verdient. Sie werden mir die Hälfte zurückzahlen, sonst gehe ich an die Öffentlichkeit.«

»Ich überleg es mir.« Ein Sessel knatschte jäh, als hätte sich jemand heftig gegen die Rückenlehne geworfen.

»Bis Sonntag haben Sie Zeit. Nach der Messe will ich Ihre Antwort hören, sonst rufe ich Montag früh bei der Kripo an.« Der Ton des Paters war energisch. »Und falls Sie mich beiseiteschaffen wollen wie die arme Lioba, seien Sie gewarnt: Ich habe alles, was ich Ihnen gesagt habe, in einem versiegelten Brief niedergelegt, der nach meinem Tod zu öffnen ist. Sie kommen nicht davon, da können Sie sicher sein.«

»Ich habe mit dem Mord an dem Mädchen nichts zu tun, wie oft muss ich das denn noch sagen? Wenn ich spende, dann deshalb, weil ich ein guter Katholik bin und mir unsere Gemeinde am Herzen liegt.«

Uwe hinter seinem Pfeiler musste grinsen. Das konnte Stieglitz seiner Großmutter erzählen.

Niemand sagte etwas. Viel mehr würde Uwe hier nicht erfahren. Besser er sah zu, dass er hier wegkam, bevor die beiden ihn doch noch entdeckten. Links neben dem Posterständer war ein niedriger Tisch aufgebaut, dahinter stand in einem Kübel eine kleine Zypresse. Ungesehen kam er daran nur auf dem Boden vorbei. Auf dem Tisch wies ein Wegweiser mit einer Muschel und der Aufschrift »Santiago de Compostela 800 km« nach rechts, ausgestellt waren Reiseführer und Bildbände über den Jakobsweg.

Uwe kam sich vor wie auf dem langen Rückweg von der Pilgerreise, als er auf allen vieren entgegen dem Wegweiser kroch. In der Sitzecke quietschten die Sessel; die Männer standen auf. Uwe schaffte es an einem niedrigen Schrank vorbei und richtete sich erst vor dem Regal mit den Flaschen auf. Wahllos griff er zu und studierte die Aufschrift.

Jenseits der Pfeiler gingen die beiden Männer an ihm vorbei. An der Treppe drehte sich Stieglitz um, über die Büchergestelle hinweg fiel sein Blick auf Uwe. Stieglitz runzelte die Stirn, doch dann ging er weiter. Er nahm wohl an, dass Uwe eben erst die Etage betreten hätte.

In der Flasche in Uwes Hand war Vollbier aus klösterlicher

Herstellung. Er stellte sie ins Regal zurück. Wein, feiner Essig, Kekse, von denen er gleich eine Tüte nahm … alles war mit vertrauenerweckenden Mönchen oder Klosterfrauen verziert. Eine Flasche Weißwein musste ebenfalls mit und dazu aus dem Regalkubus der Bildband über die Kunst des Islam. Auf die Devotionalien warf er auf dem Weg zur Treppe nur einen bedauernden Blick. Die Auswahl würde ihm schwerfallen, dafür war jetzt keine Zeit. An seinem Stand wartete Therese auf die sensationellen Neuigkeiten aus dem Land der Engel und Heiligen.

An der Kasse traf er auf Stieglitz und Pater Anselm, die über einem Katalog die Köpfe zusammensteckten. Uwe war ein ganz normaler Kunde, der sich neben sie stellte und seine Waren bezahlte. Niemand sah ihm nach, als er hinausging, getrieben von einem Kribbeln im Rücken, das er für den Rest des Tages nicht mehr loswurde.

ACHT

»Müssen wir nicht geradeaus?«

Tobias fuhr nicht weiter hinein nach Mastbruch, sondern bog an der Ampel rechts ab. Mit einem Blick in den Seitenspiegel fädelte er sich in den Verkehr auf der B 1 ein. »Ich weiß was Besseres als den Habichtsee.« Von der Seite her lächelte er Renate an. »Hab ich neulich entdeckt. Ein gemütlicher kleiner Sennesee und nicht so überlaufen.«

Renate wurde es heiß trotz des kühlen Fahrtwinds. Ging es Tobias wirklich nur um die Gemütlichkeit? Sie sah sich schon auf einer Decke mit ihm an einem menschenleeren Seeufer liegen.

»Da sind aber immer Leute, keine Angst.« Er verzog den Mund zu einem Grinsen, das Renate ironisch vorkam.

»Warum Angst?« Sie lehnte sich in die Polsterung des Beifahrersitzes zurück. »Bist du der böse Wolf?«

Tobias legte den rechten Arm um sie und zog sie an sich. Die Linke blieb am Lenkrad. »Ich tue nichts, was du nicht willst«, sagte er leise. Renate konnte sich einiges vorstellen, das sie mit ihm tun wollte ...

Sie machte sich los. »Zuerst mal will ich heil ankommen. Du solltest nach vorn schauen.«

»Nichts lieber als das.« Doch statt auf die Straße zu sehen, lächelte er Renate an. »Weißt du, dass ich mich seit Mittwoch auf diesen Nachmittag mit dir freue? Wenn ich glauben würde, dass es hilft, wäre ich sogar in den Dom gelaufen und hätte um gutes Wetter gebetet.«

Renate musste lachen. »Du bist wirklich ein großer Schäkerer vor dem Herrn ...«

»Heißt das so in Paderborn?« Seine Augen blitzten.

Am nächsten Abzweig verließen sie die Bundesstraße und fuhren auf schmalen Straßen weiter. Renate kannte die Gegend nicht. Zuletzt ging es ein Stück durch den Wald, dann hielt Tobias das rote Cabrio auf einem unbefestigten Parkplatz an. Aus dem Kofferraum holte er eine zusammengerollte Decke und einen Picknickkorb, Renate nahm ihren Rucksack. Ein paar Meter entfernt parkte ein Van mit zwei Kindersitzen. Ganz einsam war es hier auch nicht.

»Wir müssen ein Stück durch den Wald«, sagte Tobias.

Renate folgte ihm auf dem engen Trampelpfad. Bald musste sie die flachen Sandalen ausziehen, weil sie voller Sand waren. Tobias trug Laufschuhe, die langen Waden darüber waren nackt und braun gebrannt. Er bewegte sich zielstrebig vorwärts. Renate dagegen musste Kiefernzapfen und kleinen Ästen ausweichen und konnte nur hoffen, dass sich im Sand keine Scherben verbargen. Wieder war sie die Fußlahme, während Tobias leichtfüßig einherschritt. Der Picknickkorb schien leer zu sein, so locker trug er ihn in der Hand.

Der böse Wolf lockte das gute Rotkäppchen immer tiefer in den Wald hinein. Auch im Märchen war das Rotkäppchen freiwillig mit dem Wolf gegangen, und er hatte es so zärtlich verschlungen, dass es heil und unversehrt aus dem Abenteuer hervorgegangen war. Aber Tobias war keiner, der gewalttätig wurde. Es waren seine Zärtlichkeiten, vor denen sie sich fürchten sollte.

Und wenn sie ihnen nachgab? Nachdem alles geklärt war? Renate starrte auf den Rücken des sportlichen Mannes vor ihr. Was tat sie hier eigentlich? Sie rechtfertigte einen Seitensprung, den sie gar nicht begehen wollte.

Von vorn hörte sie Kinderstimmen, weit konnte es nicht mehr sein. Durch die Bäume glitzerte Wasser. Der Teich war klein, Bäume und Gebüsch spiegelten sich darin. Auf dem schmalen Sandstreifen ging Tobias nach rechts, wo sie an einem umgestürzten Baumriesen vorbeikamen, dessen Krone im Wasser lag. Unter einer großen Birke machten sie halt, Tobias stellte den Korb in den Schatten und breitete die Decke aus. In einiger Entfernung planschten Kinder am Ufer herum, die Eltern lagen in der Sonne. Außer der einen Familie war niemand hier.

Tobias nahm Renate den Rucksack ab. »Hier ist es schön, nicht wahr?«, fragte er und lächelte sie an.

»Ja.« Schön, aber einsam.

Er zog die Schuhe aus, streifte die Hose ab, steckte die Brille in die Tasche und zog das weiße Hemd über den Kopf. Die schwarzen Badeshorts bedeckten den halben Oberschenkel. Tobias' Körper hätte sich in jedem Bademodenkatalog gut gemacht.

Renate legte ebenfalls Rock und Bluse ab. Mit Bedacht hatte sie nicht den knappen roten Bikini angezogen, sondern einen braven blauen mit weißen Punkten. Tobias achtete ohnehin nicht darauf. Sein Blick auf ihren Körper wirkte wie zwei Hände, die sich sachte unter den Stoff schoben.

Sie drehte sich um. »Ich muss ins Wasser.« Tobias kam ihr nach.

Das Wasser war klar, man konnte bis auf den Grund sehen. Am Habichtsee hätten die vielen Füße der Badenden Mengen von Sand aufgewirbelt. Zur Mitte des Sees hin wurde es kühler, bestimmt war er dort sehr tief. Tobias schwamm ruhig neben ihr. Die nassen blonden Haare legten sich über seine Ohren.

Hinter den Bäumen am anderen Ufer waren Gebäude zu sehen. »Da drüben ist eine Baustelle unserer Firma«, sagte Tobias und wies mit dem Kopf darauf. »So hab ich den See entdeckt.«

Das musste das Gemeindegelände sein. »Du bist also auch Naturforscher?«, erwiderte Renate und merkte gleich, das war das falsche Stichwort – sie hatte Tobias doch ausfragen und nicht mit ihm flirten wollen …

Bevor sie sich umdrehen konnte, schwamm er auf sie zu und umfasste ihre Arme. »Wenn die Natur so schön ist wie hier«, sagte er und zog sie an sich. Sein kühler Körper drängte sich an ihren, der ihr mit einem Mal erhitzt vorkam wie nach einem Sonnenbad.

Schnell tauchte Renate unter und entwand sich seinem Griff. Kraulend schwamm sie zum Ufer zurück, gejagt von Tobias, der aber nur ihre Füße zu fassen bekam. Sie zog sie gleich zurück. Der Teich erschien ihr wie unter Strom gesetzt, dennoch hatte sie eine Gänsehaut, als sie herauskam. Sie holte ihr Handtuch aus dem Rucksack und rubbelte sich ab. Tobias legte sich nass auf die Decke und sah zu ihr hoch.

»Was wird denn da drüben gebaut?«, fragte sie im Stehen. »Ich hätte gedacht, hier ist absolutes Niemandsland.«

Das Lächeln verschwand, und er setzte sich auf. »Musst du mich an die Arbeit erinnern?« Er öffnete den Picknickkorb. Obenauf lag ein schwarzes Handtuch, das er sich um den Nacken legte. Aus dem Korb nahm er eine Flasche. »Wir müssen den Prosecco trinken, ewig halten die Kühlakkus nicht.«

Dagegen hatte Renate nichts. Tobias packte ein paar Schälchen mit eingelegtem Schafskäse und Oliven aus, in einer Serviette eingeschlagen lag frisches Weißbrot. Zwei Glasbecher fanden sich ebenfalls im Korb. Tobias füllte sie und gab eins Renate. Sein Lächeln war zurückgekehrt. »Wir müssen leider mit den Fingern essen.«

Mit verschränkten Beinen saßen sie auf der Decke. Tobias schaute ihr mehr beim Essen zu, als dass er selbst aß.

»Und wer baut nun da in der Wildnis?« Mit dem Daumen zeigte sie zum gegenüberliegenden Ufer.

Tobias Augen verloren ihr Leuchten, aber er behielt die ihren im Blick. »Das ist diese Christengemeinde, in der auch Stieglitz ist. Wir haben denen ein Gemeindehaus gebaut, eins von unseren kleineren Objekten.«

»Ach ja, darüber habt ihr euch doch am Mittwoch gestritten, du und dein Chef, nicht?«

Tobias stutzte. »Das hast du mitbekommen?«

Renate zuckte mit den Schultern.

Er blickte finster zu dem umgestürzten Baum hinüber. »Stieglitz wirft mir immer meine Pläne durcheinander.«

»Darum schien es mir aber nicht zu gehen.«

Der Blick, den Tobias ihr zuwarf, war mehr als fragend. War es in der Firma aufgefallen, dass sie bereits bei ihrem Besuch am Morgen heimliches Interesse am Gemeindehaus gezeigt hatte?

»Was hast du denn gehört?«, fragte er.

Renate nahm ein Stück Brot in die Hand und bemühte sich um eine harmlose Miene. »Ihr habt schon zu viel in die Baustelle gesteckt, hast du gesagt. Es schien dir nicht zu passen ...«

»Das stimmt.«

»Was hast du denn damit gemeint?«

»Nichts Besonderes. Stieglitz spielt sich immer gern als Wohltäter auf.«

»Hat er das Gemeindehaus denn umsonst gebaut?«

»Na ja.« Mit dem Finger fuhr Tobias das karierte Muster der Decke nach. Er mochte ihr allerlei vorspielen, aber direkt ins Gesicht lügen konnte er ihr offenbar nicht.

»Das kann dir doch egal sein. Ist sein Geld«, sagte Renate.

Tobias schob sein Kinn vor wie ein römischer Feldherr auf einer antiken Münze. »Sag mal, Renate, kann es sein, dass du mich über Stieglitz aushorchen willst?« Mit kühlen blauen Augen sah er sie an. »Bist du etwa immer im Dienst?«

Verstohlen atmete Renate auf: Den wirklichen Grund für ihr Detektivspiel hatte er nicht durchschaut. Er glaubte anscheinend, sie sammelte Informationen darüber, dass Stieglitz seine Lohnkosten niedrig hielt, indem er die Transfermittel der Agentur zur Wiedereingliederung von Arbeitslosen voll ausschöpfte. Aber dass sie ihre Erkenntnisse ihrem Dienstherrn weitergab, sollte Tobias' kleinste Sorge sein.

»Nein, mit der Agentur hat das nichts zu tun«, antwortete sie. »Ich bin ganz privat neugierig, ehrlich. Man hört ja so manches über Stieglitz, Schwarzarbeit, Bestechung und so. Die Arbeitsagentur ist eben auch eine Gerüchteküche.« Sie legte den Kopf etwas schräg. »Dazu deine Bemerkung zum Gemeindehaus ...«

Die Stirn gerunzelt hatte Tobias ihr zugehört, doch jetzt entspannte er sein Gesicht. »Gib mir dein großes Indianerehrenwort, dass du deinem Chef nichts weitererzählst.«

Renate streckte zwei Finger in die Höhe. Falls Therese und sie Stieglitz wirklich etwas nachweisen könnten, würde ihr Chef alles erst aus der Zeitung erfahren.

»Obwohl es auch schon egal ist.« Tobias füllte ihre Gläser auf. »Ich bin sowieso fertig mit dem. Irgendwann fliegt Stieglitz auf, und dann will ich weg sein.« Er hob sein Glas und stieß mit ihr an. »Auf Dubai – da will ich nämlich als Nächstes hin.« Seine Augen strahlten schon wieder.

Renate lachte, obwohl sie ahnte, dass Tobias seinen Dubai-Traum so schnell nicht würde verwirklichen können. Denn für einen rechtzeitigen Ausstieg war es zu spät – Montag wollte Brinkmöller die Betriebsprüfung veranlassen.

Tobias schaute auf den Strand, wo der umgestürzte Baum den Weg versperrte. »Du weißt ohnehin schon das meiste, da kann ich dir auch den Rest erzählen. Stieglitz ist das totale Arschloch. Zum Beispiel das Gemeindehaus: Er sponsert es ja nicht selbst, sondern holt Material und Leute von anderen Baustellen zusammen. Das rechnet er natürlich ab, und ich muss dann sehen, wie ich mit weniger Material als geplant auskomme.«

Renate nickte. Stieglitz kassierte sogar doppelt, aber das schien Tobias nicht zu wissen.

»Und außerdem müsst ihr die Leute schlechter bezahlen.«

Tobias schob seine Augenbrauen in die Höhe. »Hast du die Polen am Rotheweg gesehen?«

»Ja.« Sie ließ ihre Miene ein wenig schuldbewusst erscheinen. Wie skrupellos sie auf der Baustelle sein Gespräch mit den Schwarzarbeitern belauscht hatte, brauchte er nicht zu wissen. »Es war so auffällig, wie schnell du zu ihnen gelaufen bist.«

»An dir ist eine Detektivin verloren gegangen.« Tobias' Lachen hörte sich ziemlich gezwungen an. »Das Blöde ist, dass ich überall mit drinstecke. Stieglitz kann das ja nicht allein durchziehen, und er ködert seine Leute mit allerlei Sonderzahlungen. Anfangs fand ich das ja gut und hab mir den Z 4 gekauft. Aber Stieglitz übertreibt es. Er meint, ihm kann keiner. Wenn er auffliegt, wird er sowieso alles seinen Bauleitern in die Schuhe schieben.«

»Dann hilft es dir aber nicht, wenn du vorher das Weite suchst.«

»Nein. Aber ich hab vorgesorgt, alles aufgeschrieben und Belege kopiert.« Sein Lachen klang bitter. »So was lernt man schnell auf Baustellen. Geschoben wird überall …«

»Du solltest an eine Selbstanzeige denken. Wenn du dich kooperativ zeigst, kommst du vielleicht mit einem Bußgeld davon. So läuft das bei uns im Amt auch immer.«

Tobias nickte. »Hab ich auch schon dran gedacht.«

Renate fühlte, wie die Spannung von ihr wich, die sie bis jetzt gar nicht bewusst wahrgenommen hatte. Was Tobias ihr gestanden hatte, waren eher lässliche Sünden. Falls Lioba sie aufgedeckt hatte, gäbe ihm das kein Motiv für einen Mord. Der Einzige, der Lioba hätte fürchten müssen, war Stieglitz …

»Diese Angestellte, die bei euch zu Tode gekommen ist – hatte die nicht auch etwas mit der Christengemeinde zu tun?«

»Nein«, rief Tobias, »jetzt kommst du auch noch damit. Weißt du, dass mir ganz heiß wird unter deinem inquisitorischen Blick?« Er sprang auf. »Ich muss mich abkühlen.« Mit einem Schritt war er auf Renates Seite der Decke. »Und dich am besten gleich mit.« Ehe sichs Renate versah, hob er sie ohne Mühe hoch und trug sie ins Wasser.

Das Ufer, wo eben noch die Kinder gespielt hatten, war leer. Renate hatte nicht bemerkt, dass die Familie zusammengepackt hatte und gegangen war. Sie war mit Tobias allein, der sie mit übermütigem Lachen in den Senneteich warf. Prustend kam sie hoch, warf sich in die Fluten und kraulte davon.

***

Gebhard polierte die Zaubersteine in den Auslagekästen und arrangierte sie neu. Er war ein Freund von Uwe, doch mit Therese sprach er kein Wort. Es passte ihm offenbar nicht, dass sie Uwe schon wieder eingespannt hatte und jetzt hinter dem Stand herumsaß, um auf ihn zu warten. Nicht mal einen Kaffee hatte er ihr angeboten.

Wieder zogen bewimpelte Jugendgruppen an Therese vorbei, auf dem Weg zum Kleinen Domplatz, wo die katholischen Verbände für Spaß, Spiel und Essen sorgten.

Unter der gelben Markise gegenüber stand Manuela schon wieder bei Viktor. Therese winkte ihnen zu, wollte aber die Zweisamkeit nicht stören. Stattdessen saß sie hier mit dem langweiligen Gebhard, wartete auf Uwes Neuigkeiten und starrte auf Manuelas Gürtel, der aus dem Schatten des Autopolierstandes hervorleuchtete.

Endlich drängte sich Uwe durch die Menge der Pottmarktbesucher. Er hatte immer noch die schwarze Brille auf der Nase, mit der er kaum etwas sehen konnte. Sein Gang war so eilig, dass er gegen den Verkaufstisch stolperte und Gebhards Ordnung zerstörte.

Doch Uwe beachtete dessen missmutiges Gesicht nicht und legte den Arm um seine Schultern. »Ich brauche sofort jemand zum Heiraten«, rief er. Den anderen Arm schwenkte er durch die Luft. »Therese, du glaubst nicht, was es in der Bonifac für süße Sachen gibt! Alles mit Rosen und Herzchen und die Braut immer in Weiß …« Er drückte Gebhard einen Kuss auf die Lippen.

Sofort erhellte sich dessen grantige Miene. Wenn Uwe sich aus dem leichtfertigen Heiratsantrag nicht herausreden konnte, gab es demnächst eine Schwulenhochzeit zu feiern.

»Schön«, sagte Therese, die Uwes Überschwang nicht teilen mochte. »Und was gab's sonst?«

»Och, nur 'ne Flasche Wein und 'n Buch.« Uwe zwinkerte ihr zu und drehte sich eine Zigarette.

»Komiker. Waren sie da?«

»Klar.«

»Haben sie geredet? Nun sag schon.«

»Doch, sie haben auch geredet. Es war nicht uninteressant.« Er zündete die Zigarette an.

»Mann!«

Uwe grinste und schaute sich nach Gebhard um, der am anderen Ende des Tischs wieder die Steine ordnete. Dann erzählte er endlich, was er in der Buchhandlung erfahren hatte.

Therese hob einen Rosenquarz auf, der bei Uwes stürmischer Annäherung vom Tisch gefallen war, und drehte ihn zwischen den Fingern. Einen Beweis für Stieglitz' Beteiligung an Liobas Tod hatte ihnen die Beschattung nicht geliefert, doch eine Frage war immerhin gelöst. »Anselm hat also nicht bei dem Betrug mitgemacht, weshalb er auch keine Mitwisserin beseitigen musste.«

Uwe nickte.

Sie besah den Zauberstein von allen Seiten. »Aber er könnte trotzdem mitgewirkt haben, falls Lioba wirklich einem Exorzismus zum Opfer gefallen sein sollte.«

Uwe schüttelte den Kopf. »So kam er mir eigentlich nicht vor. Über die Dämonen in der Kapellenwand hat er sich eher lustig gemacht.«

»Jedenfalls trauen sich beide gegenseitig einen Mord zu.«

»Wenn das nicht nur so dahingesagt war.« Uwe drückte seine Zigarette aus. »Sie haben sich gegenseitig erpresst, da gehört ein bisschen Druck dazu.«

»Stimmt auch wieder.« Sie legte den Stein beiseite.

»Ich setze sowieso eher auf die Russenweiber«, sagte Uwe. »Die eine mit dem Fischmesser – der traue ich alles zu.« Ein Schauder durchlief ihn. »Das ist bestimmt so 'ne Affenliebe zwischen ihr und diesem prüden Kerl.« Er wies mit dem Kopf zu Viktor hinüber, der wieder am Mini herumpolierte.

Gebhard kam auf die Seite des Verkaufsstands, wo Uwe und

Therese saßen. Ohne ein Wort zu sagen nahm er den rosa Stein vom Tisch und sortierte ihn im Fach mit den Rosenquarzen ein.

In Thereses Galerie der Verdächtigen herrschte weniger Ordnung. »Oder Viktor selbst«, sagte sie, obwohl ihr noch nicht klar war, welchen Platz er in ihrer Verdächtigenliste einnahm.

»Der doch nicht.«

Sie schauten beide hinüber zum Autopolierstand, wo sich Manuela und Viktor eng aneinandergepresst im Schatten küssten.

***

Atemlos vom Schwimmen kreuz und quer durch den Teich stolperte Renate über den Sand und warf sich auf die Decke. Tobias hatte sie ein paarmal zu fassen gekriegt und versucht, sie festzuhalten, doch sie war ihm immer entkommen. Jetzt platschte er durchs seichte Wasser und kam gebückt auf sie zu. Geradezu unheildrohend wirkten die über seinen blitzenden Augen zusammengezogenen Augenbrauen. Statt auf seine Seite der Decke legte er sich auf den schmalen Streifen neben Renate, schob den Arm unter ihren Nacken und küsste sie zärtlich auf den Mund.

Sie drehte den Kopf weg, und gleich ließ er sie los. »Das hab ich mir wohl verdient dafür, dass ich dir jede Menge Kalorien abgejagt habe.« Er lachte. »Womit ich keinesfalls sagen will, dass du das nötig hättest.« Seine blauen Augen kamen näher und wirkten gefährlicher denn je. »Aber wenn du mehr willst …«

Renate drehte sich auf die Seite und stützte den Kopf in die Hand. Tobias legte sich auf den Rücken. Durch die Blätter der Birke fielen tanzende Sonnenflecken auf seinen braunen Körper. Das krause Haar auf seiner Brust leuchtete golden. Er strich sacht über ihre Taille. Sie nahm die Hand weg und legte sie neben ihn.

»Ich weiß schon.« Tobias seufzte. »Du bist neugierig, ich bin abgekühlt, und jetzt ist Lioba Keller an der Reihe. Ich komme mir vor wie bei einem Polizeiverhör. Willst du etwa wissen, wo ich war, als sie starb?«

»Das hat mir Stieglitz schon erzählt, weißt du noch?«

Tobias setzte sich auf. »Sag nicht, du warst *deshalb* im Biergarten?«

»Doch. Hauptsächlich …«

Sein Kinn senkte sich, die Augenbrauen schoben sich in die Höhe. Obwohl sie wusste, dass seine Enttäuschung größtenteils gespielt war, rührte sie sein langes Gesicht. Sie nahm seine Hand. »Sei nicht böse, Tobias. Wir wussten ja nicht, ob wir dir trauen konnten.«

»Wir?« Er zog die Hand weg.

»Therese Urban und ich.«

»Ach nein.« Tobias lachte. »Die Lehrerin. Noch so eine, die ganz harmlos tut. Und was wollt ihr wissen?«

»Du hast Therese nicht die Wahrheit gesagt, als sie nach dem Grund von Stieglitz' Auseinandersetzung mit Lioba gefragt hat. Es ging bei dem Streit nicht darum, dass Stieglitz Lioba anbaggern wollte.«

Tobias überlegte kurz. »Stimmt, es gab einen anderen Grund. Zu dem Zeitpunkt war das aber noch firmenintern, das hätte ich deiner Therese nicht auf die Nase binden dürfen. Aber nachdem ich dir schon so viel erzählt hab …« Er holte tief Luft. »Es ging wohl um das Gemeindehaus. Lioba war Stieglitz auf die Schliche gekommen, weil er irgendwelche Rechnungen hat herumliegen lassen, aber was genau damit los war, weiß ich selbst nicht. Am Freitag vor Libori hat es ziemlich gekracht zwischen ihnen, und am Samstag muss sie ihn wohl noch mal darauf angesprochen haben.«

»Und du solltest die Wogen glätten.«

Tobias nickte. »Woher wisst ihr *das* denn?«

»Therese hat gesehen, wie Stieglitz dich Lioba in der Almhütte nachgeschickt hat. Du hast aber gesagt, dass du ihr gefolgt bist, weil dir so viel an ihr liegt.«

»Aber nein, so musst du das nicht sehen.« Die Bestürzung, die Renate in Tobias' Miene las, war bestimmt nicht nur gespielt. »Lioba war ein hübsches Mädchen, ich war ziemlich verliebt in sie. Leider hat es ja nicht lange gedauert …« Er nahm Renates Hand und küsste ihre Fingerspitzen. »Und du – das war wie ein Blitz aus heiterem Himmel, glaub mir. Wie du da auf der Baustelle vor mir gestanden hast …« Er näherte seine Lippen den ihren.

Renate drehte den Kopf zur Seite und lachte. »Überzeugend bist du ja. Wie hieß die Schlange noch mal, die ihre Opfer hypnotisiert?«

»Kaa, wenn du die aus dem Dschungelbuch meinst. Aber die war weiblich, wie du. Was meinst du, wie mich *dein* Blick hypnotisiert?« Wieder kam er näher.

Mit einem Finger auf seiner Brust schob ihn Renate von sich. Ihren Blick hielt er fest. Sie würde ihn schon aus der Trance holen. »Kannst du dir vorstellen, dass Stieglitz Lioba umgebracht hat?«

Tobias zuckte zusammen. »Stieglitz? Wie kommst du denn darauf?«

»Du sagst doch selbst, dass Lioba etwas über ihn herausgefunden hatte. Wenn Stieglitz Angst um seinen guten Ruf hatte, könnte er der Mörder sein. Oder er könnte jemanden beauftragt haben …«

Tobias nickte. »Ich verstehe. Habt ihr mich etwa auch in Verdacht gehabt?«

»Nur ganz kurz.« Dass Brinkmöller und Therese ihn immer noch zu den Verdächtigen zählten, verschwieg sie ihm.

Er schüttelte den Kopf. »Ich glaub es nicht …« Sein Blick ging zur Birkenkrone hinauf, deren Blätter bei jedem Windhauch silbrig flirrten. »Aber Stieglitz … ich traue ihm ja manches zu, doch ob er so skrupellos sein könnte? Allerdings – lange war er am Samstag nicht bei Kasparek, er ist ziemlich früh gegangen. Wie sagen die Kriminalisten? Die Gelegenheit hatte er wohl.«

»Und ein Motiv.«

»Das auch.« Tobias nickte. »Stieglitz steht sowieso das Wasser bis zum Hals. Wenn die neuen Projekte nicht einen saftigen Gewinn bringen, macht er Pleite. Du weißt ja – Finanzkrise. Die Banken drehen ihm den Geldhahn zu, und selbst hat er auch Risikogelder laufen.« Er musterte die Innenflächen seiner Hände, als prüfte er Stieglitz' Firmenbilanz. »Aber trotzdem – ich kann mir den Chef nicht als Mörder vorstellen.«

Renate fiel es schwer, sich dem anzuschließen. Verzweifelte Menschen neigten zu radikalen Aktionen, das hatte sie auch bei der Arbeitsagentur schon erlebt. Und wenn Stieglitz unterging, dann würde er Tobias – und nicht nur ihn – mit sich in den Abgrund reißen.

»Jedenfalls ist deine Stellung ein Schleudersitz. Du solltest zusehen, dass du da heil rauskommst.« Renate sah Tobias eindringlich an. »Möglichst bald. Am besten machst du gleich morgen deine Selbstanzeige. Ich geb dir gern die Telefonnummer eines Bekannten bei der Polizei, der ist in Ordnung und immer im Dienst. Auch samstags.« Dass es schon am Montag mit Stieglitz vorbei sein könnte, verriet sie ihm lieber nicht.

Tobias schluckte. »Na, du machst mir Spaß. Von heute auf morgen bin ich meinen Job los …«

»Den hättest du sowieso bald verloren. Jetzt bist du wenigstens gewarnt.«

»Na ja.« Den Kopf schräg gelegt, schaute er sie an. »Ob ich dir dafür dankbar sein soll?«

Vom Gemeindegelände am anderen Ufer des Sees schallte Glockengeläut herüber. Wahrscheinlich fand dort bald wieder eine Andacht statt. »Es wäre wohl eine ziemliche Ironie der Geschichte, wenn Stieglitz über sein eigenes Gemeindehaus zu Fall kommen würde«, sagte sie nachdenklich.

»Ja. Zumal es seit Langem das kleinste Projekt der Firma ist.« Tobias starrte zwischen die Bäume, wo nur ein winziger heller Fleck den Standort des Gebäudes erahnen ließ. »Aber bis auf das Pader-Karree baut Stieglitz sowieso nur klein-klein.« Tobias schob das Kinn vor. »Hast du mal gesehen, was die in Dubai für Hochhäuser bauen?«

Renate nickte. »Klar.« Die Medien waren voll vom Bauboom im Wüstenemirat.

»Mein Onkel hat ein Bauunternehmen in Hamburg, der würde mich sofort einstellen. Aber dann …« Er brach ab und schaute auf seinen Ringfinger, der offenbar ganz von allein ein verschlungenes Muster in den Sand zeichnete.

Renate stutzte. Es war zu offensichtlich, dass er ihr etwas verschwieg. Bestimmt hatte er in Hamburg nicht nur einen Onkel, sondern auch eine feste Beziehung. Sie strich sich über die Lippen, damit Tobias nicht mitbekam, wie sie leise schmunzelte.

»Und der würde dich nach Dubai schicken?«, fragte sie.

»Wenn ich das will, bestimmt.« Er reckte wieder sein Kinn vor, lächelte sie aber an.

Renate konnte sich kaum vorstellen, dass irgendjemand seinem zielstrebigen Charme widerstehen konnte.

Tobias beugte sich über sie und zog den Picknickkorb heran. Aus einem Seitenfach nahm er einen Tuppertopf mit dicken roten Kirschen. »Mein Onkel hat sich 2002, als der Emir ausländische Privatinvestoren ins Land geholt hat, ein paar Riesenareale auf einem der Palm Islands zugelegt. Da baut er jetzt ein paar Luxusvillen und einen Yachthafen. Alles von privaten Investoren finanziert. Das ist natürlich auch ein Risiko ...« Für einen Moment runzelte er die Stirn. »Aber ich sag dir – da macht es viel mehr Spaß zu bauen.« Er grinste. »Man braucht nur gute Beziehungen zum Palast des Emirs – und die hat mein zukünftiger Chef –, und schon gibt's die Baugenehmigung ohne Umweltverträglichkeitsprüfung und all den Pipapo. Und die Bauvorschriften kannst du an den Fingern einer Hand abzählen ...« Sein Gesicht war so begeistert wie das eines kleinen Jungen, der zum ersten Mal mit seinem Legobaukasten den Eiffelturm nachgebaut hatte.

Renate musste lachen. »Denkst du gar nicht daran, dass solche Bauten auch mal zusammenfallen können?«

»Ach was.« Tobias schüttelte den Kopf. »Das klappt schon. Sind schließlich alles deutsche Ingenieure ...« Er zwinkerte ihr zu. »Helme und Sicherheitsschuhe gibt's in Dubai auch.«

»Na, dann bin ich ja froh, dass ich dich da nicht besuchen muss.« Sie lachte und zeigte ihre Fersen mit den verheilenden Hautstellen. »Deine Sicherheitsschuhe hätten mich eigentlich vor solchen Übeln beschützen müssen.«

Tobias nahm ihren Fuß. Mit ganz sachten Berührungen streichelte er auch die empfindliche Haut der Sohlen, bis sogar Renates Haarspitzen kribbelten. »Kleine Wiedergutmachung«, murmelte er dabei.

Mit einem Kuss auf ihren großen Zeh beendete er seine Buße. Renate hatte das sichere Gefühl, dass die Qualen, die ihre Füße in den Betonkübeln erlitten hatten, noch längst nicht gesühnt waren.

Tobias griff in die Tupperdose und reichte Renate ein paar Kirschen. Der See vor ihr fing die Sonnenstrahlen ein, deren Widerschein auf der Oberfläche schwamm wie Blattgold. Kleine

Wellen verzerrten die Form der leuchtenden Flecken immer wieder. Die Kiefern am gegenüberliegenden Ufer spiegelten sich im Wasser.

Seine letzte Kirsche nahm Tobias mit spitzen Fingern und schob sie ihr zwischen die Lippen, hielt sie dort aber fest. Gleich umschloss er die Frucht mit seinem Mund und schob sie in ihren, wo sie zwischen ihren Zähnen aufplatzte.

Tobias beobachtete sie mit einem Blick, den er sich sonst wohl für besonders gelungene Bauprojekte aufhob. Er kam ihr näher. »Willst du mehr?«, fragte er und zog ihre Hand an seine Wange. Sein Lächeln schien ihr zu versprechen, dass sie ein »Ja« niemals bereuen würde ...

Renate lachte leise und ließ ihre Hand liegen. Seine Linke wanderte an ihrem Arm hinauf, dann tasteten sich seine Finger unter den Rand ihres Bikinioberteils. Sie genoss die Stromstöße, die durch ihren Körper liefen. Tobias würde bald nach Dubai verschwinden, und Manfred musste nie etwas erfahren. Renate nahm sich vor, jeden Moment dieses Abenteuers zu genießen.

»Du hast hoffentlich ein Kondom dabei«, murmelte sie, als Tobias sie küsste.

Er lachte leise. »Eins?« Mit den Lippen fuhr er ihren Hals entlang.

Ganz von allein streckte sich ihr Körper auf der Decke aus. Ihre Fingerspitzen strichen an Tobias' Rücken entlang, bis er erschauerte. Weit über ihr blitzten durch die Birkenblätter tausend blaue Himmelsaugen. Tobias' Gesicht war direkt über ihr. Sie versank in seinem blauen Blick, bis sie in der tiefsten Mitte des Sees den Grund berührte, der ihr heißer erschien als der Wüstensand unter der brennenden Sonne Dubais.

***

»Du siehst aus wie die berühmte Katze überm Sahnetopf«, sagte Therese, als Renate durch die Balkontür trat. Ihre Augen strahlten, ihre ungeschminkten Lippen waren röter denn je. Sie lächelte versonnen vor sich hin und dachte gar nicht daran, Thereses Neugier zu befriedigen. »Braun bist du auch geworden. Wo wart ihr denn?«

Renate musterte ihre Arme. »Tobias hat mir den Teich gezeigt, an dem das Gemeindegelände liegt.«

»So, so.« Therese unterdrückte ein Schmunzeln. Sie waren nicht im Freibad gewesen, sondern an einem einsamen Sennesee.

»Er hat mir erzählt, was da gelaufen ist ...« Renate zupfte eine Blüte von der Honigazalee und schnupperte daran. »Und er wird selbst zur Polizei gehen.« Sie berichtete, was sie am Morgen bei Frau Klute und nachmittags durch Tobias Neudeck herausgefunden hatte. Stieglitz hatte also für die Mordnacht kein stichhaltiges Alibi; das war das einzig Neue.

»Tobias glaubt aber nicht, dass sein Chef Lioba ermordet hat.«

Therese vermutete, dass da wohl ein Paar blaue Augen Renate ziemlich den Kopf verdreht hatten. »Es kann auch jemand in Stieglitz' Auftrag gemordet haben ...«

Renate hob den Kopf, um zu widersprechen, doch Therese wehrte mit einer Handbewegung ab. »Nicht dein Tobias. Stieglitz könnte auch jemand anderes angeheuert haben.« Therese kam ein Gedanke. »Vielleicht war es sogar die Sekretärin? Manuela hat gesagt, dass sie Lioba abgekanzelt hat, weil die etwas durcheinandergebracht hat. Es kann dabei durchaus um das Gemeindehaus gegangen sein. Und jetzt sagst du, dass Frau Klute von Stieglitz' Betrügereien gewusst hat. Sie könnte – genau wie er selbst – abends zufällig mit Lioba zusammengetroffen sein und sie umgebracht haben, weil sie ihren Chef, aber vor allem wohl sich selbst schützen wollte.«

Renate nickte. »Sie sieht irgendwie kriegerisch aus mit ihren kurzen grauen Haaren. Und sie ist Stieglitz ziemlich ergeben, meint Tobias.«

»Aha. Ich muss Manuela noch einmal nach ihr ausfragen.«

»Ist vielleicht nicht mehr nötig.« Renates Blick folgte den rosa gefärbten Wölkchen, die langsam über das Dach trieben. »Brinkmöller will am Montag eine unangemeldete Betriebsprüfung bei Stieglitz durchführen. Wir könnten jetzt eigentlich alles der Polizei überlassen.« Mit fragender Miene wandte sie sich Therese zu. Renate hatte wohl Angst um ihr freies Wochenende.

»Könnten wir.«

Von Renate kam – nicht ganz unberechtigt – ein skeptischer Blick.

»Aber zumindest will ich noch die Leuchtbandverkäufer befragen«, sagte Therese. »Sonst hab ich die Fotos völlig umsonst ausgedruckt.«

»Na gut. Das interessiert mich jetzt auch.« Renate gähnte. »Obwohl es noch ewig dauert, bis es dunkel wird.« Ihr kam wohl ein Gedanke, denn ihre Miene hellte sich auf. »Hast du den PC an? Ich würde mir gern deine Liborifotos noch mal ansehen.«

»Mach nur. Der Ordner liegt auf dem Desktop.« Therese würde darauf wetten, dass bald eine Großaufnahme von Tobias auf dem Monitor erschien.

Ein Blick über den Maspernplatz zum Horizont zeigte ihr, dass sich die Sonne heute Zeit ließ mit dem Untergehen. Die Leuchtbandverkäufer machten ihr Geschäft erst nach Einbruch der Dunkelheit.

Therese gab ihren Blumen Wasser und erinnerte sich dabei an die bunten Wicken, die auf Liobas Schreibtisch dahinwelkten. Die Putzfrau hatte sie vermutlich längst fortgeworfen.

Es war wenig wahrscheinlich, dass ein so obskures Liborimitbringsel wie ein Leuchtband im Haushalt der Familie Keller herumgelegen hatte. Lioba musste irgendwie dem Hausarrest entgangen sein und sich abends auf dem Berg mit jemandem getroffen haben. Am wahrscheinlichsten wohl mit Neudeck. Doch der Zufall war teuflisch – auch ohne Neudeck konnte Lioba, vielleicht auf dem Heimweg, auf ihren Mörder gestoßen sein.

Sie konnte das Leuchtband sogar spätabends mit nach Hause genommen haben. Dann war sie – dämonisch beleuchtet – den Exorzisten direkt in die Hände gelaufen …

Als Therese nach Renate schaute, saß die mit verklärter Miene vor Tobias' blauen Augen. Gleich doppelt schaute er aus dem Monitor. Renate hatte zwei Fotos aus der Almhütte nebeneinander gestellt. Auf dem ersten erhob sich Lioba, und Tobias blickte zu ihr hoch, das zweite zeigte Tobias, wie er aufstand, um Lioba nachzugehen. Renate hatte Tobias in den Mittelpunkt gerückt und ihn vergrößert; von Lioba sah man nur Ausschnitte.

Renate blickte hoch zu Therese, die ihr über die Schulter sah. »Er sagt, er hätte Lioba wirklich gern gehabt.«

»Kann man glauben oder nicht.«

»Ach komm, Therese, sei nicht so hart. Er ist wirklich ein Netter ...« Sie hatte wieder das verträumte Lächeln um den Mund.

Therese schmunzelte. So ein Sahneschnittchen konnte schon sehr *nett* sein ...

Mit einem Mal stutzte sie. Die Bildecke neben Tobias' Kopf nahm ein Stück von Liobas weißem Kleid ein, das sie mit einem orangen Ledergürtel zusammengerafft hatte. Mit einem orangen Gürtel ...

Irgendetwas war damit, Therese fühlte es ganz deutlich. Doch ihr Gefühl hing mit Manuelas Gürtel zusammen. Er war ebenfalls orange. Sie hatte ihn kurz vor dem Gemeindegelände im Rucksack verstaut, doch heute im Park hatte sie ihn wieder getragen. Sein Anblick hatte Therese schon mehrfach verunsichert.

Erst nach und nach wurde ihr klar, was das Bild vor ihr bedeutete. So einen Gürtel wie Manuelas hatte sie schon einmal fotografiert. Das war es, was ihr Unterbewusstsein gespeichert hatte. Die Irritation kam daher, dass auf dem Foto nicht Manuela, sondern Lioba ihn trug. Manuela hatte gesagt, er sei ein Unikat, doch Lioba musste wohl den gleichen haben.

Therese zeigte auf das Foto. »Hol doch bitte mal das ganze Bild auf den Monitor.«

Renate verkleinerte es, erst kam Stieglitz, dann Manuela in Sicht. Sie hatte das Oberteil in den Rock gesteckt und trug keinen Gürtel.

Als Michael die Treppe hinaufkam, setzten sie sich wieder auf den Balkon. Renate nahm Michael gleich in Beschlag mit ihren Informationen aus Stieglitz' Sündenpfuhl. Er schüttelte fast pausenlos den Kopf.

Vor Thereses Augen stand immer noch die Bildecke mit Liobas orange-weißer Taille. Das Orange hatte richtig aus dem Monitor herausgeleuchtet. In das Leder gestanzte Löcher bildeten ein Blumenmuster. »Nur für mich«, hatte Manuela gesagt. Sie hätte es bestimmt nicht verschwiegen, wenn Lioba den gleichen Gürtel gehabt hätte. Es war Manuelas Gürtel, und Lioba hatte ihn sich geliehen. Doch trotz dieser nahe liegenden Erklärung löste sich das Häkchen nicht, das Thereses Hirnwindungen festklemmte.

Renate und Michael spekulierten inzwischen über die möglichen Folgen von Tobias' geplanter Selbstanzeige. Das rosa Licht am Himmel legte einen intensiven Schimmer auf Thereses Blumenecke. Zu ihren Füßen stand ein mit einem tiefblauen Polster Männertreu bewachsener Kübel. Daneben hatte Therese Tagetes gepflanzt, dessen Blüten ebenso orange leuchteten wie Liobas Gürtel. Manuelas Gürtel. Immer wieder kam er ihr in den Sinn.

Orange waren auch die Blüten der Kapuzinerkresse, die trichterförmigen Gauklerblumen mit dem zungenähnlichen Blütenblatt, die Gladiolen hinten an der Wand. Die Apfelsinentöne stachen Therese geradezu in die Augen, obwohl das Violett der Clematis ebenso stark leuchtete.

Was war so beunruhigend an dem orangen Lederstück, das Lioba an ihrem Todestag um die Taille getragen hatte?

Therese zupfte ein paar welke Blüten von den Ranken der Kapuzinerkresse und legte sie auf den Tisch. Sie goss sich ein Glas Wasser ein. Gedankenverloren nippte sie daran. Sogar in ihrem verblühten Zustand leuchteten die Blumen. Therese ordnete sie zu einer Reihe. Mit skeptischen Seitenblicken beobachteten Renate und Michael ihr Tun, ließen sich aber in ihrem Gespräch nicht stören, das inzwischen bei Neudecks Auto angelangt war. Es musste ein wahres Geschoss sein – Imolarot, was auch immer das sein mochte.

Etwas an dem Kapuzinerkressegürtel auf dem Tisch störte Therese. Sie nahm die Blüten weg, jetzt stimmte das Bild. Weiß war der Tisch, und weiß war Liobas Totenkleid gewesen. Ein Gürtel war bei der Leiche nicht gefunden worden. Schlüter hatte das Kleid für eine Art Engelshemd gehalten, das man Lioba nach dem Exorzismusritual als Zeichen der Reinheit angezogen habe. Doch es war ein ganz normales Sommerkleid, dessen biedere Weite Lioba mit dem Gürtel gebändigt hatte. Mit Manuelas Gürtel, und jetzt hatte die Besitzerin ihn zurück. Daran war nichts Besonderes. Oder?

Das Abendrot verschwand, die Farben der Blüten erloschen. »Wir sollten bald aufbrechen«, sagte Therese. Sie warf die Kapuzinerkresse in den Ökoeimer und ging ins Bad. Im Spiegel entdeckte sie zwei steile Falten auf ihrer Stirn, setzte die Brille ab und massierte sie.

Der Einfall kam ihr erst, als sie die Tür hinter sich schloss. Manuela hatte Lioba in der Almhütte zum letzten Mal gesehen – Stunden vor ihrem Tod. Wann hatte Lioba Gelegenheit gehabt, Manuela den Gürtel zurückzugeben? Hatten sich die beiden am Abend doch noch getroffen? Aber das würde bedeuten, dass Manuela Therese angelogen hätte …

»Was kostet ein Z 4 eigentlich?«, fragte Renate, als Therese die beiden in der Küche antraf, wo sie die letzten Weintrauben vertilgten.

Michael wiegte den Kopf. »Och – so schlappe siebzigtausend, neu. Nicht unsere Preisklasse.«

»Nein. Aber Tobias konnte ihn sich von den Sonderzahlungen seines Chefs leisten. Die müssen ganz schön üppig gewesen sein.«

»Nicht im Vergleich zu dem, was Stieglitz selbst eingesteckt hat.«

Manuela arbeitete ebenfalls für Stieglitz. Was für Frau Klute galt, galt auch für sie. Hatten die beiden auch etwas von dem Geldsegen abbekommen? Und damit ein Motiv, Lioba aus dem Weg zu räumen?

Therese erschrak über den Verdacht. Doch nicht Manuela. Sie hatte ihre Tränen verborgen, doch ihre Trauer über Liobas Tod war echt gewesen. Es musste eine andere Erklärung geben. Vielleicht hatte sich Manuela den Gürtel nach Liobas Tod von deren Eltern zurückgeholt.

Aber warum hatte Manuela bei der Erwähnung ihres letzten Blicks auf Liobas Rücken, als sie die Almhütte verließ, nicht gesagt, dass Lioba ihren Gürtel getragen hatte? War das nicht auch eine Erinnerung, die man nie vergaß?

»Die Punklady – die erkenne ich wieder.« Der Leuchtbandverkäufer zeigte auf Manuela.

Therese fühlte sich maßlos enttäuscht. Endlich hatten sie einen Verkäufer gefunden, der auch die langen Leuchtbänder verkaufte und sich zudem gleich an Lioba erinnerte, weil er selbst ein Aussiedler war – und dann das. Sie hatte so gehofft, dass er allen Zweifeln ein Ende machen und auf Stieglitz zeigen würde. Aber als Liobas Begleiterin hatte er ausgerechnet Manuela identifiziert …

Statt brav in ihrem Zimmer ihren Hausarrest abzusitzen, wovon Kommissar Schlüter so fest überzeugt gewesen war, hatte Lioba am Samstagabend wirklich noch den Liboriberg besucht. Therese hatte es geahnt.

Ebenso nahe liegend war, dass Lioba mit ihrer Freundin Manuela zusammen losgezogen war. Warum nur hatte sie Therese nichts davon erzählt? Ihr gemeinsamer Abend konnte ganz harmlos verlaufen sein, und dennoch konnte Manuela etwas beobachtet haben, das Licht in das Dunkel um Liobas Tod brachte. Oder wollte Manuela das gar nicht? Vielleicht deckte sie ja sogar jemanden …

Der junge Mann schob die glimmenden Bänder an seinem Arm zurück und blätterte Thereses Fotoausdrucke noch einmal durch. »Nein. Von denen keiner. Die hier war's, ganz klar.« Auf dem Foto saß Manuela neben Stieglitz, ihr Kopf war halb abgeschnitten. Therese hatte gar kein eigenes Foto von ihr ausgedruckt.

Der Verkäufer tippte noch einmal auf Liobas Gesicht. »Ich hab mir gleich gedacht, dass ich sie kenne, als das Foto im Fernsehen kam. Sie hat ihr Knicklicht nicht sofort zusammengesteckt. Das wollte sie erst zu Hause tun, damit es länger leuchtet.«

Er suchte Manuelas Foto heraus. »Die hier hat es sich um die Taille gebunden, über den Gürtel …«

»Wie sah der Gürtel denn aus?«, fragte Therese schnell.

»So ein breites Ding, rot oder so, sieht man abends ja nicht so gut. Sah aber irre aus mit dem blauen Licht.« Hastig wandte er sich ab, um einem Pärchen gleich einen ganzen Strauß Leuchtbänder zu verkaufen. Sein Geschäft lief gut. Fast jeder Liboribesucher lief mit so einem Knicklicht herum.

Ihr Heimweg wurde von einem Menschenauflauf gestoppt. Die Attraktion des Abends war die Boxbude von Charly Schultz. »Sportpalast« stand in blinkenden Buchstaben an der Fassade, aus den Lautsprechern drang wummernde Technomusik. Michael starrte wie alle zu den starken Männern hinüber, die mit jähen Boxhieben in die Luft die Möchtegernboxer im Publikum zur Bühne lockten.

Therese hatte immer noch den mageren Finger des Leuchtbandverkäufers vor Augen, der auf Manuelas Stachelhaar wies. Sie spürte, wie der Argwohn in ihr wuchs. Dann wieder kam ihr Manuelas Offenherzigkeit in den Sinn, die Thereses Vertrauen zu ihr von einem Treffen zum anderen verstärkt hatte.

Therese spürte mehr, als dass sie sah, wie Renate sie von der Seite her beobachtete. Sie ahnte wohl, dass es in ihr arbeitete. Therese wandte sich zu ihr um. »Ich weiß – jetzt sieht alles so aus, als ob Manuela etwas mit Liobas Tod zu tun hätte. Aber es gibt doch noch andere Möglichkeiten, wie Lioba zu Tode gekommen sein könnte. Sie könnte ihren Mörder getroffen haben, nachdem sie sich von Manuela getrennt hat. Anders kann es gar nicht sein. Die Mordwaffe hatte sie dabei, das war praktisch für ihn …«

Renate schüttelte den Kopf. »Manuela hat dich offensichtlich angelogen, Therese, als sie gesagt hat, dass sie Lioba abends nicht mehr gesehen hat. Genauso gut kann sie auch bei allem anderen gelogen haben. Ich weiß, du magst sie. Aber sie ist viel cooler als Lioba war, nach allem, was ich von ihr weiß. Und sie ist daran gewöhnt, sich zu verstellen. Denk nur daran, wie sehr sie sich bei eurem Gemeindebesuch von einem Moment auf den anderen verändert hat. Du hast es selbst fotografiert.«

»Vielleicht hat sie von dem Treffen mit Lioba nur deshalb nichts erzählt, weil sie Angst hatte, dass ich sie mit ihrem Tod in Verbindung bringe.« Erst jetzt fiel Therese auf, dass Manuela kaum etwas erzählt hatte, das sie in ein schlechtes Licht hätte setzen können. Über ihre früheren schulischen Schwierigkeiten wusste Therese beispielsweise nur von Carola etwas.

Michael hörte nur mit einem Ohr zu. »Die ist doch auch nicht so weit hergeholt, diese Verbindung, meine ich. Wenn Manuela für Stieglitz arbeitet, kann der sie genauso in der Hand haben wie diesen Tobias oder die Sekretärin.«

Renate nickte. »Eben. Ich könnte mir auch vorstellen, dass sie neidisch auf Lioba war. Viktor war in Lioba verliebt, bevor er sich auf Manuela eingelassen hat. Sie konnte ihn erst kriegen, nachdem Lioba ihn sozusagen abgelegt hat wie einen alten Mantel. So etwas kränkt, und wenn dann noch etwas anderes dazukam …«

Sie hatten ja recht mit allem, was sie sagten. »Dennoch – wir haben keinerlei Beweis. Dass Manuela über den Samstagabend gelogen hat, kann alles Mögliche bedeuten. Es ist höchstens ein Anfangsverdacht, der weitere Recherchen erfordert.« Sie legte Renate die Hand auf den Arm. »Ich treffe Manuela morgen beim Schwimmen. Da frage ich sie, was es mit dem Leuchtband auf sich hat.«

Renate nickte.

Michael vergewisserte sich mit einem Blick, dass sie ihr Gespräch beendet hatten. Dann wies er mit der Hand zur Boxbude hinüber, wo ein Mensch in einem Sumoringerkostüm aus starrem Plastik breitbeinig über die Bühne stakste. »Hier können Männer an ihre Grenzen gehen«, rief der Ansager.

Er grinste. »Ob ich mal gegen den da antrete?«

Therese traute ihm durchaus zu, dass er sich auf das Abenteuer einließ, doch jetzt stand ihr nicht der Sinn nach derben Späßen. »Der stupst dich schon mit dem Bauch um«, sagte sie nur.

Michael verfolgte mit den Augen jede Bewegung des gelben Ungetüms. Renate beobachtete die jungen Männer, die vor der Treppe zur Bühne hinauf Schlange standen und sich gegenseitig warmboxten für den großen Fight. Es sah nicht so aus, als würde Therese bald aus dem Gedränge erlöst.

Der »Sportpalast« war wie alle Schaugeschäfte mit farbig blinkenden Lämpchen verziert, die sich ihrem Blick aufdrängten. Wie eine Welle lief die Elektrizität hindurch und brachte eins nach dem anderen zum Strahlen. Blitzlichter. Therese schien es, als beleuchteten sie jeweils ein anderes Foto von Manuelas Gesicht. Es war freundlich und offen gewesen, als Therese sie kennengelernt hatte, und auch später hatte sie immer nur Wärme darin entdeckt. Im Takt der Lichtorgel blitzte vor Thereses innerem Auge ohne erkennbare Reihenfolge ein Bild nach dem anderen auf.

»Nur für mich«, sagte Manuela mit stolzer Miene. Unter dem Handtuch im Schwimmbad war der bittere Zug um ihren Mund unverkennbar. In der Almhütte himmelte sie Stieglitz regelrecht an. Mit großen Augen hatte sie von den Erfolgen ihres Chefs geschwärmt. Die Ente im Park und Manuela, die sie fütterte. Ihr wütendes Gesicht, als sie auf das rigorose Müttergespann schimpfte. Ein schiefes Lächeln ohne Grübchen, als sie von Stieglitz erzählte, der alle anmachte, nur sie nicht. Das leise Lachen bei der Erwähnung von Liobas Spitznamen »Manülchen«, das gar nicht glücklich klang. Mit eifriger Miene hatte sie Pater Anselm zum Exorzisten gemacht. Bei jedem Lob von Therese hatten ihre Augen geglänzt. Ihre Überraschung, als Viktor Liobas Verdacht gegen Stieglitz wiedergab …

Und als Letztes kam immer eine Großaufnahme: Manuelas jähzorniger Tritt gegen Anselms madonnengeschmücktes Motorrad.

Therese wandte den Blick ab. Auf der Bühne der Boxbude stolzierten noch immer die starken Männer herum. Renate schaute ebenfalls auf die blinkenden Glühlampen. Was *ihre* Blitzlichterinnerungen zeigten, konnte sich Therese lebhaft vorstellen. Sie drehte der Boxbude den Rücken zu.

Doch auch in ihrem Inneren lief der Projektor weiter. Die ganze Fläche des lichterfunkelnden Riesenrads füllte nun Manuelas Schneewittchengesicht aus. Langsam drehte es sich vor dem dunklen Südhimmel. Rot wie Blut, weiß wie Schnee, schwarz wie Ebenholz. Ihre warmen grauen Augen waren mal oben, mal unten. Unaufhörlich kreiste Manuelas Porträt im Scheinwerferlicht.

Rot wie das warme Leben, weiß wie kalter, aber auch reiner Schnee, schwarz wie das uralte Böse, das in jedem steckt ... Therese konnte sich einfach nicht entscheiden, welche der drei Farben Manuela am besten kennzeichnete.

NEUN

Uwes Opal fühlte sich kalt an und hing schwer an ihrem Hals. Therese hatte ihn endlich umgehängt. Nach Liobas Tod hatte sie lange das Gefühl gehabt, er hätte in ihrer Brust festgesteckt, doch mit der Zeit hatte er sich gelöst. Vor dem schmerzlichen Verlust hatte sie der schillernde Stein nicht beschützt, doch jetzt erinnerte er sie an Lioba.

»Du musst daran glauben«, hatte Uwe gesagt, »dann hilft er auch.« Therese glaubte nicht an Zauberamulette. Aber vielleicht half ihr der Stein ja dennoch gegen alles Übel, das ihr über den Weg laufen wollte.

Oder vielmehr über den Weg *schwimmen*, denn Therese war in der Schwimmhalle zu ihrem Frühsport. Im Duschraum war sie ganz allein.

Vom Beckenrand aus suchte Therese die Wasserfläche ab. Carola winkte ihr zu, sie schwamm wie immer auf Bahn sieben. Von Manuela war keine Spur zu sehen. Das Becken war angenehm leer, das Wasser lauwarm. Therese schwamm ihre Bahnen, wich hier einem Torpedo aus, da einer schwatzenden Gruppe Samstagsschwimmerinnen, und behielt so gut es ging den Beckenrand im Blick.

»Manülchen« hatte Lioba Manuela genannt. Das klang nett, passte aber gar nicht zu ihr. So wenig wie »Threschen« zu Therese selbst – das hoffte sie jedenfalls. Wenn jemand sie so nannte, war ihre Rache fürchterlich.

Aufmerksamer als sonst beobachtete Therese die Gesichter der ihr im Wasser entgegenkommenden Frauen. Da war eine Blonde, die ihr zulächelte. Alle Fältchen in ihrem Gesicht gerieten in Bewegung, doch die Augen erreichte das Lächeln nicht, die blieben schmal und kalt. Bei keiner der Frauen hätte Therese sagen können, ob sie zu Gewalttaten neigte.

Sie schwamm gerade ihre dritte Bahn, als Manuela aus dem Duschraum kam. Sofort entdeckte sie Therese im Becken und winkte mit beiden Armen. Sie strahlte, beide Grübchen zeigten sich. Therese lächelte und winkte zurück.

»Wir treffen uns gleich draußen«, rief Manuela. »Erst mal schwimmen.«

Therese nickte ihr zu. Manuela ging zum Vierer-Startblock, wartete, bis die Bahn frei war, und sprang mit weitem Schwung und ohne groß zu platschen ins Wasser. Mit sichtlichem Spaß an der Bewegung schwamm sie los, im Butterfly-Stil, der ihr elegant geriet. Als Therese an ihr vorbeischwamm, konnte sie erkennen, dass Manuela ihr Kinn vorstreckte, was ihrem Gesicht einen eifrigen, fast begierigen Ausdruck verlieh. Lebenshunger las Therese darin. Der stand ihr zu nach der Enge und dem Zwang zu Hause, aus denen sie sich gerade erst befreite. Wie Lioba …

Nach ihrer üblichen halben Stunde kletterte Therese aus dem Becken und bedeutete Manuela, dass sie draußen im Sprudelbecken auf sie warten würde. Manuela hob kurz die Hand und kraulte weiter. Sie lieferte sich einen Wettkampf mit einem der Torpedos, den sie locker überholte.

Das Außenbecken war leer bis auf eine alte Frau mit rosa gerüschter Badehaube. Therese kannte sie. Trotz ihres Alters fuhr sie noch Taxi, und wie immer trug sie ein vollständiges Make-up im Gesicht mit einem wasserfesten rosa Lippenstift. Therese legte sich in den hintersten Whirlpool. Heute war ihr nicht nach den aufregenden Erlebnissen der letzten Schicht im Taxi zumute. Die ganze Nacht lang hatten sie Zweifel geplagt, und auch jetzt konnte sie nur an Manuelas Gürtel denken.

Als die Düsen unter ihr zu sprudeln aufhörten, schwamm Therese zu den starken Massagedüsen am Beckenrand hinüber, die immer abwechselnd mit den Whirlpools eingeschaltet wurden. Sie drehte sich um. Manuela war hinter der Plastikabdeckung, unter der sie hindurchtauchte, um ins Sprudelbecken zu gelangen. Ihr Kopf verschwand unter Wasser, und sie kam erst wieder hoch, als sie Therese fast erreicht hatte. Links neben Therese schüttelte sie sich das Wasser vom Kopf und stellte sich mit dem Rücken vor die Düse. Sie bewegte sich auf und ab, um von oben bis unten massiert zu werden. Die rosa berüschte Taxifahrerin war verschwunden.

Wie sollte Therese das Gespräch bloß anfangen? Manuela argwöhnte nichts Böses. Sie hielt die Augen geschlossen und genoss das perlende Wasser auf ihrem Rücken.

Therese straffte sich und wandte sich ihr zu. »Ich muss mit dir reden.«

Manuela öffnete die Augen und hörte sofort auf, im Wasser auf- und abzuspringen. »Nanu – so ernst?« Ihre Wangen spannten sich an.

»Ja.« Therese strich sich durchs nasse Haar.

»Was ist los? Nun sag schon.«

Wenn es nur so einfach wäre. »Ja, hm – da ist etwas, das mir Sorgen macht.«

»Sorgen?« Manuela rückte Therese einen Schritt näher.

»Ja. Es geht um deinen Gürtel, den du von deiner russischen Freundin hast.«

»Was ist damit?« Sie schaute abrupt hoch zu den roten Geranien im Blumenkasten an der Wand.

»Ich fand ihn so hübsch mit den rankenumschlungenen Blüten, und dann dieses leuchtende Orange ...« Therese bemerkte, wie ihre Hände durchs Wasser strichen, als schwämme dort der Gürtel. Sie umfasste mit einer Hand die Finger der anderen. »Ich hab ja auf Libori Fotos gemacht. Erst hab ich nicht so darauf geachtet, aber gestern hab ich gesehen, dass Lioba den Gürtel über ihrem Kleid trug. Es war der gleiche, da bin ich mir sicher. Das Muster ist unverkennbar, und du hast selbst gesagt, er sei ein Unikat.« Sie verschränkte ihre Finger und spannte sie an. »Du hattest ihn ihr wohl geliehen?«

Manuela nickte, sagte aber nichts. Um sie herum kräuselte sich das Wasser, sie bewegte ihre Füße auf dem Boden.

»Aber du hast den Gürtel noch am gleichen Tag zurückgekriegt, nicht wahr?«

Ihre Wangen färbten sich so rot wie die Geranien. »Wie kommst du denn darauf? Ich hab Lioba an dem Tag nicht mehr gesehen, das weißt du doch.«

»Du *musst* sie noch mal getroffen haben, Manuela.«

Sie schüttelte den Kopf und presste die Lippen zusammen.

Therese seufzte. »Ich verstehe ja, dass du es lieber nicht zugeben willst, weil man sonst vielleicht annehmen könnte ...« Sie mochte den Verdacht nicht aussprechen. »Ich will bestimmt nichts Böses von dir denken, Manuela, glaub mir. Aber was du sagst, widerspricht der Aussage eines Zeugen, der dich gesehen hat.«

Manuelas Gesicht war jetzt hochrot. Ihre Hände öffneten und schlossen sich unter Wasser, was auf der Oberfläche kleine Strudel verursachte. »Ich hab nicht gelogen.« Sie schlug mit einer Hand auf die Wasseroberfläche, dass es hoch aufspritzte. »Sag sofort, wer dir das erzählt hat. Und was überhaupt …«

Erst jetzt nahm Therese wahr, wie ähnlich Manuela ihrer Mutter sah. Ihre Lippen waren zwar dunkler gefärbt, im Zorn aber genauso schmal mit faltig zusammengepressten Mundwinkeln. Beide Frauen hatten die zarte Haut, die sich bei jeder Erregung verfärbte, und dann auch den gleichen starren Blick.

»Na gut«, sagte Therese. »Ich hätte mir zwar gewünscht, dass du es mir auch so sagst, aber wenn du Beweise brauchst …« Sie nahm abermals Zuflucht zu ihren Händen und rieb sachte ihre Finger. »Ein Verkäufer auf dem Liboriberg hat dich wiedererkannt, weil du ein Leuchtband von ihm gekauft hast. Du warst am Samstagabend mit Lioba auf Libori, Manuela, und du hattest den Gürtel um. Das wusste der Verkäufer noch, weil du das Leuchtband darüber getragen hast.«

Manuela starrte sie an. Rot im Gesicht war sie nicht mehr, eher weiß. Irgendwie steinern wirkten ihre Züge. Nur die Augenbrauen waren in Bewegung, sie zuckten und drückten eine Falte in die Stirn. Außer ihnen war das Wasserbecken menschenleer, nur hinter der Glasscheibe zum Schwimmbad waren schemenhaft Figuren zu erkennen. Jenseits der Trennwand zum Saunagarten war es totenstill.

»Das muss ja noch nichts Schlimmes bedeuten, Manuela.« Therese legte ihr die Hand auf den Arm. »Ich möchte nur wissen, was ihr an dem Abend gemacht habt und wen Lioba getroffen hat …«

Manuela schüttelte Thereses Hand ab. »Du glaubst immer noch, dass es Stieglitz war?«

Therese nickte.

Manuelas Gesicht wechselte schon wieder die Farbe, bis in die Augen schien das Rot zu steigen. »Wie Lioba«, rief sie, »die hat auch …«

Den Rest konnte Therese nicht verstehen, weil mit einem Mal ihr Kopf unter Wasser war. Erst jetzt registrierte sie, dass zwei Hände auf ihren Schultern lagen, die sie nach unten drückten. Mit aller Kraft stemmte Therese ihre Füße gegen den Beckenboden und schob sich nach oben. Unerbittlich hielten die Hände dagegen. Sprudelnd entwich Luft ihren Lungen. Ihre Glieder erfasste siedende Hitze, gleichzeitig fühlten sie sich an wie gelähmt. Trotz der Starre kämpfte ihr Körper ganz von allein darum, aufzutauchen. Doch ihre wild rudernden Arme trafen nur auf Wasser.

Dann knallte ihr Kopf heftig an die Beckenwand. Erst einen Moment nach dem Stoß nahm Therese den heftigen Schmerz wahr, der ihr Hirn durchfuhr. Wasser kam in ihre Lungen. Sie würgte, schnappte verzweifelt nach Luft und spürte gleichzeitig, wie ihre Beine unter ihr nachgaben. Sie versank, das war das Letzte, was sie spürte.

***

Mit sich und der Welt zufrieden ging Carola die paar Stufen zum Außenbecken hinunter. Den Whirlpool hatte sie sich verdient. Sogar zweitausend Meter hatte sie heute geschafft; wenn es so leer war, machte das Schwimmen richtig Spaß.

Therese musste noch im Sprudelbecken sein, allerdings hörte sie keine Stimmen durch die flexible Trennwand. Nur das Brausen des Wasserfalls drang zu ihr.

Carola tauchte unter der Wand durch und richtete sich auf. Thereses roter Schopf war nicht zu entdecken. An der gegenüberliegenden Wand stand Manuela, mit der Therese hatte reden wollen. Sie war sicher nicht gegangen, ohne sich von Carola zu verabschieden. Langsam schwamm sie auf Manuela zu.

Eine merkwürdige Körperhaltung hatte die. Sie stand mit dem Rücken zu Carola und bewegte sich nicht, hielt dabei die Arme unter Wasser. Die Rückenmuskeln waren angespannt, der Kopf nach unten gebeugt. Carola schwamm schneller, kraulte. Therese war auf Mörderjagd. Manuela hielt etwas unter Wasser fest, und Therese war nicht zu sehen. Je näher Carola kam, umso deutlicher sah sie, wie sich vor Manuela unter Wasser etwas bewegte.

»Manuela«, rief sie, so laut sie konnte.

Manuela zuckte zusammen und drehte sich um. Carola schoss vor, umfasste ihre Taille und riss sie nach hinten. Manuelas Arme schwangen durch die Luft, als sie rücklings ins Wasser kippte. Wo sie eben noch gestanden hatte, schwammen unter der Oberfläche rote Haare, darunter ein Körper …

Hastig tauchte Carola unter, schlang die Arme um Therese und zog sie hoch. Ihre Augen waren geschlossen, Kopf und Arme pendelten leblos. Ein Lederband mit einem schwarzen Stein daran hatte sich an ihrem Hals verdreht. Carola lockerte es schnell, obwohl ihr klar war, dass es Thereses Ohnmacht nicht verursacht haben konnte.

Manuela stand hinter ihr und rührte sich nicht.

»Los, hilf mir«, rief Carola. »Wir müssen sie wiederbeleben.«

Als hätte sie Therese nicht gerade selbst ertränken wollen, fasste Manuela sie an den Beinen und half Carola, sie über den Beckenrand zu hieven und flach auszustrecken. Ihr Gesicht erschien Carola so blutleer wie das von Therese. Wie sie es gelernt hatte, legte Carola ihre Hände kreuzweise auf Thereses Brust und drückte ein paarmal. Mit einem Schwall schoss das Wasser aus den Lungen. Ihr Gesicht blieb leblos.

Wie ging noch mal Mund-zu-Mund-Beatmung? Gerade beugte sich Carola hinunter, um damit anzufangen, da holte Therese krampfhaft Luft und bewegte den Kopf. Carola starrte in ihr bleiches Gesicht. Langsam beruhigten sich die Atemzüge, doch Thereses Augen blieben geschlossen.

Carola beugte sich über sie, tätschelte ihre Wangen und schlug leicht dagegen. »Komm, Therese, guck mich an. Es ist vorbei, du atmest ganz ruhig.«

Therese bewegte ihre Arme, ihre Beine und dann den Kopf. »Au«, sagte sie und schlug die Augen auf.

Carola atmete tief durch und ließ sich auf die Kacheln fallen. Manuela stand mit hängenden Schultern neben ihr. Carola hatte nicht den Eindruck, dass sie weglaufen wollte.

Mit leeren Augen, das Grün darin ganz matt, sah Therese Carola an. Einen Moment lang blinzelte sie, und als sie Carola erkannte, runzelte sie ihre Stirn.

Dann fiel ihr Blick auf Manuela. Therese zuckte zusammen, ihr Mund öffnete sich. Ruckartig setzte sie sich auf, legte aber gleich die Hand an den Hinterkopf, als hätte sie Schmerzen.

»Du …«, rief sie mit belegter Stimme.

Manuela nickte mit gesenktem Kopf. »Ich.« Sie sah mit schuldbewusster Miene zu Therese hinab.

Jetzt erst kam Carola die Frage in den Sinn, worum es bei dem Streit der beiden gegangen war. Es musste etwas Schlimmes gewesen sein, denn Manuela hatte Therese ganz offensichtlich ertränken wollen. Hatte sie etwa Manuela als Liobas Mörderin enttarnt?

Carola sah an ihr hinauf bis zu den tropfenden schwarzen Haaren. In der Schule hatte Manuela neben der grazilen Lioba immer staksig und ungelenk gewirkt, und genauso stand sie jetzt da, mit einwärts gerichteten Knien und zu langen Armen.

Es musste seitdem viel passiert sein zwischen den Mädchen …

Carola schaute Therese an, die wieder mehr Farbe im Gesicht hatte. Was auch immer vorhin geschehen war – im Moment war sie einfach nur froh, dass Therese wieder bei Bewusstsein war. Sie nahm ihre Hand und lachte leise. »Mensch, Therese! Bin ich froh, dass du wieder da bist. Ich dachte schon, ich muss dich erst küssen …«

In Thereses Augen traten Tränen, doch ihr Gesicht hellte sich auf.

***

Wie ein blauseidenes Tuch schimmerte das Wasser durch die Trennscheibe. Alles war friedlich da draußen.

Sie saßen zu dritt in der Cafeteria, die leer war bis auf zwei ältere Frauen am anderen Ende. Therese saß mit dem Rücken zu ihnen. Carola hatte Brinkmöller angerufen, der ohnehin auf dem Weg nach Paderborn war und gleich ins Schwimmbad kommen wollte. Manuela saß in der Ecke am Fenster, mit zusammengesunkenen Schultern und so trauriger Miene, dass Therese völlig unwirklich erschien, was sie gerade erlebt hatte. Manuela hatte sie unter Wasser gedrückt, hatte sie umbringen wollen wie Lioba …

Vom Hinterkopf her drängte sich ein Schmerz in Thereses Bewusstsein, der sich bis zur Stirn zog. An einer Stelle über ihrem Nacken brannte und pochte die Haut, das hatte sie bisher gar nicht bemerkt. Sie strich mit den Fingern darüber und fühlte aufgeschürfte Hautfetzen.

Carola hatte ihre Geste registriert, stand auf und drehte ihren Hinterkopf zu sich. Vorsichtig schob sie das nasse Haar beiseite und besah sich die Wunde. »Nur eine Abschürfung, aber ein paar Haare scheinen dir auch zu fehlen.« Sie setzte sich wieder Therese gegenüber. »Du musst da einen ordentlichen Schlag bekommen haben.«

Manuela zuckte zusammen. »Das war, als Sie gerufen haben, Frau Stratmann. Ich hab mich erschrocken und da …« Sie wandte sich Therese zu. »Bitte, Therese, ich wollte das doch nicht …« Ihr Akzent war stärker zu hören denn je.

Therese setzte sich auf. »Und bei Lioba – wolltest du das auch nicht?«

Sie schüttelte den Kopf und senkte ihn. »Ich konnte es doch nicht mehr rückgängig machen«, sagte sie mit gepresster Stimme. »Ich hätte es so gern getan …« Aus ihrer Kehle drang ein Schluchzen, dann fing sie krampfhaft an zu weinen. Der Damm war endlich gebrochen. Sie zitterte am ganzen Körper und schlang die Arme um sich.

Auf dem Weg hierher und vorhin beim Anziehen war sie ganz gefasst gewesen, worüber sich Therese gewundert hatte. Nur als Manuela den orangefarbenen Gürtel aus dem Schrank nahm, hatte sie kurz aufgeschluchzt. Sie hatte den Gürtel zusammengerollt und in ihre Tasche gesteckt.

Es dauerte nicht lange, und Manuela straffte ihren Rücken. »Alles ist zu Ende«, sagte sie, als sie den Kopf hob. Bis auf die blutleeren Lippen war jede Ähnlichkeit mit ihrer Mutter verschwunden. »Ich werde euch nichts vorjammern, keine Angst.« Carola gab ihr ein Taschentuch, und sie schnäuzte sich.

Manuela senkte wieder den Kopf. »Ich hab mich so schrecklich mit Lioba gezankt«, sagte sie. »Anfangs ging es ja nur um den Gürtel …« Mit einem Finger strich sie unablässig an der Tischkante entlang. »Lioba hat ihn mir mittags abgebettelt, weil ihr Kleid so weit war. Ihre Mutter hat es ihr gekauft – bei denen musste immer alles ganz unvorteilhaft geschnitten sein. Und sie wollte unbedingt Tobias beeindrucken, in den war sie nämlich schon lange verliebt. Aber der steckt ja mit drin, das hat sie gar nicht gewusst …« Sie stockte und sah auf.

»Erzähl mal der Reihe nach«, sagte Carola. »Was war mit dem Gürtel?«

»Ja, den wollte ich abends zurückhaben. Das war ziemlich gemein von mir, weil Lioba ja wieder mit Tobias verabredet war. Den hat sie aber dann nicht getroffen.«

»Aber Lioba hatte doch Hausarrest.«

Manuela lächelte ein wenig. »Das hat mir Richard, einer von Liobas Brüdern, erzählt, als ich angerufen hab. Aber Hausarrest war nie ein Problem. Ich weiß, wo die Leiter steht, und hab ihr herausgeholfen. Das haben wir immer so gemacht – mal ich, mal Viktor. Das ging natürlich erst nach dem Dunkelwerden, deshalb war Tobias schon weg, als wir endlich am Neptunbrunnen angekommen sind. Da ist dann Lioba noch saurer geworden. Sowieso haben wir uns den ganzen Weg über gestritten.«

»Immer noch über den Gürtel?«, fragte Carola.

»Auch. Lioba hat noch ein paarmal versucht, ihn zu kriegen. Aber eigentlich ging es um etwas anderes …«

»Um Stieglitz.« Für Therese war immer noch klar, dass er mit dem Ganzen zu tun hatte, auch wenn sie ihn zu Unrecht des Mordes verdächtigt hatte. »Wolltest du ihn decken?«

Manuela nickte.

»Und du hast bei seinen Betrügereien mitgemacht? Geld von ihm genommen?«

»Ja, hab ich.« Unruhig bewegte sie ihre Hände über die Tischkante. »Aber Lioba wollte zur Polizei gehen und Stieglitz anzeigen. Dass er die Gemeinde so über den Tisch gezogen hat, das könne sie einfach nicht hinnehmen, hat sie gesagt.« Manuela drehte den Schlangenring an ihrem Finger, was sie selbst wohl gar nicht bemerkte. »Ich konnte doch nicht zugeben, dass ich längst gewusst habe, was da gelaufen ist. Und zur Polizei gehen lassen konnte ich sie auch nicht. Ich hab versucht, sie davon abzubringen, wollte sie überreden, das Geld zu nehmen, das Stieglitz ihr angeboten hatte. Aber sie hat nur gemeint, ich wäre oberflächlich und kriminell und was weiß ich alles. Sie hat mir alles Mögliche an den Kopf geworfen …« Manuela schaute neben sich auf das Schwimmbecken. »Ich will mich nicht herausreden, wirklich nicht – aber Lioba konnte ganz schön gemein werden, wenn sie ihren Willen nicht bekommen hat. Sie war es gewohnt, dass Viktor und ich nach ihrer Pfeife tanzen ...« Ihre Oberlippe bebte. »Alles, was *sie* machte, war natürlich richtig ...«

Dass Lioba ziemlich selbstgefällig sein konnte, hatte Therese manchmal gespürt. Aber sie hatte Grund dazu gehabt, nach allem, was sie erreicht hatte. »In diesem Fall war es ja wohl das Richtige, wenn sie zur Polizei gehen wollte«, sagte sie nur.

»Schon – aber das hab ich nicht begriffen. Ich war doch froh darüber, dass Stieglitz so viel Vertrauen zu mir hat, und das Geld konnte ich gut gebrauchen. Ich hab alles gespart, fürs Studium. Und es sollte ja noch mehr werden.« In Manuelas Augen flackerte für einen kurzen Moment der Lebenshunger auf, den Therese schon beim Schwimmen wahrgenommen hatte.

Carola runzelte die Stirn. »Das war kein Vertrauen – du hast ihn erpresst.«

Manuelas Züge verzogen sich wie das einer ertappten Schülerin. »Ich hab ihn nur gefragt, was mit den Abrechnungen ist. Da hat er mir sofort einen Bonus angeboten. Er *bräuchte*« – das Wort betonte sie – »zuverlässige Mitarbeiter, hat er gesagt, die das Wohl des Unternehmens im Blick haben. Da ist doch nichts dabei, hab ich gedacht. So machen es doch alle. Das hab ich auch Lioba gesagt, aber natürlich nicht, dass ich selbst mit dabei bin.« Sie nahm eine Serviette und begann, kleine Stückchen davon abzureißen.

Carola beobachtete Manuelas Hände. »Irgendwann hättest du ihr das sagen müssen.«

Manuela nickte. »Ja, wenn sie zugestimmt hätte, das Geld zu nehmen. Aber eher nicht. Wir hätten ja alle unseren Job verloren, aber das war ihr egal. Für einen Betrüger wollte sie nicht arbeiten, hat sie gesagt. Sie hatte gut reden. Bestimmt hätte sie bald was Neues gefunden. Aber ich ...«

»Warum solltest du keine neue Stelle finden?«, fragte Carola.

»Ach ...« Manuela brach ab und riss hektischer an der Serviette herum. »So eine wie mich nimmt doch keiner«, sagte sie dann.

Therese war sicher, dass sie zuerst etwas anderes hatte sagen wollen.

Manuela schaute auf die Serviettenkrümel und wischte sie mit den Händen zusammen. »Viktor wollte mich ja erst auch nicht. Ich war immer so eifersüchtig auf Lioba ...« Tränen traten ihr in die Augen.

Wahrscheinlich würde Manuela Viktor nun, nachdem sie ihn endlich erobert hatte, wieder verlieren. Ihre sinnlichen Küsse gestern auf der Parkbank kamen Therese in den Sinn. Auch in ihnen hatte so viel Lebenshunger gelegen.

Sie hatte Mitleid, doch ändern konnte sie an Manuelas Unglück nichts.

Therese straffte ihren Rücken. »Am Samstagabend seid ihr aber doch noch auf den Liboriberg gegangen, trotz des Streits ...«

Manuela wischte sich über die Augen. »Weil Lioba nach Tobias suchen wollte. Unterwegs haben wir den Typen mit den Knicklichtern getroffen und ihm zwei abgekauft.«

»Und du hattest die Idee, dass du damit Lioba erwürgen könntest.«

»Nein«, rief Manuela. Ihre Stimme zitterte. »Ich hab das doch nicht geplant ...« Sie fing an zu weinen. »Ich wollte das doch nicht ...« Erst nach einer Weile hörte sie auf zu schluchzen. »Aber ich hab's getan«, sagte sie mit einer so leisen Stimme, als könnte sie es selbst nicht glauben. Das Taschentuch, das Carola ihr über den Tisch schob, nahm sie nicht wahr, obwohl sie direkt darauf schaute.

Carola wandte ihren Blick Therese zu. Ihr fiel nichts anderes ein, als hilflos die Schultern zu heben.

Carola nahm Manuelas Hand und legte sie über das Taschentuch. Sie schaute Carola kurz an und benutzte es. »Wie ging der Abend dann weiter?«, fragte Carola, als Manuela wieder hochschaute.

Sie seufzte tief auf. »Lioba und ich sind dann zu Auffenbergs Biergarten gegangen, weil die Kollegen da immer feiern. Aber Tobias war nicht dabei. Stieglitz hat uns gesehen, und als ich ihn angeguckt hab, hat er den Daumen hochgereckt.« Sie streckte ihren Daumen in die Höhe, der viel länger und schlanker war als der von Stieglitz. »Ich hab gewusst, was er meinte: Er setzt auf mich. Also musste ich noch mal versuchen, Lioba von der Anzeige abzubringen ...« Sie schaute durch die Trennscheibe zur Halle, wohl um ihre Tränen zu verbergen.

Carola sah auf die Uhr. Therese blickte zur Tür. So lange konnte es nicht mehr dauern, bis Brinkmöller kam, und Manuelas Geschichte war noch nicht zu Ende. Den schlimmsten Teil hatten sie noch gar nicht gehört …

Manuela drehte sich zu ihr um. Ihr Gesicht war bleich, ihre Augen dunkel umschattet, doch der Blick war wieder klar.

Therese umklammerte mit einer Hand den schwarzen Opal auf ihrer Brust. »Ihr habt euch also weiter gestritten, du und Lioba.«

Wieder seufzte Manuela. »Ja.« Sie sah auf den Tisch, wo ihre noch fast volle Colaflasche stand. »Den ganzen Weg bis zum Markt. Am Neptunbrunnen ist Lioba stehen geblieben. Ach Manülchen, hat sie gesagt, lass uns nicht streiten, wo ich doch so glücklich bin …« Manuela verzog den Mund. »Schon ihr Manülchen hat mich immer so wütend gemacht. Sie hat ganz genau gewusst, dass ich das nicht leiden kann. Als ob ich nicht zurechnungsfähig wäre, so hört sich das an. In der Firma sagen sie das auch schon.« Ihre Stimme war immer leiser geworden; von der anfänglichen Empörung war nichts zu spüren. »Na ja, und dann war ich halt auch gemein. Ich hab ihr erzählt, dass ihr Tobias sich ebenfalls von Stieglitz bezahlen lässt und dass er nur hinter ihr her ist, weil er sie überreden will, den Mund zu halten. Das wollte sie natürlich nicht glauben. Das kann nicht wahr sein, hat sie gesagt, sonst würde Tobias nie so schlecht über Stieglitz reden. Und richtig beleidigt hat sie mich …« Sie schob ihre Colaflasche hin und her.

»Was hat sie denn gesagt?«, fragte Carola.

Manuela schüttelte den Kopf und presste die Lippen zusammen. Es fiel ihr wohl schwer, darüber zu reden. »Ach, dass ich nur neidisch wäre«, sagte sie mit leiser Stimme, »weil ich selbst in Tobias verknallt wäre. Ich würde mich ja immer in ihre Männer verlieben, weil ich sonst keinen abkriege. Dabei hat sie mich wieder so angeguckt, als ob ich nur trampelig bin. Und dass ich doch froh sein soll über sie und Tobias, weil ich jetzt Viktor haben kann.« Sie schob die Schultern hoch. Therese fühlte geradezu die Hilflosigkeit, die in der Bewegung lag. »Ich weiß ja«, fuhr Manuela fort, »das hat sie alles nur gesagt, weil sie so wütend war.«

»Warst du denn in Tobias auch verliebt?« Das hätte Manuela noch ein Motiv für den Mord gegeben.

»Nein, nicht wirklich.« Manuelas schiefes Lächeln zauberte tatsächlich noch ein Grübchen hervor. »Der ist sowieso 'ne Nummer zu groß für mich. Aber ich hab schon mal gesagt, dass er mir gefällt, das schon. Alle im Büro sind ja in Tobias verknallt.« Das Grübchen verschwand, sie schlug die Augen nieder. »Richtig gern hab ich nur Viktor. Aber für den bin ich ja auch nur ein Ersatz ...« Mit dem Zeigefinger malte sie einen Ring auf den Tisch.

»Hast du eigentlich am Nachmittag was getrunken?«, fragte Therese.

»Ja klar.« Manuela legte die Hand um die Colaflasche. »Stieglitz hat doch dauernd Schnaps bestellt. Aber als ich Lioba abgeholt hab, war ich schon lange nicht mehr beschwipst.«

Therese nickte. Es war viel Böses zusammengekommen in dieser Liborinacht, das der nahe Dom und nicht einmal der Wassergott im Brunnen hatten verhindern können.

»Wie kam denn das mit dem Leuchtband?«, fragte Carola mit sanfter Stimme.

Manuela griff zu einer neuen Serviette und drehte sie zwischen ihren Fingern zusammen. »Ich habe rotgesehen«, sagte Manuela leise und mit deutlich russischem Tonfall. »Manchmal werde ich so wütend ...« Sie senkte den Kopf. »Zuletzt hat Lioba gesagt, dass ich wahrscheinlich selbst Geld nehme, und dann müsste ich eben mit Stieglitz zusammen in den Knast. Und es stimmt ja auch, aber ihr war das ganz egal. Und Viktor wäre ja eigentlich viel zu gut für mich. Alles wollte sie kaputtmachen.« Sie sah auf, mit feuchten Augen. »Dabei hat sie immer mit dem Leuchtband rumgeschlenkert, bis es mich ganz verrückt gemacht hat. Da hab ich es ihr aus der Hand gerissen. Das gibst du mir sowieso gleich zurück, hat sie gesagt und sich umgedreht. Da hab ich es über ihren Kopf geworfen, erst weil ich sie zurückhalten wollte, aber dann hatte ich auf einmal die beiden Enden in der Hand und hab sie zusammengedrückt. Ich war so wütend – richtig daran gerissen hab ich.« Ebenso heftig zog sie an den Enden der Serviette. »Ich hab nur noch gedacht, immer ist es Lioba, immer ist sie im Weg, mein Leben lang ...« Sie schluchzte auf. »Sie ist zusammengesackt, direkt am Neptunbrunnen, und da hab ich erst gemerkt, was ich gemacht hab ...« Tränen liefen über ihre Wangen.

Auch Thereses Augen wurden feucht. Solch ein heftiger Streit konnte unter Freundinnen vorkommen. Doch durch die existenzielle Bedrohung, der sich Manuela ausgesetzt sah, war er so verschärft worden, dass er zum Mord geführt hatte. Oder war es Totschlag? Therese hoffte es für Manuela.

Zwei ältere Damen kamen auf dem Weg zum Ausgang an ihrem Tisch vorbei und warfen einen verwunderten Blick auf die weinende Manuela. Die drehte ihr Gesicht zur Trennscheibe. Therese sah den Frauen nach, bis sie durch die Tür gingen.

Als sie zu Manuela zurücksah, wandte die ebenfalls ihren Kopf. Von einem Schneewittchengesicht, wie es gestern vor Therese gekreist hatte, konnte keine Rede mehr sein. Manuela war totenbleich. Aber sie schien bereit zu sein weiterzureden. Sie umklammerte zwar immer noch die Serviette, doch ihre Hände lagen ruhig auf dem Tisch.

»Und was hast du danach getan?«, fragte Therese. »Wie kam es, dass Lioba im Weihrauchfass gefunden wurde?«

Manuela holte tief Luft. »Danach hab ich mit Lioba im Arm auf der Brunnenumrandung gesessen. Ich konnte es einfach nicht fassen, hab sie geschüttelt und gestreichelt. Es hat mir so leidgetan …« Sie schaute auf ihre Hände. »Aber dann … ich hab mich umgeguckt und gemerkt, dass niemand uns gesehen hat.« Sie wandte sich Carola und Therese zu und schob die Augenbrauen zusammen, was ihrem Gesicht einen harten Zug verlieh. »Da war ich plötzlich ganz cool. Ich wollte auf keinen Fall ins Gefängnis, also durfte niemand etwas merken. Lioba hat mir erzählt, wie ihr Vater sie am Nachmittag geschlagen hat. Sie hatte ja überall blaue Flecken und Striemen. Und dass er ihr mit Pater Anselm und seinem Exorzismus gedroht hatte. Herr Keller hat das Gefängnis verdient, hab ich gedacht. Irgendwie musste es eben so aussehen, als ob er ihr endgültig die Dämonen ausgetrieben hätte. Ja, und neben Viktors Autozelt stand doch das Weihrauchfass – ich war so stolz auf die Idee.« Jetzt riss sie mit einer heftigen Bewegung die Serviette in der Mitte durch. »Den Rest wisst ihr ja …«

»Und die roten Kreuze? Der Edding?«, fragte Therese.

Manuela legte die zerknäulten Papierhälften beiseite. »Der ist aus der Firma. Ich hab immer ein paar in der Tasche, für Tags …«

Therese schüttelte den Kopf. »Völlig cool …« Sie konnte kaum fassen, dass hier die gleiche Manuela sprach wie die, die sie in den letzten Tagen kennengelernt hatte.

Manuela sah sie immer noch mit diesem harten Blick an.

»Dann hast du mir wohl auch eure Mütter auf den Hals gehetzt?«, fragte Therese.

Manuela wandte sich ab. »Sie sollten dich erschrecken. Als Viktor erzählt hat, dass du ihn ausgefragt hast, hab ich echt Angst gekriegt. Ich hab meiner Mutter gesagt, dass du Viktor verdächtigst, und sie hat Frau Omelchenko angerufen. Es tut mir wirklich leid, Therese.« Mit etwas mehr Wärme im Blick sah sie Therese an. »Da kannte ich dich ja noch nicht.«

In Therese stieg Zorn auf. Sie hatte die Kraft gespürt, mit der Manuela im Sprudelbecken ihre Schultern unter Wasser gedrückt hatte. »Dass du mich kanntest, hat dich auch nicht daran gehindert, mich zu ertränken.«

Manuela schluckte, sagte aber nichts.

»Du wolltest mich also nur kennenlernen, damit du mich auf eine falsche Spur führen kannst? Wie die von Pater Anselm?«

Manuela schwieg.

»Sag was dazu!«

Manuela streckte ihre Hand über den Tisch, doch Therese nahm sie nicht.

»Du solltest nicht mehr nach Stieglitz fragen«, sagte Manuela endlich, aber so leise, dass sich Therese vorbeugen musste, um sie zu verstehen. »Ich wusste ja, dass er nicht der Mörder ist, aber wenn du nun auch etwas über seine Betrugsgeschäfte herausbekommen hättest, dann wäre doch alles umsonst gewesen …«

Therese lehnte sich zurück und presste nun ihrerseits die Lippen zusammen, damit die bösen Worte, die ihr auf der Zunge lagen, nicht herausbrachen. Doch an Manuelas erschrockener Miene konnte sie ablesen, dass die den Zorn in ihren Augen wahrnahm. Manuela fing wieder an zu weinen, wandte den Blick jedoch nicht ab.

Jetzt heulte Manuela, wo sie doch eben noch ihren Kopf gegen den Beckenrand gestoßen hatte. Therese befühlte ihren Hinterkopf. Die Wunde war noch immer feucht und schmerzte. Mit brennenden Augen sah sie auf das Schwimmbecken neben sich. Blau wie immer schimmerte das Wasser zu ihnen hinein. Kühl.

Als sie Manuela ansah, fühlte sie, wie sich neben ihren Zorn wieder das Mitleid schob. Manuela litt selbst unter ihren Taten, das war während ihres Berichts deutlich zu sehen gewesen. Sie hatte erklärt, wie es dazu gekommen war, sich aber nicht aus ihrer Schuld herausgeredet.

»Ich wäre wirklich gern mit dir befreundet gewesen«, sagte Manuela. »Das war nicht gespielt, glaub mir. Ich hätte schon viel früher mit Lioba zusammen zu dir zum Sprachunterricht kommen sollen ...« Sie brach ab, sah an Therese vorbei in Richtung der Tür und zuckte heftig zusammen. Im nächsten Moment schlug sie die Hände vor den Mund.

»Guten Tag.« Peter Brinkmöller war an ihren Tisch getreten, ohne dass Therese es gemerkt hatte. Sein Gesichtsausdruck war todernst. Hinter ihm standen zwei Polizisten in Uniform. Er wandte sich gleich an Manuela. »Sie haben den Mord an Lioba Keller gestanden?«

»Totschlag«, sagte Therese rasch. »Höchstens Totschlag.«

Manuela nickte. »Ich war's.«

»Abführen!«, befahl Brinkmöller den Polizisten.

Manuela hob abwehrend die Hände. »So schnell?« Ihr Gesicht war leichenblass.

Therese stand auf, als sie sich zögernd erhob, und nahm sie hastig in den Arm. »Ich besuche dich«, flüsterte sie in Manuelas Ohr.

Brinkmöller schob Therese sanft zur Seite, damit die Polizisten Manuela in die Mitte nehmen konnten. Handschellen klickten. Therese fühlte Tränen aufsteigen, schluckte sie aber hinunter.

»Ich rufe Sie an«, sagte Brinkmöller und eilte den Polizisten nach.

Erst jetzt merkte Therese, dass sie wieder den schwarzen Stein umklammert hielt.

»Ist was passiert?«, fragte der Schwimmmeister, der an den Polizisten vorbei zu ihnen geeilt kam. Er hatte sie wohl von seinem Lehnstuhl am Rand des Schwimmbeckens aus gesehen.

»Nein, nein«, sagte Carola. »Alles vorbei.«

Therese sagte nichts. In diesem Schwimmbad konnte man umgebracht werden, ohne dass irgendjemand etwas davon mitbekam.

Der Schwimmmeister würde sich wundern, wenn er am Montag aus der Zeitung erfuhr, was direkt unter seiner Nase geschehen war.

Nobel hausten Bielefelder Kommissare. Das Arosa-Hotel läge am nächsten zur Wache, hatte Brinkmöller gesagt, deshalb sei er dort abgestiegen. Für den Abend war überraschend ein Tisch auf der Terrasse freigeworden, die den besten Blick Paderborns auf das Liborifeuerwerk bot. In jedem Jahr waren schon Monate vorher alle Plätze ausgebucht. Brinkmöller hatte alle, die an den Ermittlungen beteiligt waren, zum Essen eingeladen.

Heute jedoch war das Feuerwerk in Gefahr: Nach einem bewölkten Sonntag hatte am frühen Abend Regen eingesetzt. Alle Paderborner sahen besorgt zum Himmel auf und setzten ihre Hoffnungen auf Sankt Liborius als Fürsprecher bei den Wettergöttern.

Therese betrat die dämmrige Eingangshalle des Innenstadthotels und steuerte den Aufzug an. Brinkmöller war am Telefon bester Laune gewesen, aber Therese sah keinen Grund zum Feiern. Gern hätte sie sich an Michael festgehalten, doch er hatte seinen Kindern schon vor Langem den Besuch des Feuerwerks versprochen.

Der Aufzug kam, und Therese drückte auf die Acht. Seit gestern hatte sie fast pausenlos darüber gegrübelt, wem sie letztendlich die Schuld an Liobas und Manuelas Unglück geben konnte. Wenn sie nach Entlastungsgründen für die Täterin suchte, tat es ihr weh, dass sie Liobas Verhalten darin einbeziehen musste. Der Zorn auf Stieglitz und die erbarmungslose Christengemeinde ließ sie auch jetzt nicht los.

Stieglitz war noch am Samstagmorgen verhaftet worden, was Therese ein wenig Genugtuung verschafft hatte. Von Verdunkelungsgefahr hatte der Fernsehmoderator gesprochen. Die Lösung des angeblichen Paderborner Exorzistenfalls war das Topthema der Nachrichten gewesen. Eine Beziehungstat unter Russlanddeutschen, hieß es jetzt. Darüber ärgerte sich Therese. Wieder einmal wurden Vorurteile gegen Russlanddeutsche genährt. Unter hier aufgewachsenen Freundinnen ging es auch nicht immer friedlich zu, und sogar Geschwister waren zerstritten bis aufs Blut. Immerhin war kein Bild von Manuela gezeigt worden.

Die Hotelterrasse überspannte ein Glasdach, auf das der Regen prasselte. Der von Brinkmöller reservierte Tisch stand im Trockenen. Große Schirme beschützten die Tische am äußeren Rand vor dem Regen. Der Domturm war fast zum Greifen nah, das Riesenrad schien direkt neben ihm zu stehen. Im Vorbeigehen fiel Thereses Blick auf bruchsteingemauerte Hochbeete, in denen man Wüstenlandschaften angelegt hatte. Kantige Steinbrocken umgaben stachlige Agaven und halb vertrocknete Palmen.

Zwischen Carola und Renate saß Brinkmöller am Kopfende, Uwe saß neben Carola. Therese setzte sich auf den freien Stuhl neben Renate, die ihr verstohlen die Hand drückte.

Brinkmöller trug heute ein mattgelbes Seidenhemd, das mit Blüten und Blättern in gedeckten Grün- und Blautönen bedruckt war. Er zeigte nach oben. »Frau Urban kommt, und die Sonne geht auf.« Tatsächlich war es hell geworden. Nur noch ein schwacher Schauer tröpfelte auf das Glasdach.

»Es ist erst halb neun, bis zum Feuerwerk kann noch viel passieren.« Trotz ihrer Worte fühlte Therese Zuversicht. Das Personal räumte auch schon die Schirme zwischen den Tischen beiseite.

Brinkmöller hob die Champagnerflasche aus dem Kühler, zeigte sie Therese und als sie nickte, goss er ihr ein und stieß mit ihr an. »Ein Fahndungserfolg muss gefeiert werden, und Sie hatten den größten Anteil daran, Frau Urban.«

Therese verzog das Gesicht und spürte, wie ihr Hitze in die Wangen stieg.

Brinkmöller grinste sie an. »Ändern können wir sowieso nichts mehr.«

Therese nickte bedrückt und trank. Ein paar gelbe Blüten an langen Stängeln reckten sich aus dem Wüstensand.

Die Bedienung servierte die Vorspeise, und Brinkmöller, der Schnellesser, war bald mit dem Carpaccio fertig.

»Sie haben es bestimmt in den Nachrichten gehört«, sagte er, »wir haben Stieglitz noch gestern Morgen verhaftet. Mit Frau Bürgers Geständnis und Herrn Neudecks Selbstanzeige hatten wir genug in der Hand und mussten die Betriebsprüfung nicht mehr abwarten.

Außerdem wäre Stieglitz gewarnt gewesen, sobald er von der Verhaftung von Frau Bürger erfahren hätte. Er hätte in der Firma aufgeräumt und alle belastenden Unterlagen verschwinden lassen.« Brinkmöller rieb sich die Hände, als hätte er ganz allein den Fall aufgeklärt. »Stieglitz ist übrigens geständig. Was blieb ihm sonst übrig …«

»Dann haben Sie meine Fotos von den Stundenzetteln und so gar nicht mehr gebraucht?«, fragte Renate.

»Doch, doch. Sie haben uns sehr geholfen, um uns zu vergewissern, dass im Büro nichts verändert wurde. Stieglitz hätte ja auch am Freitag schon von gewissen Aktionen erfahren können, die ich im Nachhinein nur als unbedacht bezeichnen kann.« Er sah Renate an wie ein Großinquisitor kurz vor dem Urteilsspruch.

Renate nippte an ihrem Weinglas und tat, als bemerkte sie Brinkmöllers strafenden Blick nicht.

»Was hat denn Schlüter gesagt, als Sie ihm Manuela als Täterin präsentiert haben?«, fragte Therese rasch.

Brinkmöller lachte. »Sie werden es nicht glauben – gar nichts hat er gesagt. Es hat ihm wohl die Sprache verschlagen. Er hat pausenlos seine Brille geputzt und während der ganzen Aussage ungläubig auf Frau Bürger gestarrt. Vernommen hab ich sie. Herr Keller ist natürlich sofort aus dem Gefängnis entlassen worden. Schlüter persönlich hat dafür gesorgt, dass er im Zivilwagen nach Hause gebracht wurde.«

»Die Haftentschädigung müsste Schlüter eigentlich aus der eigenen Tasche bezahlen.« Uwe kämpfte mit seinem Riesensteak.

»Soweit kommt das noch, dass wir Beamten für unsere Fehler geradestehen müssen.« Brinkmöller verzog so ironisch seinen Mund, dass der runde Bart seine Form verlor.

»Uns Lehrern ist ja so leicht nichts nachzuweisen.« Carola legte ihr Besteck zur Seite. »Aber ich frage mich natürlich, welche Weichen die Schule gestellt hat und ob wir schon damals hätten gegensteuern können. Lioba hat die beiden anderen dominiert, das war früh zu sehen. Wir hätten Manuela und Viktor mehr Halt geben müssen, ihre Stärken entwickeln und so. Aber sie waren beide ziemlich widerspenstig, und Lioba war der Liebling aller Lehrer. So kommt das dann …« Im Kontrast zu Carolas fröhlich geblümter Bluse wirkte ihr Gesichtsausdruck noch bekümmerter.

Soweit es die allgemeinen Verhältnisse in der Schule anging, mochte Carola recht haben, doch persönlich hatte sie sich bestimmt kein Versäumnis vorzuwerfen. »Da weiß ich aber noch mehr Verantwortliche und aus neuerer Zeit«, sagte Therese.

Alle nickten zu ihren Worten bis auf Brinkmöller. »Noch mehr außer Stieglitz?«, fragte er.

Therese nickte. »Sie kennen ja den strenggläubigen Hintergrund der drei, auch wenn Sie Pater Anselm wohl nicht selbst kennenlernen werden.«

»Ist das der Exorzist?« Brinkmöller setzte wieder seine hochnäsige Bielefeld-Miene auf.

Therese ignorierte ihn. »Aber es ist nicht nur das katholische Milieu, das die Leute verbiegt, es ist auch die schlechte Integration. Nur deshalb verkriechen sich die Aussiedler in ihren Gemeinden, und ein gesundes Selbstbewusstsein kann so auch nicht wachsen.«

»Damit haben Sie sicher recht«, sagte Brinkmöller. »Nicht umsonst haben wir so viele Drogenabhängige unter den Russlanddeutschen. Übrigens hat Frau Bürger …« Er brach ab und überlegte einen Moment. »Wenn ich Ihnen hier Interna erzähle, dann behalten Sie die bitte für sich, ja? Sie sind ja alle vertrauenswürdige Leute …« Sein Blick wanderte zu Uwe, der mit seinem nachtblauen Seidenhemd heute ganz passabel aussah, und streifte kurz Thereses ungebändigtes rotes Haar, das sich in der Fensterfläche gegenüber spiegelte.

»Ja«, sagte Brinkmöller dann. »Frau Bürger hat ebenfalls eine kleine Drogenkarriere hinter sich. Vor ein paar Jahren hat sie sogar wegen eines BTMG-Verstoßes im Gefängnis gesessen. Da ist sie dann aber mit Methadon substituiert worden und hat anschließend eine Therapie gemacht. Seitdem scheint sie clean zu sein, aufgefallen ist sie jedenfalls nicht mehr.«

Therese hätte längst darauf kommen müssen. Lioba hatte einmal erzählt, dass Stieglitz eine ehemalige Drogenabhängige eingestellt hatte. Spätestens gestern hätte sie schalten müssen, als Manuela Carolas Frage nach dem Grund für ihre schlechten Jobaussichten ausgewichen war. »So eine wie mich nimmt doch keiner«, hatte sie gesagt. Drogen machten hart; aus der Zeit stammte wahrscheinlich der steinerne Zug um ihre Augen.

»Manuela hatte es bestimmt nicht leicht in ihrem Leben.« Renates Gesicht spiegelte sich ebenfalls in der Scheibe, doch ihr Haar war wohlgeordnet wie immer. »Das kann sich eine wie ich, die alle Möglichkeiten hatte, ja gar nicht vorstellen. Aber sie hätte zu ihrer Tat stehen und nicht noch versuchen sollen, dich zu ertränken«, sagte sie zu Therese. »Das war heimtückisch.«

Die Erinnerung an ihren vergeblichen Kampf unter Wasser ließ Therese schaudern. Doch das war Vergangenheit. »Ich hab's überlebt, deshalb will ich gar nicht darüber nachdenken. Im Moment tut mir Manuela ebenso leid wie Lioba.« Beide hatten ihre Zukunft verloren wie die Agaven im Wüstenbeet neben ihr, die von unten her vertrockneten, obwohl es in Paderborn doch genug regnete.

»Eigentlich ist Viktor derjenige, der einem leidtun muss. Jetzt hat er beide Frauen verloren ...« Uwe schaute ebenfalls auf die Wüstenlandschaft.

»Und was ist mit Stieglitz' Beschäftigten?«, fragte Renate. »Die sind jetzt alle arbeitslos.«

Brinkmöller schüttelte den Kopf. »Stieglitz' Vater wird als Geschäftsführer einspringen. Die Projekte müssen ja abgewickelt werden, und die Firma ist im Prinzip gesund, wenn keiner mehr Gelder rauszieht. Stieglitz senior war bei uns auf der Wache und hat sich erkundigt, wer alles mitgemacht hat. Die Leute wird er natürlich feuern, sofern sie nicht von sich aus kündigen, wie Herr Neudeck es vorhat.«

»Und was passiert mit dem?« Renate ließ Brinkmöller nicht aus den Augen.

»Mehr als eine Geldbuße wird ihn sein Ausflug in die Kriminalität nicht kosten. Es ist das erste Mal, dass er aufgefallen ist.«

Deutlich spürte Therese, wie Renate neben ihr aufatmete.

In den Wüstenbeeten begannen Kugellampen zu glimmen. Es war dunkel geworden, ohne dass sie es bemerkt hatten. Aus der Stadt drang ein Summen herauf; die Paderborner waren auf dem Weg ins Paderquellgebiet, wo die Chef-Feuerwerkerin aus der Marienstraße jetzt an ihren Bomben bastelte.

Die erste Rakete ging hoch, als sie ihre Dessertteller noch nicht geleert hatten. Selbst hier oben konnte man hören, wie die Vögel mit lautem Schimpfen aus den Bäumen hochflatterten. Die Gäste standen auf und verteilten sich entlang des Terrassengeländers. Therese setzte sich auf die Abtrennung eines der Wüstenbeete und stützte die Arme auf die Mauer. Unten im Park zuckten Lichtfontänen auf, Feuersäulen und ein Vulkan erhoben sich knapp über die Bäume. Am Himmel darüber entfalteten sich üppige Chrysanthemen in allen Farben, die zu Feuersternchen atomisiert zu Boden fielen. Über dem Paderquellgebiet lag bald dichter Pulverdampf, den die Lichtquellen am Boden nur diffus durchdrangen. Wo in der Luft die Blumen gestanden hatten, blieb zarter Nebel übrig, der langsam nach Nordosten abtrieb. Die Liborifähnchen am beleuchteten Domturm winkten ihm nach. Die Gäste auf der Arosa-Terrasse machten »Aah« und »Ooh« nach jedem Schuss.

Peter Brinkmöller stand neben Therese. »Feuerwerk ist ein heidnischer Brauch, wussten Sie das?«

Therese nickte.

»Damit wurden die bösen Geister vertrieben. Ich frage mich, wofür Paderborn den Exorzismus braucht, wenn man hier so krachende Feuerwerke zustande bringt.« Er lachte leise.

Silbern aufgehende Blüten und silbrig grüne Wasserfälle erschienen am Himmel. Erst danach war die Explosion zu hören. Therese spürte den Widerhall in ihrer Brust. Noch ein Ton von diesem naseweisen Bielefelder, und sie würde ebenfalls hochgehen wie eine Rakete. Paderborn, die Exorzistenstadt mit dem heidnischen Feuerwerk. Brinkmöller würde seinen Enkeln noch davon erzählen.

ENDE

BARBARA MEYER
IM SCHATTEN DES DOMS
HISTORISCHER KRIMINALROMAN
emons: